他者身份与异质色彩

孟华剧作研究

MENGHUAJUZUOYANJIU

李红艳◎著

中国戏剧出版社

图书在版编目(CIP)数据

他者身份与异质色彩：孟华剧作研究 / 李红艳著
-- 北京：中国戏剧出版社, 2020.12
ISBN 978-7-104-05004-9

Ⅰ. ①他… Ⅱ. ①李… Ⅲ. ①孟华-戏剧文学-文学研究
Ⅳ. ①I207.3

中国版本图书馆 CIP 数据核字(2020)第 165161 号

他者身份与异质色彩

责任编辑：曹　静
责任印制：冯志强

出版发行：中国戏剧出版社
出 版 人：樊国宾
社　　址：北京市西城区天宁寺前街 2 号国家音乐产业基地 L 座
邮　　编：100055
网　　址：www.theatrebook.cn
电　　话：010-63381560(发行部)　010-63385980(总编室)
传　　真：010-63383910(发行部)

读者服务：010-63387810
邮购地址：北京市西城区天宁寺前街 2 号国家音乐产业基地 L 座

印　　刷：河南瑞之光印刷股份有限公司
开　　本：880mm×1230mm　1/32
印　　张：8.75
字　　数：142 千字
版　　次：2020 年 12 月　北京第 1 版第 1 次印刷
书　　号：ISBN 978-7-104-05004-9
定　　价：69.00 元

研创稛载　一书双美

——读李红艳《他者身份与异质色彩——孟华剧作研究》

李红艳又出书了!

从她2014年写出第一本23万字的《戏论五题》并由河南人民出版社出版,6年间,笔耕不辍。今天,这本研究孟华戏剧创作的《他者身份与异质色彩》又"仓朗朗"惊亮在你的眼前。

李红艳是搞戏剧理论研究的。但平素知道她更多的是编杂志。一本《东方艺术》让她弄得有声有色,风生水起。从与人合作的间隙里,从一年两期的增刊辖限中,闪展腾挪地把河南省唯一的一本文化艺术期刊,开拓性地办成了完全独立运营发行的双月刊。作为主编,其中的艰辛和困苦是不被人们所关注的,而杂志发行的情况尤其是品质又是每每被大家度量的。

如此繁琐庞杂忙碌的组稿、编辑任务和编务工作,加上单位既定的艺术科研工作,如"河南省稀有剧种抢救工程""全国地方戏曲剧种普查",还有她自己手头的国家课题"新时期河南剧作家群研究”等等，她居然还有时间写书！

这本书，是河南省“2018年度全省‘四个一批’人才项目资助”的项目。

这本书，是对孟华戏剧创作的一次全方位、立体式梳理，从创作风格、创作方法到创作观念的一次理论剖析和阐释。

这本书，是对一个剧作家及其作品进行艺术批评、理论评价、体系建设的一次探索与尝试。

不敢说在全国是第一本，但敢说在戏曲大省的河南是第一本。

书写得鞭辟入里，条分缕析，有深度，有广度，有温度。

深度：对剧作家每个阶段的创作及作品做了深入解剖和深度分析。

广度：对剧作家每个阶段的创作及作品做了历史价值评价和时代价值判断。

温度：对剧作家每个阶段的作品以及创作思潮的影响，艺术观念的发轫、形成，均报以真挚的热情、真诚的敬畏和真实的认知，予以抒写和激赏。

全书谋篇布局很是见出一个长期从事艺术科研工作者的老道，面对其研究对象予以准确的学术定位的独到，对研究内容平常的积累、关注、思考，局部理论准备和整体架构、宏观审视、微观透析的学术态度的地道和精到。

全书共分六大篇章。从孟华戏剧创作的处女作《山鹰》到他近期的戏曲《佘太君》,把孟华大半生戏剧创作的几十部作品分门别类、依次依时、依样依式建档立案,从而规划出——

一、误入的“惊喜”:早期现实题材创作的意外绚烂。

这章主要涉及了孟华早期的两部代表作。一部是处女作,河南曲剧现代戏《山鹰》;一部是立身之作,荣获一身荣誉、引爆全国话剧舞台的话剧《劳资科长》。

二、“他者”身份的指认和确立——中期的形式探索和观念革命。

这章主要涉及了两部传统新编古装戏和一部原创作品。传统新编一部是《老包打滚》,一部是《情断状元楼》。前者是据豫剧传统戏《下陈州》编创,后者是应杨兰春之约,据宋元南戏“王魁负桂英”改编。原创大戏是孟华观念革命的标志性作品,也是河南戏剧观念革命的“为天下先”作品,即孟华潜心孤诣、耿耿于怀的意象剧《半个娘娘》。

三、纵情恣意的自我“放逐”——探索创新的多向度实践。

这章主要涉及了孟华以“他者”身份创作的一批带有强烈“异质”色彩的作品。它们是历史剧《春秋出个姜小白》,新编神话剧新版《白蛇传》、《美兮洛神》和全国第一台小剧场豫剧《伤逝》。

四、立足东方看西方:名著改编,融通中西。

这章主要阐释了孟华的奥尼尔情结和在此情结“萦绕”中进

行的三次跨文化改编创作，即把奥尼尔的《榆树下的欲望》《马可百万》《安娜·克里斯蒂》分别编创为河南曲剧《榆树古宅》、戏曲《马可与公主》、甬剧《安娣》。

五、转向与回归：后期圣贤题材的开拓与圆融。

这章对孟华的再度转向做了剖析，并对其转向后层出不穷的一系列圣贤题材作品如越调《老子》，豫剧《玄奘》，越剧《王阳明》《陆羽问茶》，河南曲剧《医圣传奇》等做了“堂奥”般窥探。其中还涉及了孟华后期创作的一批历史文化名人题材的戏，如《女皇投简》《缇萦救父》《佘太君》等。

六、风格·色彩·气质——孟氏剧作的显性标识。

这章重点对孟华创作中的“鬼魂情结”、喜剧精神和语言尤其是词采做了妙笔勾勒和独特揭示。

红艳这本书洋洋洒洒，十几万字，读起来如熏风徐沐，瓜棚纳凉；似老友重逢，把酒问盏；恰知音对坐，烹茶闻杯。

书中所及的每部戏我都知道，绝大部分我都看过。其中几个阶段的代表性作品与我还有着千丝万缕的关系。因为我有幸是孟华创作、转向的亲历者、见证者，甚至斗胆敢说是个别剧目的催生者，更重要的是与孟华共同分享创作酸甜苦辣的实践者、合作者。说白了，我有幸排过孟华的作品，而且不止一部！

每个阶段的“戏外戏”我也都知道，有的是耳闻，有的是目睹，有的是参与。

读着它，亲切又陌生。

亲切，是所涉剧目的剧中人物，大多同他们交流过、争执过，更对他们拿捏过、附体过、欣赏过。

亲切，是所涉剧目中的有些唱词让我过目不忘，至今还能脱口而出：

“石头路，似狼牙，啃得我脚破两腿麻。一年的汗水一天洒，十年的楼梯一天爬！”（河南曲剧《山鹰》）

“日日望夜夜望路都望细，时时望刻刻望树也望稀。望得云彩落一地，望得石头褪层皮！”（豫剧《半个娘娘》）

“尊官人且莫要忧前虑后，奴跟你权当是跟个丫头。不图金不图银图你个人就够，穷日子粗茶饭不讲稀稠。”（新版《白蛇传》）

“爱情起跑军情飞，三天假期一风吹。合卺决心击不溃，婚礼插翅紧紧追！”（扬剧《太平桥》）

“没有当年的烟花女，哪来今日的王状元？”（豫剧《情断状元楼》）

“青春的岁月青春的梦，青春的友爱青春的情。青春的锦缎青春的料，我自当家、我自做主、我自丈量、我自设定、我自剪裁我自缝！”（豫剧《伤逝》）

“一个和尚刚迈腿，缉捕牒令身后飞。封疆锁关如临危，千里沙疆把奘追。一笑朝廊好无味，竟向穷僧施官威。二笑洛阳纸不贵，封疆檄文撒成堆。三笑公主心太累，动用皇权拖奘回。公主

啊！你爱心做成拦路鬼，情义酿就业障灰。恩念捆住西行腿，诚叫玄奘好悲催，好悲催！”(豫剧《玄奘》)

“我生帝王家，自来享荣华。我省一根线，民间添匹纱。我放一只鸟，民间养群鸭。我省一席酒，民间盖座厦。我惜一棵草，民间遍地花。”(越调《老子》)

…………

陌生，是熟悉的或已知的孟华作品在李红艳的“研究”中大有未知的景象和意阈，大有未体味到的妙章奇句、剧内情趣、剧外甘苦。

亲切，是书中个别章节作为前期成果、以单篇论文形式发表在国内核心期刊上且阅读过，等于重温佳作。

陌生，是因为红艳把它们重新梳理，分章设节放在一篇大文章中再次阅读，居然有新的感受和收获。

读着它，大有冬天听雪，夏天听风，秋天听雨，雨中听落子声之喜望！

这本书让我更加深入地了解了孟华及其剧作，同时从对孟华及其创作和作品的了解中，了解了河南戏剧的历史和现状。毋庸置疑，又通过红艳对孟华个案研究的理论透射，管窥了与之同时期、同进程、同命运、同荣辱的中国戏剧。

我惊喜红艳的收获，更因她让河南剧界有了喜望的收获。

我感慨她的勤奋。是她用心命笔，使一代剧作家神采奕奕、容光焕发地横亘在戏剧史的当代中原坐标上。

我赞叹她的学术功力。是她让孟华剧作显示出范本意义，如同地理意义的中岳嵩山，傲然出文化意义的“虚伫神素，脱然畦封”的美范！

我认同她对孟华戏剧创作的文艺批评式的解析和严谨的理论建设，感佩她对孟华戏剧创作划分出的四个阶段、五个板块的科学归纳，诚服她对孟华戏剧创作厘出的带有标识意义的“他者”身份、“异质”色彩、观念革命、“意象”探索、奥氏情结、圣贤“堂奥”等学术定位。

我期待她已结过项的国家社科基金艺术学项目——“新时期河南剧作家群研究”的新书早日问世。

我期待她有更多的艺术科研成果，有更深入的文艺理论探究与思索，有更独立的文艺批评品格，有更精美的学术建树！

2020 年 9 月 17 日于郑州

（李利宏，导演艺术家、编剧、诗人，河南省文化艺术研究院原院长）

目录

MULU

DIYIZHANG 第一章

误入的『惊喜』——早期现实题材创作的意外绚烂

引　言

在新时期的河南剧作家群中，孟华是一个独特的存在。如果从 1972 年创作处女作《山鹰》算起，他的戏剧创作生涯已历经 40 余年，且创作状态一直稳定，势头一直未减，不同时期都有一定影响的力作产生。也就是说，孟华的戏剧创作活动贯穿了新时期以来的全过程，是新时期以来始终活跃在创作一线的耕耘者、探索者、实践者。从早期表现生活、直面社会现实的现实主义创作，到 80 年代中期之后开始且始终没有放弃的探索创新，再到 21 世纪以来的姿态调整及对所涉题材温和诗意的哲理表达，从其不同时期创作变化的轨迹中，我们不但可以清晰地感受到时代风气、文艺思潮、创作环境对其创作的影响以及个体在这种环境中的选择坚守，更能从他执着坚定的个性坚守中窥测到其戏剧创作的文化构成、理想追求、价值取向、审美判断、个性表达……其作品鲜明的探索意识、异质色彩、新颖手法、另类风格以及由此而带来的和主流价值认同若即若离的特殊关系，观众好恶分明的两极分化等，都使其成为新时期河南剧作家群中的“他者”和“另类”存在。

孟华40多年的创作历程，有着清晰可循的发展轨迹，影响和左右其发展脉络走向的，既有时代风潮，更有文化构成以及基于此基础上形成的创作思想和对创作立场的秉持和坚守。本书对其创作阶段的划分，便是依据其创作思想的发展脉络以及作品内容、风格特点及其产生的社会影响等而划分的。之于孟华，早期即是指1972年到1984年这一阶段的创作。从创作观念看，这一时期的创作遵循的是革命现实主义的创作原则；从创作题材看，均是和当时形势紧密相连的现实题材；从社会影响上说，尽管作品不多，只有曲剧现代戏《山鹰》和话剧《劳资科长》两部，但都产生了“始料未及”的社会影响，为作者，甚至说为当时的河南带来了全国性声誉。如果把这一时期的创作放在作者的创作历程中去看，更显得意味深长。正是因为有了早期的意外绚烂，其“转向”之后的冷寂才愈发显眼。这种鲜明的落差，才有它别具意味的价值和意义。

独苗破土:处女作《山鹰》的一炮走红

谈孟华的早期创作,得先要回溯一下他的人生经历。孟华出身于书香门第,自幼饱读诗书,打下了深厚的传统文化根基。1958 年参加南阳专区文工团,学习音乐作曲,后因文工团合并,先后到《郑州晚报》《河南日报》任编辑兼记者。“文革”时期,随知识青年上山下乡,到引黄备战工程工地参加劳动改造。“文革”结束回报社工作。从这份简历可以看出,孟华的青年时代,基本是在作为“宣传队”的文工团和作为舆论“喉舌”的报社度过的,这注定了他这一时期的文化接收是以革命文化为主,也决定了他这一时期的创作一定是附贴现实的潮流创作。因为创作的选择说到底是一种文化的选择、价值的选择。

孟华进入戏剧创作队伍完全属于误闯误入。1972 年,“文革”已进入到第 7 年,整个文艺舞台一派肃杀,艺术创作要想突破题材的禁区和“三突出”的标准,是很困难的。孟华也就在这个时候走进了戏剧队伍。当时,为了参加即将举行的“全省戏剧创作节目调演大会”,身为新闻记者、下放劳动的他精神空虚,经不住好友的“怂恿”,小试牛刀,创作了处女作《山鹰》。该剧以伏牛山区知识青年上山下乡生活为背景,写医科大学毕业生高黎响应党的号召,扎根山区为广大群众送医送药倾心服务的故事。

高黎的哥哥是省城某大医院的知名外科大夫,他怜惜妹妹明珠暗投,亲自上山劝妹妹回城另谋高就。兄妹二人就事业前途、名誉地位展开了争论。正在此时,矿山工地送来一位为抢救工友而负重伤的民工。哥哥高山恩认为,这种脾脏破裂的病人是无法在山区小诊所做手术的,必须送往县城医院,否则后果不堪设想,并且警告妹妹:医生最怕病人死在手术台上,那将会名声扫地。而高黎考虑县城路途遥远,如此危重的病人推出门去,送不到县城就会死在路上,那将是见死不救。唯一的希望就是立即在此做脾脏缝合手术。高黎的意见得到豹头沟老支书闪大妈的支持。为解决缺少麻醉药的问题,高黎提出针灸麻醉,并划破自己的臂膀以体验针灸麻醉的效果。妹妹的执着与救人善心感动了哥哥,他亲自操刀,成功抢救了伤员的生命。面对苏醒的病人,高山恩发现他竟是路途中把自己从山涧雪窝中救上来的那位英雄。百感交集的哥哥一时陷入了“道义循环、善举相报”的深思。这时候,省城派遣的巡回医疗队也赶到了抢救现场,为首的队长正是省城医院院长、高黎与高山恩的父亲高志豪。更意外的是,高志豪发现女儿落户的豹头沟老支书闪大妈,竟然是30年前抗日战争中在大别山救下儿子高山恩的救命恩人。一场恩情、亲情、人情的传递感动了所有人，也使高黎服务山乡、扎根山乡的意愿显得美好而崇高。

不难看出，该剧人物关系设置的巧合，主人公的完美高大，先进、落后两种思想的鲜明对比，还有某些表志向、表决心的口号，都似曾相见，这是当时"高大全"创作模式影响下的普遍倾向。但是，作者毕竟是误闯误入，毕竟"道行"尚浅，顾忌不多，还带着一个初生牛犊者的满腔热情、激情、感情、真情在真诚写作。因此，在塑造完美高大的主人公形象的同时，还不忘写人情、写恩情、写温情，从而使全剧洋溢着特殊时期久违的温暖和清新，与当时心理上厌倦群群相斗，渴望理解、期盼和谐的集体心理产生强烈共鸣。而孟华从小扎下的深厚传统文化根基，也让他在唱词的写作上功力初显。在那个标语式、口号式语言充斥舞台的年代，他那些生动形象、优雅精美、极富抒情特色的唱词，的确给人耳目一新之感，令人过目不忘。如："知识青年嫩嫩苗，根扎不正长不牢。不经风雨不葳茂，不渡霜雪难含苞。""银镶玉裹层层山，清澈碧透道道川。百丈冰崖梅花俏，千仞石峰松擎天。"还有一些风趣幽默、谐趣横生的唱词如："石头路，似狼牙，啃得我脚破两腿麻。一年的汗水一天洒，十年的楼梯一天爬。"[1]生长于曲剧之

---

[1]本文所有孟华剧作的引文，均引自《孟华戏剧文集》（五卷本），中国戏剧出版社，2019 年 11 月第 1 版。后面引文不再标注。

乡、对曲剧耳熟能详的孟华所写的这些唱词，切合曲剧曲牌，紧贴曲剧旋律，经同样出身曲剧故乡的作曲家潘永长精心谱织，更是锦上添花。而曲剧名家张新芳、高桂枝、耿庚辰等的加盟，更为这台戏增添了亮色。一台秀色可人、乡音醉人的演出在“艺术荒芜”年代破土而出。正是这些，使这部今天看上去“丑陋不堪”的“童子作”，“占尽独苗破土的优势”，一炮走红，[1] 一经亮相便轰动省城舞台，并如同蒲公英种子一般随风播散，全国 23 个省市的近 200 家剧团移植演出了该戏。但仅仅两年，这个戏又被冠以“阶级斗争熄灭论”“中间人物论”“反火药味论”“战争恐怖论”的罪名，予以棒杀。从一炮蹿红到跌入地狱，荣辱得失的甘苦冷暖，成为孟华艺术创作“终生反刍的营养”。

《山鹰》冰火两重的经历体验，让孟华对写戏并不热衷，加上处在特殊的历史时期，《山鹰》之后的几年时间里，他几乎没有涉足戏曲创作。只是在 70 年代后期，在为母亲治病求医的过程中，中华医学“医药之奇昧，医理之深邃，医经之厚重，医史之玄邈”深深触动了他，也就在那时候，他“盼望华佗再世的愿望最最强烈，怀着宗教的憧憬与祈祷的虔诚”[2]写下了他的第一部新编历史剧《神医华佗》。因这部作品写于特殊时期，加上并未上演，所以并不为更多的人所知道。从题材上论，倒是可以纳入他后期的圣贤

[1] 孟华：《半个集》，中国戏剧出版社，2005，第 452 页。

[2] 同上，第 448 页。

题材系列。从手法和艺术风格上看,这部作品并未能达到后期圣贤题材的旷达和超越,他自己也说,写得"有点正,有点秉,有点呆",明显是现实主义创作思想指导下的作品,算是这一时期的练笔之作。

权力的困惑:话剧《劳资科长》的人物突破

早期另一部重要现实主义作品《劳资科长》的问世,已是和《山鹰》相隔8年之后的1980年。八年间,“文革”结束,具有划时代意义的党的十一届三中全会召开,中国社会发生了历史性的转折。对于孟华个人而言,也迎来了人生的又一次重要转折。1979年底,已届不惑之年的孟华考入上海戏剧学院编剧进修班,完成了其从报社记者到专业作者的身份转换。话剧《劳资科长》即为两年半上戏学习的毕业之作。两年多系统的理论武装,大量优秀作品的观摩、讨论,对西方各种戏剧观念、作品的接触研读,对孟华创作观念的影响不言而喻。《劳资科长》虽然还是密切关注现实的现实主义创作,还算不上创作观念的“革命”,但称其是“观念的更新”却毋庸置疑,和同样是现实主义创作的《山鹰》相比,其格局、境界已迥然不同,几年学习的成效了然可见。

第一,《劳资科长》已由革命现实主义的正面歌颂变为了批判现实主义的直面问题。这是新时期思想解放、思想启蒙给予作者的可能和勇气。全剧通过一个小城市的劳资科长面对一个进城指标面临的各种压力及由此引发的“权力苦恼”,讽刺批判了党内存在的不正之风;同时通过主人公的“权力困惑”,触及了人人可能置身其中、推波助澜却又习焉不察的社会风气问题。由此,让人深感“不正之风是相互影响,相互渗透,交叉感应,不根治是不行的”。[1]这个作品体现的依然是作者的现实关切,期待的是艺术的劝世之用,革命文艺的创作思想仍清晰可循。

第二,人物塑造从单薄扁平转向丰满立体。如果说《山鹰》中的人物还存在类型化、模式化、简单化的问题,那么在《劳资科长》中,可以明显感受到作者塑造人物能力的提升,主要人物呈现出复杂、丰满的性格。作者在《创作话剧〈劳资科长〉的几句话》中写了他塑造人物的追求:“剧作法把人物分成类型化人物、性格化人物、心理分析型人物。创造‘心理分析型人物’被认为是最难写和作者应该追求的最佳目标。易卜生的《娜拉》,由开幕时的‘玩偶’到剧终时‘叛逆’的心理分析、变化、发展过程,是这种‘心理分析型人物’的范例。在南宫这个人物身上,我有意做个尝试,注意这个人物的多侧面,尽量使之立体化。同时着重人物的心理分析、变化、发展。”[2]这段话已经透露出上戏学习对孟华创作思

[1] 孟华:《创作话剧〈劳资科长〉的几句话》,《戏剧艺术》1984 年第 3 期。

[2] 同上。

想产生的影响。立足于这样的追求，作者在情节的铺排推进中，非常注意人物性格的刻画，避免脸谱，力求多棱。

这个劳资科长南宫九不是一个完美、高大的人，甚至可以说是一个有不少缺点、毛病的人。他不苟言笑，“厌烦肌发达，喜悦肌萎缩。说话时除了嘴唇不得不勉强做些闭合动作之外，整个面部很像一幅柿子木的雕刻品”。他身上有着一个基层干部在复杂现实中锤炼出的圆滑，对下级、弱势，有权力职位拥有者的傲慢和生硬；对上级，有习惯使然的违心妥协和曲意逢迎。亲人们理直气壮、轮番轰炸的施加压力，让他既烦躁，又恕让；欲爆发，又隐忍；始强硬，再安抚……他被不断袭来的人情、关系搞得不胜其烦，焦头烂额，东躲西藏……当你几乎要将其定位成一个欺下媚上、牢骚满腹、窝囊不堪、无所作为的小官僚、官混混的时候，却发现作者暗中为他铺设了一条从谷底向上攀的蜿蜒小道。他仍不失为一位有职业良知的基层干部，他有深入实际调查的求是作风，有体恤弱者的外冷内热，有对这个进城指标重要性、急切度、合理性的良心权衡，还有对领导软抵硬抗，即使付出被撤职的代价，也要把最后一个指标下达给最需要的人的偶尔峥嵘！“从去夏家调查研究开始，南宫九已经从谷底起步，虽是艰难的，但却是扎扎实实地、一步一个脚印地向着山顶爬去”[1]，最终坚实地站了起来，闪耀出了人格的光芒，一个丰满的基层干部的

[1] 田耘：《一个猜不透的迷——评话剧〈劳资科长〉》，《河南戏剧》1984 年第 2 期。

形象鲜活地立在了当代的戏剧舞台上。“劳资科长这个人物所以写得好,就是因为剧本写他在和四面八方的外部冲突中,也同时在和自我斗争,在内外的矛盾冲突中,劳资科长的性格得到了发展。”[1]这种欲扬先抑、瑕瑜互见的人物塑造方法,是对类型化、脸谱化人物塑造的突破。人物身上斑驳的杂色非但不影响其人格的光辉,反倒更凸显出人性的真实。

第三,这部具有镜鉴、讽刺、批判意味的现实主义作品,用的却是喜剧手段,戏谑风格。80 年代初,在以“伤感”“控诉”为情感主调的时代背景下,喜剧作品更显示出它的难能可贵,尤其是《劳资科长》这样一部以批判为旨归的作品。该剧采取讽刺、误会、夸张、巧合、出其不意、调侃幽默等手法,寓庄于谐,举重若轻,“通过劳资科长如何处理机动指标这一看来微不足道的小事,写出了情节曲折、有声有色的人生大戏,触及到了当前社会上十分敏感的问题,真实地反映了我们的现实生活”,[2]“是一个在笑声中给人以震动的好戏”[3]。

以上艺术成就的取得,使《劳资科长》的“戏运”远远超越了“毕业作品”的创作初衷,写出来后被上海戏剧学院定为 35 周年院庆献礼剧目,获得上海市第二届戏剧节优秀剧目奖,后经苏堃

[1] 蓝光:《一幅新鲜又熟悉的生活图画——〈劳资科长〉剧本琐谈》,《戏剧报》1984 年第 1 期。

[2] 同上。

[3] 曹禺:《一面镜子——〈劳资科长〉观后》,《人民日报》1984 年 1 月 14 日。

院长推荐，又分别被郑州市话剧团、中央实验话剧院热演，成为20世纪80年代初中国话剧舞台上一部批判现实的力作。曹禺先生看完中央实验话剧院的演出后，在《人民日报》发表了《一面镜子——〈劳资科长〉观后》的评论文章，肯定该戏的社会意义及取得的艺术成就。该剧剧本获得“1982—1983年全国优秀剧本奖”，即后来的“曹禺戏剧文学奖”。几年后，该剧又获得河南省人民政府颁发的河南省首届文学艺术优秀成果奖。

可以说，《山鹰》《劳资科长》两部现实题材作品，为孟华的早期创作带来了始料未及的荣耀。多年后，回忆起这一时期的创作，孟华仍感到“这种小投入与大收获之间的反差曾使他羞颜半遮，常有一种信手捡个大便宜，甚至是无功受禄的感觉”。这种感慨是针对后一段创作历程的“大投入，小回报”的有感而发。因为《劳资科长》之后的十余年间，孟华碰到的不是小投入大回报的惊喜，“而是大投入小收获，或是无收获，或是收获一堆误解曲解费解的茫然”[1]。而引发这种收获和耕耘巨大落差的原因，正是作者酝酿已久的一场观念“革命”，以及由此引发的创作转向。

[1] 孟华：《〈劳资科长〉卷后赘语》，《半个集》，中国戏剧出版社，第169页。

第二章

DIERZHANG

『他者』身份的指认和确立——中期的形式探索和观念革命

引 言

思想意义上的80年代,实际上开始于“文革”后期的1970年代,它为接下来的思想解放做好了心理、情绪上的准备。随之而来的“思想解放”“改革开放”,为西学东进打开了方便之门。

“七十年代末、八十年代初,西方十八、十九世纪的启蒙主义思潮著作开始大规模地译介进入中国,文化意识思潮也进入一个以反叛和个性解放为主题的创作高潮。”[1]上海,作为领风气之先的前沿地带,更能先其他地区一步感知到这股思想的浪潮。此时正在上海戏剧学院学习的孟华,有机会接触了西方的各种文艺思潮、流派、作品。荒诞派、存在主义、质朴戏剧、表现主义、

[1] 马国川:《我与八十年代》,生活·读书·新知三联书店,2011,第52页。

超现实主义、达达主义、后现代派、魔幻现实主义、布莱希特戏剧、意象派、野兽派……这些蜂拥而入的西方戏剧流派,令人目不暇接,眼花缭乱。《等待戈多》《椅子》《琼斯皇》《悲悼》《教父》《罗生门》《贵妇还乡》《推销员之死》《肮脏的手》……尤奈斯库、贝克特、尤金·奥尼尔、斯特林堡、萨特、迪伦马特、阿瑟·米勒、易卜生、尼采、弗洛伊德……这些戏剧家、思想家、哲学家的优秀作品及其裹挟的观念、手法、技巧、价值和审美判断,给孟华这个从相对封闭的中原腹地走出来的“老童生”,带来了几乎是颠覆观念的震颤。而最惊动他灵魂的,还是美国剧作家尤金·奥尼尔的作品。奥氏剧作对社会、对人性的深刻揭示和他对各种艺术手段的大胆尝试,让孟华惊讶愕然。孟华这样描述初读奥尼尔作品那种惊心的感觉:“一读,愣了!济济一堂剧作家研修班的半老学子们都瞪着呆愣愣的眼睛互致惊问:乖乖!剧本还有这种写法?家丑还有这种扬法?”[1]愕然惊心之后,便是持久的痴迷和陶醉。

20世纪60年代,当孟华还是南阳地区文工团的团员时,就有幸读到了曹禺先生的《雷雨》。戏中那种家庭成员之间关系的复杂,秩序的“非常”,内心的煎熬,心理冲突的激烈,风格的迷离,让孟华感到“惊奇”“震撼”,并成为他迷恋戏剧的重要诱因。同时,剧作的深刻、另类,也引发了他对曹禺思想渊源、创作背景的种种猜测和探寻。当这种猜测和探寻在奥尼尔的作品中得到

[1] 孟华:《〈榆树古宅〉章前碎语》,《半个集》,中国戏剧出版社,第172页。

某种印证之后，顿有豁然开朗之感。这种猜测的现实印证，让孟华切身感受到借鉴世界各国优秀戏剧成果，开拓视野、更新观念之必要与迫切。于是，上戏三年，“这位鬓发已稀的老童生滚在一帮年未及冠的大学生中间”，如饥似渴啃了三年书本。“这三年增益匪浅，使孟华看到了山那边的海。”[1]

上戏三年的学习，对孟华的改变是知识结构、文化构成的更新，也是思考方式的改变。如果说，此前，孟华的文化构成主要是中华传统文化、民间文化、革命文化，那么这一时期，西方现代文化的汇入，不但成为其知识结构的重要组成部分，而且对其原有的思考方式形成了撼动和改变。上戏毕业时，孟华以话剧《劳资科长》为学业作结。学成归来之后，他大约有两年时间没有动笔。三年所学所思在他的头脑中积聚、沉淀、酝酿、升腾，逐渐熔炼为一种跃跃欲试、突破创新的强烈愿望。80年代中期，借助两部传统戏的改编，他开始了由浅入深、由局部到整体、由形式到内容的探索尝试。

[1] 毓钺：《孟华印象》，《剧本》1987年第12期。

《老包打滚》《情断状元楼》的形式探索和哲思融入

孟华的探索创新首先是从传统戏的形式创新开始的。形式探索又是从叙述方式的创新开始的。

新时期以后，布莱希特“叙述体戏剧”及其理论对中国话剧产生了重大影响。特别是他倡导的制造“间离”效果，在中国话剧舞台上多有尝试。布莱希特认为，封闭性的戏剧结构，由于非常逼真地模仿生活，使观众被剧中的感情所左右，只知道生活是这样，而不知道生活为什么会是这样。“在一件事情已经结束，一个事情尚未开始的地方，观众可以做出自己的判断。”[1]孟华根据豫剧传统剧目《下陈州》改编的《老包打滚》，就尝试采用了“间离”手法，在场与场之间设置了一个叙述的“串场人”。这个“串场人”，除了连缀上下场的作用外，还是一个讲述者、旁观者、点评

---

[1]余秋雨：《世界戏剧学》，长江文艺出版社，2015，第443页。

者,或在一场戏的开始做一种剧情的提示和悬念的渲染,或在场与场之间做一些客观点评,使观众在自身的情感评价之外,获得一种他者的视角(也即作者的视角);或实现情绪色彩上的调节,使观众在看这部悲情十足的戏时能够从悲伤中短暂跳出来,释放一下压抑的心情,舒缓一下紧张的情绪;甚至有的时候他还会参与一点剧情,插科打诨一番。比如,第三场开场,串场人出现:

串场人　众位看官,有道是"当局者迷,旁观者清"。曹国舅搞的那个《万民颂折》是假的,你我看得很清楚,可它到了宋王爷手里就不那么容易搞清楚了。宋天子搞不清楚,那麻烦可就大了。

(唱)假作真时真亦假,
真到假时假成真。
真真假假混一处,
凑出个花花世界美乾坤。

几乎在每场的开头或结尾,都有串场人的"插入"。它有意让剧情松懈、脱节,以阻止舞台上下的情感混同,打破了以往看传统戏时观众完全投入,暂时忘我,和剧中人同喜同悲的观剧习惯,带给观众一种新鲜别样的审美体验。这种"非戏剧性"叙事的融入,正是布莱希特"陌生化"戏剧观念的有意尝试。今天看来,这种手法已毫无新奇,但在80年代之初的河南戏剧舞台上,却有着探索创新的意味。

与《老包打滚》同时期的《情断状元楼》(简称《情》),是孟华应著名导演杨兰春之约,根据宋元南戏“王魁负桂英”改编的另一部古装戏。在80年代中期戏曲“危机”和观念革新的时代背景下,作者和戏剧大家杨兰春选择这个耳熟能详的故事,用心所在显然不是重温一遍故事,而是试图以现代人的思想重新梳理它,向人物心理、灵魂的深处探掘。正像杨兰春所说:“王魁、敫桂英的故事流传了好几百年,我们创作《情》剧,不是有什么野心,也不是想出什么风头,是想借此搞点探索……孟华的《情》剧不是情节戏,因此,在整体构思上,我是用抒情的手法来表现《情》剧主题的。”[1]正如杨兰春所言,孟华在这个戏的创作中,显示出了他写情感戏、哲思戏的特长。每场戏都是以最简的笔墨叙述情节,而以大量的笔墨抒发人物的内心,核心唱段达到四五十句。而且作者能够以现代人文思想观照人物内心,对人物心理的挖掘和刻画自然做到了深刻独到。几个情节转折点敫桂英的内心描写,情感深掘,词尽其妙,细腻丰富,酣畅淋漓。如写敫真情被辜负、被亵渎,面对海神的哭诉诘问:“既然是嫌俺烟花丢他脸,为什么,想当年——穿我烟花衣,吃我烟花饭;住我烟花楼,花我烟花钱。迎着烟花跪当面,恩人菩萨叫不完。没有当年的烟花女,哪来他今日的王状元?”这种悲情的诘问足以震撼人心!中国台湾“清华大学”教授王安祈说,初听这段唱词让她“怦然心动,历经数年而难忘”。剧中对王魁形象的塑造,同样是丰富的,对他

[1] 陈悦:《杨兰春谈戏曲改革》,《河南戏剧》1986年第2期。

休妻招赘之后的不安和忐忑同样有着细腻深刻的描写，既有“见旧人想旧物旧情难忘”的良心不安，也有“人世上难免不欠负心账，倒应该少生些痴情的姑娘”的自我安慰，人性的多面、明暗由此得以窥见。

在《情断状元楼》中，作者特别借助场与场之间的幕后伴唱，力图实现意蕴的延伸、意味的传递以及哲思的融入。这也正契合布氏“强化戏剧的哲理渗透”的戏剧理念。如敫桂英救王魁一场结束的伴唱：“风雪作桥死作媒，无价丹青换王魁。怜贫惜苦是商女，怜商女者知是谁？”再如王魁赴京赶考和敫桂英离别一场的伴唱：“阵阵马嘶催离人，离人信誓托海神。海神管否人间事？唯见案前香氤氲。”还有火烧王魁后的剧终伴唱：“回头岸边头不回，无名大火送王魁。回看十里丞相府，红颜依旧笑青梅。”这些富有哲思意味的伴唱，词彩华美，借物会意，言有尽而意无穷，使观众在故事剧情的欣赏之外，获得了一份哲思的启迪和回味。

李渔在《闲情偶寄·戒荒唐》中曾云：“即前人已见之事，尽有摹写未尽之情、描写不全之态，若能设身处地，伐隐攻微，……授以生花之笔，假以蕴绣之肠……，使人但赏极新极艳之词，而竟忘其为极腐极陈之事者，此为最上一乘。”《情断状元楼》的创作，正是对李渔这一番话的生动印证。由于该戏掘出了古老故事所蕴含的“未尽之情”“不全之态”，并借助作者的生花妙笔得以淋漓尽致的描摹、表达，以至让观众忘记了这是个“老掉牙”的题材，兴致盎然，久演不衰。

作者对人物情感的深掘细描，经由他深厚的传统文化功底、斐然的文思、精到的表达，显示出一种清俊、雅致而又言简意深、与观众内心极为贴近的独特韵致，凸显着戏剧作为文学形式之一种必有的“文学”特质，提高了整部戏的哲思意味和文化品格，从而使这部戏在众多剧种、同一题材中显得与众不同，进而成为“王魁负桂英”这一故事流行颇广的演出版本。这部戏，也初步奠定了孟华剧作蕴藉雅致、诗意抒情的剧作风格，并成为日后其创作中愈发突出的显性特征之一。

《情断状元楼》是以杨兰春、孟华、耿玉卿为核心的创作团队借传统故事实现观念更新的一次尝试。正如作者在首演说明书上《写在开演之前》中所写的：“通过对这篇古剧目的重新探察开掘，寻找我们民族艺术之魂……我们羡慕每个新来的早晨，它和远古之晨相似，又充满浓郁的现代气息。”有意味的是，他们的实践在当时遭遇了始料未及的“沉默”冷遇。在 1985 年的河南省首届戏剧大赛中，该戏获得金、银、铜、优秀奖之外的“丰收奖”，也即等次之外的“参与奖”。但有趣的是，这个戏自创作出来，便一直作为剧团的主打剧目演出至今，并被全国数十家豫剧团搬演。20 世纪 90 年代初，台湾飞马豫剧团(今台湾豫剧团)通过录像学习了此戏，并把它带到美国、欧洲多国演出，至今仍是台湾豫剧团培养观众、深入院校演出的主打剧目。这种现象值得深思。我想，赋予这个古老的题材生机的，也许恰恰是当初不被看好的“现代气息”。传统意义上的那个故事，已然成为被赋予了现代人文意识的“现代戏曲”。

如今30余年过去，回头再看这部已经积淀为新时期以来新编传统戏经典的《情断状元楼》，那真实的人性观照，合理的情节铺排，细腻的情感描写，筋道的词彩表达，优美的旋律唱腔，依然能够拨动我们的心弦，带给观众内心的触动和精神的愉悦。孟华和他的同道们80年代初期的创新理念和探索实践，也通过这个作品让我们切身感受、体味、思索……

《半个娘娘》的惊鸿一瞥

如果说,《老包打滚》《情断状元楼》是借助传统故事的形式探寻,那么,创作于1985年、首演于1987年的意象剧《半个娘娘》,则是孟华观念创新的突围之作!这部被孟华戏谑为"一生浇铸无囫囵,半个尚且是天成",在他眼里算个"正经玩意儿"的作品,在当时业界引起的轰动和旋即而来的命运陡转,给学术研究提供了诸多可以言说的话题。

一、诱因

前面说过,上海戏剧学院的进修学习,给孟华带来的不仅是文化结构的变化,更是观念意识的变化。西方戏剧那种对社会问题和人性隐秘的直面和揭示,以及多种手法的大胆探索,新时期以来一些文学作品及话剧作品的思辨意识、反思意识、个性意识,让孟华时时不忘回头反观自己的创作,并在反观中反思。当他带着这种反思意识再去看自己的作品,看到的即是差距和不足。即使是当初被一致看好的《劳资科长》,他也并不满意,认为虽然切中时弊,有了些批判意识、讽喻色彩,但手法尚显中规中矩;《老包打滚》尽管做了些形式上的探索,但仅从形式上找辙是没有出路的;《情断状元楼》虽也融入了现代的人文思想,但仍算不上创作观念的突破……如何借鉴西方的戏剧观念、表现手法,深化作品的现代意识、思辨意识;如何突破惯常的表现方式,拓展作品的意义和内涵;如何使创作既不失故事的趣味性、通俗性,又能实现内容的哲理性和意蕴的深邃性……都是他努力的目标。再往前“拱一拱”“探一探”的意识非常强烈。当这种强烈的探索欲望有了“新启蒙”思想浪潮的助推,具有突破意义的创作实践就会必然到来。《半个娘娘》就是在这种个人欲望与时代思潮共同催生的历史境遇中诞生的。

《半个娘娘》的创作动意仍然是作者对现实中某些现象的有感而发:一些本来很好的事情,很好的构想,很可能实现的目标,或是因为思维模式的拘囿,或是由于一己之私的狭隘,抑或是出于不愿成事之美的暧昧心态,最后竟是好事办不成,或南辕北辙,适得其反;或事与愿违,美梦成影……当这些现实触发和作者积蓄已久的创作冲动相遇,其思绪便如同蒲公英遇到风一样飞扬起来,并借由“娘娘村”的民间故事氤氲、铺衍开来,在作者的头脑中升腾成为一种意象,最终成为意象剧《半个娘娘》。“本剧故事的母体来自中原大地的民间。写成的剧本,三分之一是故事的原汁,三分之一是时代的佐料,三分之一是提纯的滋补品,总体上打造出一个完整的意象。”[1]

二、意象

《半个娘娘》的故事大概如下：村姑李桑桑救了政治逃难的山南王，山南王就地将其封为娘娘，以报答深山密林救命之恩。局势稳定后，山南王要接救驾的娘娘回宫，但身边的大臣、亲人，对娘娘之来历，之身份，之清白，之于自己、于国家的利害，权衡盘算，各怀心态。太后认为，深山荒野，救皇上的行为，绝非一般村姑所为，即使是村姑所为，“亦难当救主功业之重，亦难掩村姑薄名之轻”[2]。所以，救儿性命者，一定是神灵所为。太宰黄兆年认为，让他损兵折将、折骨断腿的魔鬼之域，哪里会有什么貌美心善、智能惊人的村姑，一定是魑魅魍魉所为，必然另有所图。皇后及一帮朝堂重臣，围绕李桑桑是人、是仙、是鬼、是奸，甚至是否贞洁之女展开了激烈的争论，调查、拷问也由此展开。大家众说纷纭，宏论惊天。然而，却始终不能统一到“接娘娘”这个大目标上。复杂的人心和无端的猜忌像一座巨大的屏障，矗立在山南王的心中，目标近在咫尺却又远在天涯，遥不可及。娘娘最终没能接来。这时，卷土重来的山北王俘获了山南王，同时俘获的，还有被他亵渎了真情、信任、尊严、人格，接了数年也没有接回宫的“娘娘”。

[1] 孟华：《〈半个娘娘〉创作构想》，《半个集》，中国戏剧出版社，第103页。

[2] 同上。

作者将《半个娘娘》定位为“意象剧”，自有其妙想用意。

“意象”是中国古典诗歌乃至一切文学艺术中非常重要的一个美学概念，从《易经》《庄子》《诗经》《离骚》到《文心雕龙》《诗品》及唐诗宋词，“意象说”在理论、实践上都经历了漫长的发展过程。所谓的“意以象尽”“言有尽而意无穷”“言外之意，象外之旨”“超以象外，得其环中”“象外之象”“弦外之响”“韵外之致”“以物象为骨，以意象为髓”等，其实都是“意象说”在不同时期的变相提法。由此可见，中国文学艺术对“意象”的追求是由来已久的。20世纪初在英美风靡一时的“意象派诗歌”，其实是中国古典诗歌的“舶来品”。其代表人物庞德直言他从中国传统诗歌中，看到了语言与意象的无限魅力，遂对中国诗歌顶礼膜拜，并提出英文诗的创作亦应浸润在意象之中。孟华也正是从《意象派诗选》得到启发，他认为：“外国的现代派总是在中国的古文化里‘盗宝’，我们为什么不可以把它镶嵌在国际饭店里，让它为现代化服务哩？”[1]

作者将《半个娘娘》定位为“意象剧”，是要追求一种“弦外之响”“象外之旨”，实现“意超象外”的可能性、丰富性、深刻性。因此，作者有意模糊了朝代，故事发生地也选在人迹罕至的荒山野岭，目的是让观众跳出对历史现实的猜测对应，不去考究年代、

[1] 杨守林：《意象，飞动的活力——谈孟华和他的〈半个娘娘〉》，《剧本》1988年第9期。

人物的真实性,而是以一种超然的态度去审视它,去品咂它所蕴含的深意。剧中,李桑桑就是一种意象,代表美好和理想。山南王则是理想的追求者和失落者,黄兆年是理想实现的巨大屏障,皇后、太后乃至各路大臣,均是生活中各色人等的类型符号。他们让我们清楚地看到,在通往理想的道路上,总有意想不到的各种力量在分散、阻滞、消解、改变到达目标的可能和方向。在写到这儿的时候,有幸从著名导演罗云老师那里得到了《半个娘娘》1987年5月26日在河南人民剧院演出时的节目单,节目单上有一段“编剧的话”,印证了笔者对创作者“意象”追求的揣测:

> 世界的美好就在于人类为自己设计了种种美好的理想,并为实现这些理想而奋斗不息。
>
> 然而,人们在对理想的追求中,有的到达了终端,进入丽天佳境;有的停留在半途,陷入心灰意懒;有的掉入歧路,怅然耗尽残生;有的半道折回,安于故园流连……
>
> 这种起点的一致和结果的迥异,自古以来,引起多少人的思索。本剧便是这种思索的一个意象凝聚。

2004年,在《半个娘娘》创作20年后,作者在他的一篇文章《〈半个娘娘〉创作构想》中,仍如是描述他最初的意象设定:“目标在前,……是令人羡慕的、诱人的,然而实现目标的路径却是横七竖八的,南辕北辙的,沿着这种路径走下去,目标变成咫尺天涯。”这种消解走向美好的反面力量到底来自哪里?不同的观众答案亦是不同的。是人性中的小我、自私、险恶?是民族性格中那些陈旧的思维模式？是一叶障目的狭隘认识？还是面对目标，信心、定力的缺乏、游移？似乎都有，也似乎都不确定……它传递给观众的的确是一个“极抽象的核心意念。这犹如毕加索的画，庞德的诗，提供给读者与观众一个个性化解读的广阔无垠的自由空间”[1]。由此不难看出，作者意象设定的目标是明确的，但意象最终留给观众的解读可能是千变万化的。正如有一千个读者就有一千个哈姆雷特一样。

三、手法

因为此戏是对生活中“同质”现象的一种隐喻，着眼的是一种“意象”的营造，所以作者不拘泥于对情节真实、合理的追求，而是朝着既定的目标去着墨用笔，写得灵动活脱，神采飞扬。尽管作者说《半个娘娘》的创作“不追求外部形态的时髦与另类，依然朴实而传统……戏剧情节的发展、戏剧冲突的变化，亦循现实主义轨迹”，但当你阅读之后，会感觉到它既不“朴实”，也不“传统”，更不“现实”。虽然情节的发展、故事的叙述仍遵循了传统戏剧“线性”发展的逻辑思路，但在表现上，却是另辟蹊径，尝试运用了多种艺术手法，有夸张，有荒诞，有表现，有对西方现代戏剧手法和影视手法的大胆借鉴，且对各种手段的运用都有手到擒来的自如和自由。其戏剧形态的开放性，表现手段的多样性，样貌品格的灵动性，人物言行的荒诞性，意蕴内涵的深刻性，都昭

[1] 孟华：《〈半个娘娘〉创作构想》，《半个集》，中国戏剧出版社，第 104 页。

示出它绝非一般意义上的新创作品，而是观念“革命”的一部突围之作！

这部戏开场就开得相当“另类”！戏是从观众席上开始的！当观众刚刚坐定或还在和熟人朋友打招呼寒暄的时候，剧场的四角筚篥声陡然响起，嘈杂的剧场一下子安静下来。接着，从几处进场门同时冲进几组穿金甲操银戈的士兵。他们在剧场内穿行搜索，寻找目标，突然有人大喊：“抓住他——追！”所有士兵闻声一起奔向舞台。司兵翻身跃上舞台，喝道：“肃静！”所有士兵应声定格。司兵脱下帽子，向观众彬彬有礼三鞠躬：“各位受惊了！我们的戏已经开始，这几位士兵正在追赶一个逃犯，求功心切，扰乱了我们的秩序，抱歉！”“为了叫恁听得清楚，看得明白，我愿意透露个高级秘密：这个逃犯是个皇帝——！”此时，观众的兴趣和胃口被高高吊起！司兵戴上帽子，又化为戏中角色，戏在他的引领中开始了！

今天来看，戏从观众席开始或演出中演员不断参与到观众中的情形已屡见不鲜，但在20世纪80年代中期，在创作相对封闭保守的中原河南，这种形式绝对是领风气之先的。尽管作者说他这样开场是为了“对付”中原观众不把开场前十分钟的戏放在眼里的“劣习”，让演员走到观众中去吸引他们的注意力，但以学术的眼光去分析，它的意义已绝非仅限于此。它打破了传统镜框式舞台带给观众的神秘感(尽管只是有限的尝试)，拓展了演出空间，使观众获得了些许身临其境的参与感，其情感和心理的投入感一下子变得与以往不同，观演关系一下子拉近了。其效果正像作者所期待的，剧场一下子静下来了。联系前面《老包打滚》在形式方面的探索，不难发现，观演关系，是孟华剧本创作过程中非常重视、用心经营的一个内容。

该戏的一个亮点，是“面具”的运用。作者说这是“有意挑亮观众察新审异的眼球”。那么，它“新”在哪里？“异”在何处呢？原来面具的运用借鉴的正是美国剧作家尤金·奥尼尔的“面具理论”。前面说过，奥尼尔对孟华的创作思想产生了巨大影响，甚至很大程度上影响了他日后创作的题材和道路选择。这种影响在《半个娘娘》中初露端倪。面具的运用即是其一。

奥尼尔一生都没有停止对戏剧表现形式多样性的探索，面具的运用就是其重要的表现形式之一。他于20世纪30年代初，先后写了《面具备忘录》《再思》《戏剧家手册》等文章，总结了他对面具作用的看法。他认为：“我越来越确信面具的运用将最终成为解决现代戏剧问题的最自由的办法——即解决如何用最简明、最经济的手段来表现深藏在人们头脑里的冲突这一问题。这种冲突在心理学的研究中已经不断地得到了证实。”他甚至认为，面具是一种“灵魂的戏剧”。在多部作品的创作中，奥尼尔都使用了面具，将其作为表现人的双重人格及冲突的重要手段。他在《再思》中曾写道：“假如我的创作过程能够重新经历一遍的话，我对过去写成的剧本会做些什么改动呢？会改动的很多，……但是有一样我是绝不会改变的，那就是面具的使用。”[1]

在创作中对“面具理论”做一番尝试，是孟华初一接触“面具理论”头脑中就蹦出的想法。《半个娘娘》拷问人性的主题走向，正好为他的尝试提供了可能。剧中戴面具的是四个朝廷大臣，在面对李桑桑是人、是神、是鬼、是奸的辩论中，他们各怀心思，自有一番心理斗争。真实的想法是怎样的？说不说真话？为什么要说假话？面具在此发挥了它真假转换的灵活作用。比如，剧中黄兆年说李桑桑是奸细，山南王征求众大臣的意见：

梁宗正　(向观众)黄兆年是我的恩师，我是他的门徒，我能有今天，全靠他一手提携。他说是奸细，我还能说不是？(戴上面具正襟表决)陛下，她是奸细！

孙太监　(向观众)水灵灵的黄花闺女，竟说人家是奸细，纯粹是狗尾巴扯到狼腿上——乱得匀！不过，随着黄兆年趁机会来趟孤凤山，看看有无皮毛生意可做也是好事！所以我得说——(戴上面具，正襟表决)陛下，她是奸细！

戏中凡征求大臣意见的场合，均采用了“面具”手法。面向观众的“背躬”，是角色的“真我”；戴上面具的“表态”，是角色的“假我”。人物的双重人格和意识冲突，就在这一“戴”一“摘”中得到清晰的表现。

《半个娘娘》对奥尼尔戏剧手法的借鉴是多方面的。众所周

[1]汪义群：《奥尼尔研究》，上海外语教育出版社，2006。

知,奥尼尔是表现主义戏剧的代表性人物,创造性地使用了大量表现主义手法,如回忆、幻觉、梦魇、意识流、旁白、独白、象征等,来表现人物的意念、情感、心理。在《半个娘娘》中,孟华对奥尼尔的幻觉、意识流、象征等表现主义手法有多处借鉴,丰富言说手段,深化主题意涵。比如,黄兆年想试探李桑桑到底是人是鬼,命令随从的法师向李桑桑喷水念咒,抡刀舞棒,举镜照射。接下来的场面是这样的:

[灯光随审视者主观情绪而变换:桑桑的形象亦随每个审视者主观意念的变换而变化(用替身演员表演),一会儿仙影俊美,一会儿鬼影可怖;一会儿高髻云鬟,一会儿披头散发……

不同的李桑桑形象,其实就是不同意念的审视者内心的一种外化。作者借这种表现方式,来表现人性的复杂多样。还有,山南王被亲人、大臣们各怀鬼胎的判断弄得六神无主,啼笑皆非,筋疲力尽,万念俱灰,他感到自己被一张无形的大网牢牢罩住了。当大臣祈求他回朝返京,他喃喃自语“我走不动了”,众臣问他何出此言,山南王回答:

难道你们没有看到……我在网中吗?(比比划划)网,网,网……手也抬不动,脚也挪不动,天也推不动,地也转不动……(抽出宝剑)众爱卿,随我破网来——!(挥剑左刺右剁)

显然,这是来自四面八方、纵横交错的阻力织就的意念之网，是山南王因紧张、害怕、颓丧、绝望而产生的幻觉之网。就像《琼斯皇》中琼斯皇逃跑时，因极度害怕，感到树林从两边合拢过来，将他包围在阴森可怖的黑暗之中一样。作者对奥尼尔表现手法的大胆借鉴由此可见一斑。

《半个娘娘》中，作者还大胆借用了电影中的慢动作。“慢动作”被称为“时间的特写”，用来延缓、放大重要的瞬间，从而强调突出主体行为。山南王接娘娘五年而不得，索性亲自前往孤凤山会桑桑。历经的种种坎坷，久别的相思之苦，使彼此相见的欲望变得分外热切，他们发疯似的向对方扑过去，但是，却很难走到一起。“很近很近的距离，却变得很远很远，二人的动作被夸张地放慢。”就在他们的手指彼此触碰的一刹那，黄兆年突然一个踉跄，横在他们中间，李桑桑是“奸细”的嫌疑又成了横在他们之间的巨大障碍……这个时间瞬间的“放大”，与故事的发展情势结合在一起，营造出了深邃、有意味的艺术情境，强化了作品的思想意蕴。

除了通过人物形象、表现手段的多样传达意象外，作者还特别注重发挥戏曲作为“剧诗”的诗性特征，通过语言来强化意象，以言尽意。除了唱段的用心经营，场与场之间的幕后伴唱，或场次中间的幕后合唱，也都是作者表达思想、延伸意蕴、深化思想的重要途径。如：“听说天下本无风，静到极时狂飙生。不知静为风之祖，还是风为静之宗？”“闻说黄河本向北，碧波千顷养蕤葳。只因弯弯多无数，掉头东海再不归。”这些富有诗意、寓意、禅意的伴唱，放在某个场次中，或许具有内容的针对性，但离开剧情，似乎更具有超越具象的形而上的哲理性、思辨性、丰富性。那氤氲在全剧中的神秘和灵动之气，让观众于云烟缥缈中感觉到了内涵的丰富和深邃。

四、命运

这是一部带有极强探索意识的作品。其戏剧形态的开放性，表现手段的多样性，样貌品格的灵动性，风格色彩的异质性，意蕴内涵的丰富性，都昭示出它绝非一般意义上的新创作品，而是观念“革命”的一部突围之作！它带给人们的感觉是新奇的、另类的、异样的，甚至对观众既有的审美经验是颠覆性的，故而它的出现，引起业界的关注、引起普通观众的争议都是必然的。《平顶山戏曲志》1987年大事记中有这样一句简单的记载：

> 元月，市豫剧团《半个娘娘》一剧彩排，演出后，在观众中引起争议。

遗憾的是没有记录当年争议的焦点和主要内容。但可以想象得到，对于不同身份、不同层面的观众，其关注和争议的焦点必然不同。之于普通观众和戏迷，大概是这个戏颠覆了他们既有的观剧感受和经验，大概是形式的新奇，感觉的另类；之于专家学者和业内人士，则可能更多地聚焦于创作者观念的革新和形式探索的价值意义、得失长短。在20世纪80年代戏剧观念的大讨论、大探索中，每一部具有探索意义的剧目的出现，都可能会引起业界足够的关注和争论。他们兴奋和遗憾的程度，某种意义上也表达着一部作品所蕴含的思想文化价值和艺术探索意义。

1987年4月,《半个娘娘》在平顶山正式与广大观众见面,赵寻、刘厚生、郭汉城、蓝光、孟繁树、毓钺、王安葵等十余位京城专家前来看戏。孟华回忆说,这些专家看完戏后,连呼“出人意料”,兴奋之至,彻夜长谈。他们没想到河南竟出现了这么一台具有“引领意味”的探索戏,说是演到北京,必定走红。时任中国剧协党组书记的赵寻当场代表中国剧协向《半个娘娘》发出了进京演出的邀请。1987年5月26日、27日,《半个娘娘》到省会郑州河南人民剧院进行汇报演出,以其“新奇、先锋、探索、实验”的特质,引起了省会文艺界的热切关注。戏毕,河南省剧协主席杨兰春主持召开了近60人的专家座谈会,除了河南省内的专家,参加座谈会的还有“闻风而来”的京城第二拨专家。从该戏导演项奇和当年旁听者、著名导演罗云支离破碎的笔记中,大概能看出大家对这个戏的基本态度和评价。首先是对其探索意义的普遍肯定,认为这是河南戏剧舞台上的“新品种”,是个全面的探索,编、导、舞、音各个方面都做了有意义的探索,达到了和谐的统一;其次,“把意象和物象结合起来,把主题的象征性和情节的统一性结合起来,把哲理与情感统一起来”(刘景亮、齐致翔语),在追求主题象征多义的同时,又注意了情节的贯穿统一和人物形象的塑造(谭志湘、李春喜语);再次,该戏在现实主义、浪漫主义、虚实结合方面达到了一定的高度,既让人与剧中人物的思想情感交融,又让人冷静地思考了许多问题,生发出旁观者的感慨，起到了一定的“间离”效果。当然，针对细节，专家们也提出了各自的意见和建议。

但是，这个座谈会上的专家发言中，也分明弥漫着一种“弦外之音”。从项奇导演的零星记录中，能看出些许端倪。中国艺术研究院谭志湘在发言中专门提出，“走创新之路是戏剧发展不可阻挡的潮流，是任何人不能阻挡的”。她专门提出了对探索剧的评价尺度问题，她认为，“如何评价探索性戏剧，对理论界也是一个挑战。……我们应该按作者提交给我们的一些东西去思考，不应只按生活中的真实性、合理性去要求，按生活中是否存在或不存在去要求，而是应该从戏剧的合理性，按艺术的内在逻辑性去衡量”。另一位专家则直言不讳：“这部戏给了我们很多启示。但我听到一些议论，说它影射了什么，我没有这种感觉，我觉得作者的立场是正确的。”[1]

从专家们的“弦外之音”中，我们可以听出，在对《半个娘娘》正常的艺术评价、争论之外，存在着另一种角度的评价！显然，矛头所指，不是针对这部戏艺术形式探索上的评价，而是对作品政治倾向的质疑。座谈会上专家的“发声”，显然是对这种“非艺术评价”的矫正和反击。

20 世纪 80 年代，是新旧观念交锋，各种思想激荡，政治氛

[1] 项奇：《意象豫剧〈半个娘娘〉——一部令人遗憾的剧作》，《淘园杂忆》，学林出版社，2005，第 175 页。

围敏感的年代，这种背景，本身就为艺术作品提供了解读的多重空间和可能，包括政治角度的解读。甚至像动画片《哪吒闹海》这样的作品，在80年代初也被一些人认为是“一部有政治隐喻的影片”，“记录了一个混乱时代的结束，一个崭新时代的开始”。[1]至于那些具有引领意味的探索性剧目，因其观念的先锋性，思想的丰富性，手法的非常规性，带给人们审美感受的颠覆性、差异性，其可供解读的空间就更为广阔。正如鲁迅先生在讲解《红楼梦》时所讲：单是命意，就因读者的眼光而有种种：“经学家看见《易》，道学家看见淫，才子看见缠绵，革命家看见排满，流言家看见宫闱秘事……”应该说，在80年代，《半个娘娘》这个题材还是有它的敏感性的，是存在从政治角度解读的空间和可能的。特别是如果这种解读来自掌握话语权的官方，它的“杀伤力”就足以致命！1987年5月26日、27日省会郑州的两场汇报演出，也是《半个娘娘》的“谢幕”演出。此后，涉嫌“影射”的“罪名”使它再也没有机会登上舞台，赴京演出的计划也因此取消，仅有的几场演出如惊鸿一瞥，成为绝响。它没能像同时期的京剧《曹操与杨修》一样，因邓小平同志的一句“我就是杨修”而冲破“影射”解读的藩篱，迅速走红全国，成为一个时代的经典作品。

笔者揣测，孟华和《半个娘娘》的创作团队，在创作之初，对

[1] 傅广超：《想你时你在闹海——动画电影〈哪吒闹海〉幕后揭秘》，《读库》2017年第1期。

该戏可能引发的争论是有估计的，对主题价值判断的多元也是有所预料的。始于改革开放初期的创作观念革命和艺术探索实践,走到 1987 年,已经如火如荼进行了将近 10 年。这 10 年中,几乎每一部探索性剧目的出现,都会引发激烈的争论、质疑、指责,乃至最终被扼杀或山重水复之后的凤凰涅槃。这些,热切关注当时戏剧创作的孟华和项奇等,都是亲身见证了的。尽管时间已经到了 80 年代的中后期,但是,对于河南来说,《半个娘娘》的创作,仍属于走在前沿的“试水”之作,此前探索性剧目所引发的一切争论,《半个娘娘》都有可能面对。所以,上演之前,孟华们多了一份“引导”的自觉。看当年《半个娘娘》的节目单正面,醒目地印着邓小平的两句话:

> 小生产的习惯势力还在影响着人们，这种习惯势力的一个显著特点,就是因循守旧,安于现状,不求发展,不求进步,不愿接受新事物。
>
> 爱动脑筋、肯想问题的人愈多，对我们的事业就愈有利。干革命,搞建设,都要有一批勇于思考、勇于探索、勇于创新的闯将。没有这样一大批闯将,我们就无法摆脱贫穷落后的状况,就无法赶上更谈不到超过国际先进水平。

能看出主创团队写这两段话的“良苦用心”！一是在主题解读上的引导:老思维模式下理想永远是理想。一是在审美观念上的引导:接受意象剧和创新的演出形式。但是,优秀的艺术作品带给人们的感受永远是复杂丰富的,《半个娘娘》传递出来的丰富意蕴，观众对《半个娘娘》的主题理解和审美感受，远远超越了创作者的“引导”和“框定”，赫然印在说明书首页的这两段话，并未能阻挡各种各样的“意马心猿”，包括对它“影射”的臆想。

探索确实是要付出代价的，而且有时候还要付出昂贵的代价！理想的彩泡在复杂的现实面前即刻破碎。2005 年，导演项奇在他的《淘园杂忆》一书中，有一段意味深长的话，对《半个娘娘》的意外“夭折”扼腕叹息。这里记录下来，算是怀念，亦算是警醒：

时值 1987 年，“极左”思潮在中原大地仍阴魂不散，河南电视台的朋友们，不得不将该剧改头换面，虽尽力弥补，但仍面目全非，支离破碎，目不忍睹，便更名《南国红豆》，在小范围内播出。由于众所周知的原因，把这部优秀作品扼杀在摇篮中，实在令人痛心……[1]

五、意义

《半个娘娘》虽然没能走到全国的平台上接受更广的评判和检验，但这部探索意象剧无论是放在 80 年代的历史背景中，还是放在当下；无论是在河南戏剧发展史上，还是在孟华个人的创作生涯中，都是一部具有重要价值意义的作品。

其一，《半个娘娘》观念的开放性，主题的思辨性，形式的新奇性及审美感受的复杂性，使它当之无愧称得上是 20 世纪 80

[1] 项奇：《意象豫剧〈半个娘娘〉——一部令人遗憾的剧作》，《淘园杂忆》，学林出版社，2005，第 170 页。

年代河南戏剧舞台上探索戏曲、先锋戏曲的一部重要作品，并在它所抵及的有限范围内，获得了意义和价值的普遍认同。当年，《剧本》月刊的毓钺先生，在平顶山看了《半个娘娘》的演出后，对孟华进行了专访，他在《孟华印象》一文中写道：孟华认为，戏曲要想争取年轻观众，“仅从形式上找辙是不行的。于是他把目光转向了新时期卓有建树的文学。文学界近年来是以多方位的思辨与反思，强烈的个性意识来赢得读者的。在这种宏观认识的前提下，他形成了《半个娘娘》的构思。看了这个戏以后，我觉得虽然它留下了比那些规规矩矩的戏可能更多的问题有待讨论，但它毕竟开启了当代意识的阀门。”[1]中国艺术研究院戏研所所长安葵在盘点1988年全国戏曲创作概况，论及“一批引人注目的‘探索性戏剧’”时，提到了当年产生重要影响的几个剧目，如湘剧《山鬼》，京剧《洪荒大裂变》，豫剧《半个娘娘》。他认为，“这个剧本(《半个娘娘》)可能以其新奇达到争取观众的效果，同时还有较深的思想意义”[2]。1993年出版的《豫剧艺术总汇》对《半个娘娘》的介绍，也重点肯定了它的当代意识和艺术手法：

> 应该说这个故事的情节内核，在其他一些戏曲剧目中也可以窥视到某些端倪(如桂剧《泥马泪》、越剧《皇帝告状》)。然而，作者无论是对立意的开掘、表现，还是对情节、

[1]毓钺：《孟华印象》，《剧本》1987年12期。

[2]安葵：《新时期戏曲创作论》，新华出版社，1993，第68页。

场面的铺陈、营造，都可以说是独辟蹊径，别成一格的。它把故事放在一个没有具体历史朝代的两个部落之间，使整个戏带上了一种寓言的意味。它以犀利、泼辣的语言，俏皮的比喻、联想，把诙谐与思辨、滑稽与严肃，融炼入一种耐人寻味的戏剧情境，使人们感受到作者对某种人生哲理的探寻与顿悟。

从上述评价可以看出，尽管《半个娘娘》的命运如昙花一现，却以思想锋芒和艺术新奇交织而出的绚烂，在新时期的河南戏剧舞台上留下了其探索和引领的深深足迹，写上了浓墨重彩的一笔。

其二，有些东西，只有经历岁月的沉淀才能凸显其价值和意义，观念和思想领域的价值判断更是如此。30 年过去，如今回头再看《半个娘娘》，似乎更能感觉到其“惊鸿一瞥”的探索价值。它至少证明，在 80 年代那场思想激荡、突破禁锢的观念的讨论、探索、实践中，河南没有掉队，没有失声，而是以响亮的一声做出了来自中原的回应，以昂扬的姿态融入了如火如荼的时代潮流中。

中国剧协副主席、著名剧作家罗怀臻曾在多个场合说过，80 年代，河南的戏剧和全国相比，少跑了一圈。他所指的“一圈”，即是指 80 年代戏剧观念大讨论中河南的失声和缺位。但是，在后来的多次发言中，他又一再更正：“今天回头去看，当年河南先锋戏剧的苗头在全国是领先的，最早就是从孟华的《半个娘娘》开始的，只是没有‘突围’出来。他所做的先锋戏剧的探索，包括改编奥尼尔的戏剧，都是一种现代戏剧观念的引领，应予以公允评价和重新认识。”

其三，之所以用如此多的笔墨写《半个娘娘》，还因为这个戏是孟华戏剧创作全面探索的开局之作，也是他戏剧创作生涯中具有转折意义的里程碑作品。前面写过，孟华是以紧贴现实的现代戏《山鹰》和话剧《劳资科长》起家并成名的，但从《半个娘娘》开始，孟华的创作完全转向，他对现实题材不再热衷，也几乎不再染指，而是沿着探索、实验、创新的这条路义无反顾地往前走，大有“愈挫愈勇”的任性和决绝。

造成孟华艺术转向的原因是复杂的，但是，对《半个娘娘》自由创作状态的迷恋和该剧中途“夭折”而产生的“悲剧情结”，无疑是最重要的原因。

在《半个娘娘》创作19年后的2004年，孟华在结集出版自己的第一个剧本集时，专门为《半个娘娘》写了一篇“怀念”的文章。从这篇文章中，我们能强烈感受到当年作者创作《半个娘娘》时的亢奋和优游，以及他对那种纯状态的陶醉和痴迷：

> 当了几十年编剧，写了几十部戏，正儿八经的东西还就是《半个娘娘》这部戏。其他的戏虽然叫戏，但那里边或多或少都掺搅着一些杂拌儿：思想杂拌儿，时代杂拌儿，习惯杂拌，技巧杂拌……我承认《半个娘娘》是个纯状态作品。那种状态令人着迷，令人忘情，令人失落自己。……那种状态中，我忘掉了一切追功逐利，一切门规帮戒，一切风月浪季，我

在写作,我陶醉于纯状态之中,七八天时间干了七八十天的活儿。

……我坚信,戏剧的真正希望,就藏身于这种创作状态之中。

……我相信《半个娘娘》不是一颗流星,它至少是一颗行星,它还会走出云层,释放它自身所具有的光芒。

从上述这段文字,能够感受到孟华的文人情怀。他遵从自己的内心召唤,遵从创作中的灵感冲动,珍惜艺术创作时那纯粹状态的“赤子之心”。他对《半个娘娘》的怀念和迷恋,某种意义上就是对创作初心的尊重和守护,对自己情怀的自信和珍视,是对中国传统文学艺术精神的一种回归。因而,此后的创作,他走的基本是“从内到外”的选材方向,是兴之所至、有所感、有所思、有所悟的兴趣创作,而少有从外到内的命题创作或指令创作。

当然,让孟华“耿耿于怀”并决然转向的,还是源于《半个娘娘》的“悲剧命运”。这部作品在孟华创作生涯中的地位和分量,远远超乎我们的想象:

虽说是半部作品,却给了我全部的安慰。我一直以为我没有写戏的才能,误入戏剧界,愧对剧作家头衔。但自从有了《半个娘娘》,我才稍稍找回了半点感觉,半点自信。虽然仅是一瞬间的演出,却给我一生一世的怀念。

也正因此,他把自己的剧本集取名《半个集》,意即“一生浇铸无囫囵，半个尚且是天成”[1]。生命中如此重要一部作品，耀然登场，倏然陨落，其逝去之疾让孟华始料未及，遗憾痛心，终生难以释怀。他对《半个娘娘》开辟的探索创新方向的坚持，某种程度上是寄情，是怀念，亦是不甘言败的执着和任性。青年评论家张鹏在《孟华：梨园老犁翻新墒》的文章中，对孟华情寄“半个”的分析尤其到位：

> 清朝李密庵有首《半半歌》耳熟能详：“看破浮生过半，半之受用无边，半中岁月尽幽闲，半里乾坤宽展……”孟夫子的艺术人生不是在追求这种无忧无虑的生活哲学，而是借“半个”来抒发他自己的苦衷。抒发这种如陈寅恪所语的“自由共道文人笔，最是文人不自由”的无奈！

坚守初心也好，情寄“半个”也罢，都可以理解为孟华对主流的有意疏离和不甘妥协。以《半个娘娘》为标志，孟华的创作和前期的作品相比，发生了明显的转向，不只是题材上的，而且是观念上的、手法上的、风格上的。其视角从外在的生活表现，转向了深层的人性探寻；其语调从热情的讴歌，转向了冷峻的审视；其手法从常规的叙事，转向了非常规的突破；其姿态从追随主流中心退而成为边缘的“他者”，逐步完成了自身“他者”身份的指认和确立，成为河南剧作家中的少有的“异数”。“外省/边缘的意义并不只在于创新，而在于突破，突破既有的权威和成规。”“寻

[1] 孟华：《半个集·孟华其人》，中国戏剧出版社，2005。

找‘外省化、边缘化’的过程，恰是知识分子寻找自己独立存在价值的过程。”[1]总之，《半个娘娘》之后，孟华在戏剧探索的道路上走得是义无反顾，他沉醉或潜心于自己的题材兴趣和形式探索，享受着每一部戏带给他的毁誉参半的争议和分歧，成为河南剧作家群中从题材类型到风格特色独具特色的“这一个”。而他与主流评价之间，也始终是若即若离的游离关系。

[1]梁鸿：《外省笔记：20世纪河南文学》，中信出版集团，2016，第258页。

DISANZHANG

第三章

纵情恣意的自我『放逐』——探索创新的多向度实践

“他者”身份和“异质”色彩

《半个娘娘》的意外夭折，让孟华深以为憾。此后20年，他基本以一种自我“放逐”的心态来创作，他要将《半个娘娘》激发出来的探索“热念”继续实践下去。他认为，几年学习，毕竟打开了一些思路，毕竟新的意识、理念和思维方式已经形成，不能一遇到挫折随随便便就退缩了、回头了、放弃了！向前走一步很难，向后退一步却很容易！

基于此，孟华在从《半个娘娘》至新世纪之后2008年长达20年的时间内，在人生和艺术的“黄金年代”，听凭内心和灵感的召唤，听凭激情和理想的驱使，在戏剧理想的追寻中“任性”闯荡，恣意挥洒，流连忘返，陶然忘机。沿着探索、实验、创新这条路义无反顾地往前走，针对不同的题材，展开了不同向度的探索实践，无论是演义剧《春秋出个姜小白》对历史表达的以幻写实，还是新版《白蛇传》对传统经典的现代演绎；不管是新编神话剧《美兮洛神》对宿命轮回的唯美表现，还是小剧场豫剧《伤逝》对戏剧形态的大胆开拓，还有《榆树古宅》等外来经典的西剧东移……都给观众带来了新颖奇特的审美体验，体现了这位自我放逐者的“纵情任性”。其作品所引发的议论之热，分歧之大，争议之强，在新时期的河南剧作家中绝无仅有。这些“探索”剧目，构成了孟华创作中期“探索戏剧”的奇异色彩，标志着和创作初期的现实主义戏剧截然不同的方向转型。

学者洪子诚说：“一个作家最重要的就是在文学和社会体制中，至少应该保持一种相对独立的位置或精神态度。”“他应该是一个‘边缘人’的精神立场。”“即使他不是真正的移民或真正被放逐，但是他应该具有移民者或放逐者那种思维。”[1]孟华这一时期探索创新的力度，其作品所流露出的锋芒意识及呈现的异质色彩，以及“自我任性”的创作姿态，都证明他是以一名“边缘者”的精神立场在书写。

这一时期的探索，同样是在内容和表达形式两个方面同时展开的。从题材的来源看，可分三类：一是新编历史剧，如《春秋出个姜小白》；一是神话古装戏的杨柳翻新，如《美兮洛神》、新版《白蛇传》；还有一类是改编，题材来自话剧、电影和小说，且主要以外国作品为主，如改编自美国剧作家尤金·奥尼尔的《榆树古宅》《马可与公主》《安娣》，改编自电影的《魂断蓝桥》以及改编自

[1] 洪子诚：《问题与方法》，生活·读书·新知三联书店，2018，第300、301页。

鲁迅小说的小剧场豫剧《伤逝》。特别是国外作品的“中国化”改编，构成孟华创作题材的独特类别，成为其创作个性的鲜明标志之一。从创作路径和策略上看，这些作品大致可又分为两类，其中《春秋出个姜小白》、新版《白蛇传》、《美兮洛神》以及《伤逝》，着重的是叙事视角的改变以及伴随这种改变而给题材带来的新意，同时还有形式上的别出心裁。而外国作品的中国化改编，着力的是西剧东移的“在地化”，也就是如何实现题材的中国化、戏曲化、地方化的问题，使之既在中国观众的接受度内，又能较为忠实地保留原剧的批判精神，在中西文化之间架起一座沟通的桥梁。

综观孟华这一时期的创作，可以清晰看出其明确的“他者”身份。从题材选择看，既不是河南戏剧擅长的农村题材，更不是主旋律题材；从主题开掘上看，明显是文人视角、精英立场；从艺术表现上看，先锋色彩、独特表达；从创作姿态看，主流之外，边缘身份。这就使得他这一时期的创作少了功利色彩，多了艺术情怀；少了条框拘囿，多了率性而为。而他之所以能够在艺术的天地里“任性妄为”，除了个人明确的艺术追求，还得益于天时、地利、人和的创作环境。戏剧创作是综合艺术，剧本是其中最基础的一个环节，也就是所谓的一度创作。后面还有其他主创人员的二度创作，甚至还有演出后观众参与的三度创作。如果你的创作只是案头之作，没有被付之场上、面对观众，那么再有意义的探索，其价值都只是私人化的，其意义也是要大打折扣的。

孟华这一时期的探索之所以能引起业界的关注，并形成“现象”,得益于他所在的省会郑州开放引领的文化意识。《春秋出个姜小白》、新版《白蛇传》、《美兮洛神》,还有后面即将谈到的改编自美国剧作家尤金·奥尼尔的《榆树古宅》,都是在郑州市文化主管部门的大力支持下创作并演出的。这些剧目创作的初衷也都是一种开放的视野面向,如新版《白蛇传》,是为郑州国际少林武术节开幕式创作的;《榆树古宅》是应奥尼尔中国学术研究中心主席廖可兑先生之约创作,目的是探索奥尼尔研究的中国戏曲化;《美兮洛神》和同一时期的舞剧《水月洛神》一起,尝试同一题材不同形式的多种可能……这些创作本身都带着一种探索使命,并没有进入主流、拿奖夺杯的功利性和企图心……这种宽松的环境和开放的观念视野,为艺术的探索创新提供了相对自由的空间,即所谓的“天时地利”。而与项奇(《春秋出个姜小白》)、李六乙(新版《白蛇传》)、张曼君(《美兮洛神》)、李利宏(《伤逝》《少年齐桓公传奇》)等导演的合作,对孟华的创新探索无疑又是一种助推。项奇来自上海戏剧学院,海派艺术的开放包容是沉淀在气质里的;而李六乙、张曼君、李利宏,均是全国和省内先锋派导演的代表人物,是走在艺术探索道路上的“领跑者”。编导之间观念意识的高度契合,使孟华在自我“放逐”的道路上走得陶醉而忘情,大有“沉醉不知归路”的任性。这是“人和”。总之,个人明确的艺术追求,加上外部环境的加持,共同促成了孟华这一时期艺术创作的“探索”主题,也自然构成了其创作中期探索剧目的多姿多彩。

《春秋出个姜小白》:以荒诞写深刻

河南籍作家阎连科曾说:“河南作家特别缺乏某种纯粹形式的探索。”不仅是文学创作,河南的戏剧文学创作亦然,在叙述方式和形式创新上的孜孜以求者为数不多。孟华这一时期在这方面表现出了他的执着和痴迷,几乎每个作品的叙述视角和表达形式都有新的追求。

新编历史剧《春秋出个姜小白》(称简《春》)是孟华 1991 年创作完成的一部作品,写的是齐桓公不计管仲杀身之仇,以德报怨,终成霸业的故事。这部戏最初的创作冲动来自数年前《东周列国传》的阅读体验,姜小白不计前嫌、以德报怨、化敌为友的举动,令孟华深深震撼!他一直想写个戏,但又觉得用常规历史剧的写法不足以表现姜小白的非常人之思、非常人之举。他试图寻找一种新的叙述手段,来深化、强化所要表达的内容,即如何为主题和人物内心的表达找到更新颖、更有效、更独特的形式,抑或形式、结构的探索创新如何与内容相辅相成，为强化主题和内容服务。

这时候，西方现代戏剧的一些表现手法再次给了孟华灵感。斯特林堡、奥尼尔等惯用的鬼魂入戏手法，激活了他潜意识中的“鬼魂情结”。孟华生长在豫、楚交界地带的南阳盆地，受楚文化影响大，楚地巫风盛行，诡谲神秘的鬼神文化对孟华影响甚深，加上山海经志、狐狸精怪以及广传于民间的鬼怪故事，把他的童年装扮得惊悚而多彩，也形成了他意识中浓厚的“鬼魂情结”。并且，当“鬼魂”作为一种创作手法在他喜爱的剧作家那里得到应用并印证有效后，他内心的鬼魂思绪就被撩拨起来了。孟华在谈到他的鬼魂构思时说，在民间，人们很讲究六道轮回，“生死簿”这样的东西对他们来说并不玄妙，并不神秘，而且借助鬼魂，不但可以深化主题，还可以表达很多常规手段所不便表达的内容，确实是条捷径。孟华对人鬼交织的阴阳世界的钟情，从一个侧面表达了他对民间文化的喜爱和青睐。有了鬼神，便有了这个戏的独特表达方式：历史演义剧。

“演义”，本是小说体裁之一，是指在史实的基础上，融合野史、传说、想象，经艺术加工敷演而成的一种通俗的长篇小说。孟华冠之以“历史演义剧”，就是想借由演义的“非现实成分”，虚构、铺陈、演绎，实现其创作的目的和构想。也即，他不是以人间的视角来看，取而代之的是冥界视角；本是历史正剧，借由的恰恰是“演义”的“非现实成分”；本是歌颂的主题，采用的却是“反其道而行之”的批判手段。实现这些创作追求的途径,便是设计了一个游走于阴阳之间、贯穿起全剧情节的特殊人物——司命主簿。

司命主簿在《春》剧的人物表中,排在最后一位,作者这样介绍他:

这是浪漫出来的一个人物。如今不兴浪漫了,兴各种主义。譬如荒诞主义、达达主义、现代主义、后现代主义……但这个人物确实够不上那些主义,他只是在现实主义的基础上稍稍浪漫了一下,起一点陪衬和托底作用,让作品的立意显得更清晰一些。仅此而已,别无他意。

但是,从剧本的结构、司命主簿的戏份和他在戏中所起的作用看,这个人物表显然是错排了他的位置。大概他在戏中所产生的作用和观众对他的兴趣喜爱,是作者在写剧本之初始料未及的。2005年台湾豫剧团在搬演此剧时,居然把司命主簿排到了人物表的第二位。可见其分量之重,留给观众的印象之深。

《春》剧的结构由五“楔”、五“幕”构成,每幕之前一楔。作者在剧本的开头写道:

本剧准备多写几个楔子。

楔子者,木匠夹入榫眼之木片也。其作用是使家具坚固完整,浑然一体……

当代舞台上流行的序幕,就相当于古剧中的楔子,而地方戏中常用的二道幕外的戏,实际上就是多头楔子。

“楔子戏”,其实就相当于传统戏中常用的二道幕外的戏,一般篇幅不长,起过渡、交代、连缀上下场的作用。但作者为什么要如此强调“楔子”这一称呼呢?

> 之所以不把“楔子戏”叫作“二道幕外的戏”,并不只为想当“创造者”,主要是想给导演和舞美设计留点儿无例可循的空白之地,避开那种被人用滥了的俗不可耐的套子化的二道幕处理,让他们的聪明才智得以无遮挡地发挥,在“二度创作”中充分创造。

在剧本创作之初,就考虑未来的舞台演出,已然成为孟华创作的一个自觉意识。或者说,有些时候,孟华创作的灵感就是从形式的探索开始的。《春》剧中楔子戏的构想,既是形式,更是内容。他想以此激发二度创作的灵感,在表现形式上别出心裁,寻求突破,也是想让舞台的呈现形式和自己的创作追求达到内在精神上的一致。的确,《春》剧中的楔子戏,不但实现了作者事先所预期的各种目的,而且完全超越了“二道幕外”戏的价值意义。

五个“楔子”的戏,是司命主簿和小鬼们的专属戏,在每幕情节戏的前面,或预告,或预言,或点评,或解说,或设置疑问,然后带领观众一起去探幽寻秘,求解答案。五个“楔子戏”,构成了贯穿全剧的一条线,司命主簿作为结构线和“间离”效果的作用一目了然。但从整个戏的展开看,他的作用还远不止此。

在每一幕戏的行进中,司命主簿或参与剧情,成为情节转变的力量推手。比如,第一幕,他幻化成一白衣老者入宫画像,被公子纠发觉后倏然消失，由此引起了公子纠对姜小白“勾结妖人，潜伏宫廷，伺机行刺，妄图篡夺君位”的企图猜测，兄弟间的权力争夺由此开始剑拔弩张。或在必要的时候，施展魔法，考验主人公的意志内心。如，按照生死簿的规定，管仲两年前就该死，可是齐桓公就是不杀他。阎王爷大动肝火，责令司命主簿：“立即纠正，马上行动，千方百计找着管仲把魂捉！”可是，“列国都在窝里乱，齐国却在擢英贤；列国都在仇相斩，齐国却在仇相蠲”，司命主簿于心不忍啊！怎么才能完成任务使命呢？他只得拿出了最后的狠招，“邪生祸，淫入魔，淫邪攻心不得活”，他要拿管仲的作风说事。于是，做法向管仲输入魔念，让管仲把齐桓公的爱妃菁菁抱在怀中，并施展魔法引来齐桓公、太妃及众朝臣围观。在群臣一片“淫乱宫闱，罪不容赦”的呐喊声中，颓然倒下又缓缓苏醒的姜小白反躬自责，“他们早有婚约，寡人不知，几误大事”，并以主婚人的身份把自己的爱妃拱手送给了管仲。管仲还是没能死，还得继续延寿，生死簿的错误还得继续下去！这一笔，在歌颂齐桓公以江山社稷为重，珍惜人才，以仁化怨胸襟和人格的同时，其实也暗喻这位“仁君”情爱的失落，人性的异化。一语双关，一剑双刃！司命主簿这可不是一般的搅局啊！

因为有了司命主簿的施展魔法，点拨关节，绞结戏扣，一个严肃的、沉甸甸的主题被撩拨得云诡波谲，风生水起，悬念迭出。他既是预言者，又是打破预言的人；宣扬宿命论，又是宿命论的批判者……作者别出心裁地用“以己之矛，攻己之盾”之法，颠覆了“生死由命，成败在天”的宿命观：

列国寿命按时断，唯齐国：内不讧，外不乱；妒不生，恨不见；明不诬，暗不陷；君不杀，臣不篡——寿命超限一年又一年。

还有什么能让阎君感动得为他延寿呢？作者没有直接说齐桓公的精神有多么可贵，多么感人，但是这种绮丽逶迤的艺术手法对主题的无形强化效果，却直抵人心。

孟华坦言，司命主簿这个角色的设置，其实还灌注着他的认识论，作为批判的手段代他发声。他认为，人性之恶，令人惊心。亲生的父子、兄弟、姊妹为了争夺权力，视为仇敌，互相残杀。他想借司命主簿之口，以冥界的视角，鞭笞世袭制下亲人倾轧的残酷和权力争夺的血腥，让人在历史的灼痛感中体味欲望下的人性之恶。如，戏中第一幕司命主簿化身一老者到齐国太子宫给齐国公子画像，受到姜小白嘘寒问暖的礼遇，深感意外：

司命主簿　公子啊，你可不是一个正常人哪！

姜小白　老伯伯，这话就不对了，我怎么不是正常人呢？

司命主簿　正常人见了我，一不嘘寒，二不问暖，三不倒茶递水。他两眼一瞪，脑袋瓜就会想到：“啊？这个老家伙从何而来？宫廷禁地，深院高墙，他？……莫非他是刺客？定是宫中有人暗通关节，引他进来，里应外合，刺杀本宫，抢夺我未来的江山君位——来人哪！把这个老东西拿下，查出同谋，枭首示众，砍了！”

姜小白　　言重了,言重了!

司命主簿　不言重,这才是常人之思,常人之语呀!

　　　　　(唱)当初阎君造黄人,先造一颗嫉妒心。

　　　　　　造双眼睛仇同类,造双耳朵听谗音。

　　　　　　造副五脏酿仇恨,造副心肠算计人。

　　　　　　造身力气窝里乱,造张大口亲吃亲。

　　　　　　人之性,性残忍,

　　　　　　不防不备、不争不斗、不杀不抢不算正常人。

以冥界看人间,典型的他者视角,却是在替作者代言。司命主簿的出现,还整体性改变了《春秋出个姜小白》的艺术风格:阴阳交错、人鬼共处的空间氛围,共同构织出了神秘、奇幻、瑰丽的艺术世界。从审美效果来看,司命主簿的跳出跳入,插科打诨,高高吊起了观众的胃口,为这个厚重的历史剧融入了几分情趣和轻松,起到了寓深于显、举重若轻之效。荒诞戏谑的艺术手法,收到了比老老实实的正剧书写神奇得多的艺术效果!而且,这一次,专家和观众理解了孟华和创作团队的良苦用心:

> 编导设置了司命主簿这一形象,让他在整场戏中穿插、解说。忽而浩浩阳世,忽而幽幽阴间,时时传达天命,时时这天命又因人世而改变,以鲜明的间离效果把“人定胜天”的古代哲理转化为现代人生的感慨……[1]

[1] 谭静波:《走向深沉》,《地方戏艺术》1993年第1期。

> 场与场之间阴间司命主簿的穿插出现，是一种荒诞的手法，颇有新意，成了戏中之戏，但并不破坏戏的完整性和统一性，既起到了陌生化的作用，也丰富了戏的意蕴。从总体上看，这是一个气势恢弘、意蕴丰厚、手法新颖、比较高雅的不可多得的好戏。[1]
>
> 该剧在诙谐与荒诞、调侃与抒怀、间离与象征中，架起了历史与现实的桥梁。[2]

行文至此，看到了一个叫郭枫的作者所写的一篇剧评。文章写于当年演出之时，他的评价尤其恰切：

> 偏偏这个孟华硬是另辟蹊径，独出心裁，以鬼斧神工之笔创作出了一出似神话戏，又非神话戏，本是一出历史正剧的素材，却写成了一出生动活泼、妙趣横生的非历史剧的历史剧。……司命主簿这个角色的增加，他的上场下场，时隐时现，惹出了一连串的是是非非、恩恩怨怨、卿卿我我，惹出了“君主换换当，江山换换坐”的违规之举，却又阴差差地入情，阳错错地合理。此公每至关键时刻出现，经他正话反说，反话正说，或者实话实说，点点拨拨，指指划划，使整个剧情层层递进，峰回路转，扣人心弦，引人入胜。[3]

作家最开心的，莫过于他的追求得到观众的认可和认同。这

[1] 彭玮：《从困境中萌发出的勃勃生机》，《地方戏艺术》1993 年第 1 期。
[2] 杨守林：《评〈春秋出个姜小白〉》，《河南戏剧》1992 年第 1 期。
[3] 郭枫：《意蕴深沉，技法新颖》，《淘园杂忆》，学林出版社，2005，第 223 页。

一次，孟华戏运不错！

1992年，郑州市豫剧院带着这台戏参加在许昌举办的河南省第四届戏剧大赛，获得金奖并囊括所有单项奖。1995年，中央电视台导演许玉琢在给主演王希玲拍摄《舞台生涯四十年》专题片时，透过这个戏的核心唱段“风不吹树不动处处不静，天未阴云未聚阵阵雷声”，管窥了它思想的分量及唱词的华彩，遂按图索骥，找来剧本，一口气读完，当场定下，于来年4月3日通过中央电视台三套向全国现场直播。1997年，《剧本》月刊刊登了该剧本。2005年，台湾豫剧皇后王海玲再次向该戏投以青睐的目光，作为台湾豫剧团的年度大戏重点投入，倾情演出。这个戏遂得以三度重排。

因为社会环境、文化背景、观众受教育程度、观众成分的差异，台湾观众显然对该戏的奇幻色彩更感兴趣，索性把戏名改为了《少年齐桓公传奇》。加上视野开阔、与国际接轨的高水准二度创作，使得该戏的舞台呈现较之当年郑州市豫剧团的演出更现代，更奇幻，更谐谑，更精彩，以至于中国台湾“清华大学”教授、戏剧家王安祈看戏后给孟华去信致歉，自责在阅读剧本时竟遗失了文本暗含的许多精彩：“这么精彩的剧本竟看走眼，直到上了台才发觉其妙处。真是妙不可言，惊险布局，险中求胜，胜得漂亮，胜得精彩！”

笔者2005年曾因“牵线有功”，被邀赴台参加该剧的演出活动。见证了这个戏在中国台湾演出的盛况。尤其让人想不到的是，一些在大陆演出时不太有“效果”的地方，在台湾观众中却激起热浪涟漪。如管仲的台词“礼义廉耻，国之四维。四维不张，国乃灭亡”，鲍叔牙说的“明君理应蠲弃一人之仇，搁置一家之怨，选士不避嫌，用人不忌仇，推行仁政，强国固邦”，诸如此类谈政说理的枯燥台词，竟能引起台湾观众强烈的共鸣。事后才从台湾朋友那里知道，蒋介石曾在1934—1949年在“中华民国”政府搞过旨在进行国民教育的“新生活”运动，以“礼义廉耻”为重要思想，到处张贴“礼义廉耻，国之四维，四维不张，国乃灭亡”的宣传标语。1960年后，该运动在中国台湾得以继续开展。这些台词对台湾观众而言，有着不一样的现实意义。有观众在演出结束后激动地表示，应该请执政大员们来看一看此剧！台湾目前最缺的就是像姜小白这样的人物。尽管这完全是肯定的声音，但孟华声称他听到此话顿觉悚然。他最怕拿作品靠政治，最怕观众拿自己的作品“对号入座”，他为此受过伤。“惶恐之余，更多想到的是命运中的冥冥玄机。”[1]

但这次《少年齐桓公传奇》终究没事！《春秋出个姜小白》也终究没事！也许是司命主簿感恩作者的恩宠，暗中给它延了年，增了寿。

[1] 孟华：《追随桓公台湾行》，《东方艺术》2005年第11期。

“此乃素贞‘人生恋’”：新版《白蛇传》的现代解读

《春秋出个姜小白》8 年之后的 2000 年，蛰居、沉寂已久的孟华携他的两部新戏耀然登场。一部，就是将要介绍的豫剧新版《白蛇传》；另一部，是后面要谈到的改编自美国剧作家尤金·奥尼尔的《榆树古宅》。这两部戏，再度引发了业界毁誉两极的舆论热潮，在中原剧坛掀起的波澜和震动，比之当年的《半个娘娘》，丝毫不差。孟华的创作，再度成为人们关注的焦点。

2000 年，郑州市豫剧院组建成立，郑州市文化局领导想为新成立的豫剧院打造一部“亮相戏”，既要展示剧院阵容，又要有省会大团的引领意识。经过充分的酝酿、论证，最后选定改编传统经典《白蛇传》，也即经典重塑。中国戏曲向来有“生书熟戏”的创作传统，从选材上讲，这是一条捷径；就创作难度而言，无异于悬崖攀登。

《白蛇传》在中国戏曲史上几乎是家喻户晓，“从唐传奇到中华人民共和国戏改时期，白蛇传故事在千余年间经历了许多变化……白娘子的妖性逐渐淡化，人性逐渐增强，形象越来越美好”[1]。特别是田汉改编本，达到了这个题材应有的高度，其核心情节“游湖”“惊变”“水漫金山”“断桥”几乎有着妇孺皆知的影响力。但是，孟华认为，与时俱进的观念变化，恰恰为传统经典提供了新的解读可能。让孟华信心倍增的是，这一次，和他合作的，是比他更前卫、更先锋、更大胆的北京人艺导演李六乙，也是一位毁誉两极的试水弄潮者。

开放的视野，现代的理念，创新的精神，是孟华和李六乙两代艺术家身上共有的艺术品格，这是他们合作的基础，也注定了他们合作的默契，这种默契甚至弥合了代际年龄的差距，对题材的认知和开掘方向几乎是一拍即合：以白娘子的“人生”意识和对人生过程的体验为开掘点，以弗洛伊德“本我、自我、超我”的理论深化白蛇的心理层次，摆脱以往对《白蛇传》的民间阐释、宗教阐释，把原来的爱情主题扩深至对人生的体味和人性的反思上来。

这个开掘视角无疑是现代的！

“本我、自我、超我”是弗洛伊德精神分析心理学说的重要内容。所谓“本我”，指的是原始的我，可以看作人格的生物成分；所谓“自我”，是处于意识光辉之下的我，是人类自我探寻的开始，

[1] 黄蓓蓓：《从警戒“色欲”危害到探寻“情欲”出路的千年修炼》，《东方艺术》2020年第3期。

可以看作是人格的心理成分；所谓“超我”，是人性的天国，可以看作是人格的社会成分，也是人类意识结构的上层建筑。[1]新版《白蛇传》，试图奏响的，就是白娘子人格过程的一曲颂歌，即从渴望“品尝做人的滋味”，到对人生百味的品咂、咀嚼、感悟，以及最后“享受苦难”的人格涅槃。孟华、李六乙们着力塑造的，就是这样一个具有强烈“人生意识”、人格丰富的全新白娘子形象。

围绕这个主题开掘的方向，作者首先对原作的人物设置进行了大胆的取舍合并，去掉了青蛇，增加了三个白蛇，作为白娘子的“本我”而存在，白娘子的欲念、冲动、顽劣、臆想、焦虑甚至妄动等本能意识，通过她们而传递，原《白蛇传》中青蛇的部分心理和行为也经由她们得到不同程度的体现。主体的白蛇，则作为白娘子的“自我”“超我”人格而存在，“意识的光辉”让她尽显人格、人性之美。这里以端阳“惊变”为例，简析作者人物设置的目的用意。

许仙听了法海之言语，说自己的娘子乃千年蛇妖，他将信将疑，便借端阳佳节劝酒试探，三次遭拒让他疑心陡增。疑心愈重，证实之心愈切。他极力劝说白娘子饮下雄黄酒：

白　蛇　官人，为妻今日身染小恙，不能饮酒。

许　仙　平时你不饮酒，可今天是端阳节呀！

白　蛇　这端阳节么——就更不能饮酒了！

---

[1] 鲁枢元：《精神分析：走进精神的地狱》，《文学与心理学》，学林出版社，2011，第48、49页。

许　仙　（自语）更不能饮酒？难道她真怕这雄黄酒？……哎，娘子，这壶中是雄黄酒，只要是人，端阳节是必饮雄黄酒的！

白蛇1　啊？他在怀疑！

白蛇2　他想作祸！

白蛇3　掐死他，掐死他！（突然跃起，扑向许仙）

白　蛇　（劝阻）冷静，冷静！

这里，作为“本我”存在的三条白蛇，面对许仙的猜忌苦劝，有埋怨，有愤怒，有想返回仙班的欲念，甚至有想杀死许仙的冲动。但是作为“自我”的白蛇，却纠结权衡，行为笃定，一番内心斗争后决然赴险。她内心看重并珍视的，始终是对那份纯情挚爱的守护：

依君愿饮雄黄勉强站定，
醉眼里看许郎格外多情。
只要是两颗心爱得纯净，
天大灾地大祸都像清风。
虽与郎结伉俪半年光景，
白素贞怀夙愿伴君一生。
交于郎一颗心清澈如镜，
托于郎一怀情真真诚诚。
投于郎一生爱完完整整，
委于郎一个身玉洁冰清。

有风吹有草动郎心莫动，
有险情有变故信念莫扔。
不管禽不管兽都有善性，
或是鬼或是妖都怕忠诚……

“本我”和“自我”的矛盾，心理与行为的矛盾，体现的正是主观与客观的矛盾，是主人公与外部世界的矛盾。白娘子内心的纠结复杂乃至她的行为选择，体现的正是“自我”意识下“人性的现实地面”。从三个白蛇和白娘子心理层次的差异，可管窥出人物设置的某种深意。

围绕“体味人生”的主题指向，戏的展开空间也扩展至天上、人间、地狱三界。白蛇的登场，即是从她修炼成仙的人生选择开始的。白蛇修得仙体，众道友问她欲作何往？在他们看来，不是天宫九阙，即是瑶池仙阁。孰料白蛇却抛出惊人之语：“我要——下去！”众道友问她下到哪里，她答“下到人间”。因为她“虽从人间来，却没有尝过做人的——滋味”，“只知腹内有饥饱，不知人间有七情”。如今，“修来个人模样，不由得就生人性；造化个人皮囊，止不住就装人情”，她要下到人间，去寻找真情，去品尝人生！“地狱”的增设同理。作者借众鬼之口，对许仙的左右摇摆、背信弃义给予了讽刺和嘲弄，同时，以对比手法对白娘子“宁肯首级滚下地，甘换灵芝救夫婿”的真情挚爱给予了热情的讴歌。这些，都一定程度上强化和支撑了全剧的主题立意。

毫无疑问，开掘视角一旦从关注现象的外部世界进入人物的心理领域，从关注事件过程转向关注心理过程，其表现手法也必然产生巨大的变化。新版《白蛇传》虽也保留了原剧中的核心情节“游湖”“惊变”“水漫金山”“断桥”等，但用力的方向、着墨的深浅、意蕴的走向已大有不同，不以再现事件的过程为目的，而以揭示人物的心理为根本，意在描摹酸甜苦辣的人生感受及喜怒哀乐的人生境遇。“游湖”，重点写白蛇、许仙一见倾心的甜蜜与痴情，一个是“无房无地无家无业如何养女流”的负疚诚恳，一个是“不图金不图银图你个人就够”的无怨无悔。那种初涉人生情爱之美的甜蜜，纯净无比，美妙无比，沁人心肺。“水漫金山”，虚写了水兵与天兵的鏖战打斗，以“旗舞”和幕后合唱营造出战斗的氛围和气势；实写了白蛇为讨回许仙与法海的心理较量，以及在较量中不改初衷的“人生”向往：

白蛇　法海禅师，你好难见啊！

法海　明知难见，何必见我？

白蛇　你扣留了我的官人。恳请禅师还我人来！

法海　汝本异类，何作人语？

白蛇　奴虽出身异类，却早已修成仙体！

法海　既已成仙，就当安守仙阁，何来人间混事？

白蛇　三千年功果修得人身，特来感受人生。

法海　人生有什么好感受的？——“多欲多望，终生流放；有性有情，苦难无穷。”——这就是人生。

白蛇　人有真情挚爱，人有纯朴善良，人有粗茶淡饭——这是神们所没有的……

法海　(唱)好端端一个神仙坯,
何必要人间逐尘灰?
我劝你早早归神位,
仙班阁等你掌神圭。
…………

白蛇　(唱)万人朝拜非吾愿,
万寿无疆不胜寒。
吾好羡:
花花草草一小院,
蓬门竹篱铺鹅卵。
夫妻相偎稚儿缠,
平平常常、自自然然、生老病死自由天!
此乃素贞"人生恋",
心甘情愿无遗憾!

法海　罪过!罪过!白素贞,如不幡然悔悟,三千年功果必将毁于一旦!

白蛇　人形已获,人情已尝,人爱已领,心愿足矣!

白蛇对爱情的坚定和对人生选择的无悔,在和法海的意志冲突中得到淋漓尽致的体现。

最后"断桥"一场亦与以往迥然不同,过去写"断桥"相会,这里写"断桥"诀别。"体验了人生,经历了情爱,享受了苦难,品尝了打击”的白娘子,在断桥和许仙再度相会,没有抱怨,没有后悔,没有惧怕,有的只是“白素贞嫁许仙此生足矣”的满足,对雨中情缘的深情回忆,对新生小儿的无限牵挂,对未了人生的深深留恋。经历了,满足了,带着无限的美好回忆,她做出了“从此魔塔是绣居”的人生选择,走得镇定、超然、美丽,以淡然的方式完成了对人生的告别和对来生的期待。“享受苦难”的人生意识,一下子使得主题具有了形而上的哲学意味。戏的最后,作者又加一笔:法海怅怅地望着白蛇渐远的背影,不可思议、意味深长地道出了一个字——“人?”这是法海的疑问,大概也是读者读剧本后、观众看戏后的思考和疑问。

这里不能不说二度创作。作为该剧的编剧之一,李六乙的导演思维无疑参与了文本创意,文本创作也无疑贯穿着导演的思维,故而二度舞台呈现和文本的内在追求是形神相契的,某种意义上看也是文本的一部分。围绕对全剧主题指向的深化追求,全方位、多角度展现人物的精神世界,对人物采取心理式的剖析,并通过演员的表演展现人物的精神层面、意识层面和潜意识层面,拓展表演的内在张力。故而在交流手段上,采取一种形而上的、精神的、心理的交流方式。人物之间是静静的交流,淡淡的对话,默默的欣赏。比如白娘子、许仙不期而遇,一见倾心,生发了美好的雨中情缘。彼此怔怔地相望,直直地对视,静静地站立,出神地读着对方,良久回神,猛然意识到自己的失态,慌忙避开目光以掩饰其尴尬。接下来的搭腔交流,看似无意,实则有心;表面静若止水,内心激情澎湃。他们虽然没有面对面的倾诉,但情感在碰撞,心灵在交流,精神在沟通,他们处在对爱情的美好憧憬中……

大写意风格和拓展人物心理空间的追求，也预示着舞台调度的非常规使用。如表现端阳惊变许仙的惊悸、西湖相会许仙的惊喜、断桥诀别许仙的绝望,都以长距离、大跨度的平行、交叉的舞台调度来外化人物内心的波澜起伏。还有"惊变"的"三饮酒","断桥"的"三看剑",白蛇、许仙离别的"三跪""三别",均采用大写意手法处理,颇具形式感、雕塑感。加上多段合唱、伴唱的烘托,更增强了其艺术的感染力。

新版《白蛇传》的演出,也打破了传统的运作模式,采取纯商业票房运作,最高票价480元、最低280元,这也是郑州市戏剧演出纯商业运作的初次尝试。题材本身的影响力,力度到位的宣传,强强联合的阵容,都让它未演先热,首轮五场演出,一票难求。伴随新版《白蛇传》的热演,还有更热闹、更热烈、褒贬不一、毁誉参半的舆论评价。喜欢者连看数场,愤怒者谩骂拍案。新颖、凄婉、唯美、抒情、哲意,是喜爱者给予它的关键词;颠覆传统、走得太远、人物设置离谱、形式过大,是愤怒者扣给它的帽子。处在两者之间的,是专家相对理性客观的评价。在首轮演出后的专家座谈会上,专家如是评价:

这个戏在改编创新幅度上是一个了不起的贡献，特别是在主题的开掘上,追求一种生命意识,追求人间真情的可贵，追求“享受人间苦难”的至高境界。

编导把原来的故事情节减到最简洁的程度，重视心理解释和人物的精神走向，调动各种手段，营造艺术氛围，用唱念做打及群体式的舞蹈，构成一种新的讲故事的方法，给人以视觉听觉上的冲击力、震撼力，这些手法是了不起的，对传统戏曲样式是一种突破，但又是对传统更高层次上的还原。

新版《白蛇传》对河南戏曲将是一次强有力的冲击。它追求一种诗化的风格，体现出河南戏曲大踏步走向现代的态势。[1]

同时，专家们也提出，不能忽视观众的意见，因为他们的接受和认可度，某种程度上也是检验创新幅度是否恰切的一把标尺。比如，有观众纳闷：看了一晚上，青蛇怎么还没出场？有观众不解，那仨白蛇是干什么的？明显是在搅局……显然，对于普通观众而言，孟华、李六乙们可能是过于超前了；当然也可能意味着，他们的探索还存在问题。回身反思，作为“本我”存在的三条白蛇，确实存在性格雷同、表现非直觉化问题，其影子含义比较模糊，作用发挥得不太充分，却又为此“牺牲”掉了早已驻扎在观众心目中的青蛇，有些得不偿失。曾有人建议孟华去掉仨白蛇，

---

[1]李红艳：《新版豫剧〈白蛇传〉：对传统豫剧的一次冲击》，《郑州晚报》2001年9月8日。

让青蛇回归,此戏可再排再推。但孟华觉得那不是前进,而是后退。不能以表现问题而轻易否定观念问题!

新版《白蛇传》在搬上舞台的几年时间内,在完成中国郑州国际少林武术节闭幕式、河南省戏剧大赛、亚洲国际艺术节等节庆赛事演出的阶段性使命后,便基本搁置了。对这个戏探索价值和意义的探讨到这里似乎也该告一段落了。促使笔者进一步深思并把话题延伸下去的,是这个戏冷寂几年之后的再度升温走红。尽管这种升温不以全剧的恢复重排为表现形式,而只是几个重点场次、重点折子的再现和风靡。但它让人透过现象重新思考此前未曾涉及的话题,这话题关涉孟华的创作倾向和创作意识。

新版《白蛇传》的升温和走红先是从它的几个主要唱段开始的,后延展为几个主要情节片段的再现,如"游湖""惊变""断桥"等,作为折子戏经常出现在演员大赛及各种晚会的现场,再后来甚至有演员自己投资,以画外音解说的方式将这几折核心戏连缀,拍成了戏曲电影。新版《白蛇传》当初形式的创新和争议似乎已渐渐被观众淡忘,支撑观念和形式的主要情节以这种新的方式得以流传、存活。孟华的文人之气和世俗情怀,也在这种流行、流传中愈发凸显。

从前面的分析介绍中知道,孟华的创作观念是非常开放的,西方现代戏剧的创作观念深深影响了他。但是,如果注意他的戏,你会发现一个现象,他个人的气质、情怀是非常文人化,亦是非常世俗化的。孟华出身于书香门第,从小接受过良好的传统文化教育;而小时候串戏班、跑江湖的经历,也让他对民间生活有着深切的体验。这些人生的最初经历,形塑了他的人格气质,体现在作品中,就是文人的雅致和民间的质朴并存,学问的深厚和生命的鲜活同在。新版《白蛇传》“游湖”中白蛇是这样向许仙表达她的爱慕之情的:

尊官人且莫要忧前虑后,
奴跟你权当是跟个丫头。
不图金不图银图你个人就够,
穷日子粗茶饭不讲稀稠。
无家产无楼房,咱找个草庐,
无彩礼无花轿,就骑个牲口。
你独男我孤女,咱牵挂无有,
挣钱多挣钱少,我都能将就。
…………

“断桥”中白蛇是这样表达她的人生遗憾的:

眼看看日正午我就要去,
好留恋断桥边风光旖旎。
好留恋西湖岸热土热地,
好留恋东垄头花红柳绿。
好留恋清明节那场细雨,
好留恋那把伞:遮住了我,遮不住你;遮住了你,又淋为妻;
……淋得高兴,淋得欢喜,淋出了情爱,淋出了甜蜜,

——却原来雨水不打情人衣！
低头来两行热泪泪水把儿洗——
洗儿的可怜，洗儿的孤独，洗儿的委屈！
最伤心小儿生下未喊妈一句，
霎时间娘要离儿儿要离娘一别无期。
怀抱着小娇儿舍不得离去，
听着儿哭望着儿笑万苦变甜蜜。

记得当年新版《白蛇传》刚刚问世的时候，和一位戏剧专家坐在一起，看到这些唱词，他兀自嘀咕着："难道神仙也说这种老百姓的话？"颇不以为然。然而，今天来看，正是这些接地气的、带着人体温度、带着作者生命体验的表达，温暖了人们的心，涤荡了观众的情，显示出了它历久弥新的艺术力量。这种民间的情怀经由孟华文人的思绪表达出来，便有了一种情趣共融，大俗大雅，而又神采兼具的特质，凡俗里透着灵光，随意中显出神气。就像汪曾祺的作品，"人间烟火气和飘逸之气，缓缓而来"[1]。和孟华合作30余年的作曲家耿玉卿如是说："谱孟华的唱词是一种享受，是一种文学的陶冶，是一种雅与俗结合的体悟，是一种情趣共融的最好体验。他的唱词深入浅出，情真意切，点到穴位，入木三分，文美韵浓，触及灵魂。"[2]

[1] 孙郁：《聆听者》，花城出版社，2015，第163页。
[2] 耿玉卿：《孟华的唱词带着腔》，《东方艺术》2005年第8期。

孟华的这种书写方式,大致也能昭示出他的某种题材取向,能理解他对主流的有意疏远,因为他骨子里,是对真性情的尊崇和珍视,是对生命真、深的体验和书写,而且试图通过这种书写,把形而下的生活感受,升华为形而上的艺术表达和精神传递。当人们对他的这种表达产生感同身受的共鸣时,这种表达所承载的观念意识也就随之深入人心。新版《白蛇传》“体验人生”“享受苦难”的主题意蕴,正是随着那“不图金不图银图你个人就够”的真情表白,随着“白素贞嫁许仙此生足矣”的悲戚咏叹,随着“苏堤悠长断桥短”的反复吟唱而渐渐浸入人心的。这种兼具生活质感、生命体验、文人情怀的表达,具有诗化的意境和哲理的内涵,经得起品咂,耐得起咀嚼,经历岁月的磨砺才愈发显示出它味道的甘醇。

2016 年的 11 月,笔者和著名剧作家张新秋先生聊天,他说,戏曲,从本质上说是要表达一种意味和境界的,就像孟华新版《白蛇传》中的几句唱:“长空一声婴儿啼,十万甲兵休干戚。不是法海良心现,生命破土便无敌。”“长空一声婴儿啼”一句,意境全出,意味无穷,生命大于一切,在生命面前,连法海都显得高大起来了。意境、意味,凡俗中透出的灵光、烟火中氤氲出的飘逸,这大概是新版《白蛇传》冷寂几年后再度走红的原因,也是孟华创作中值得关注和深掘的话题。

《美兮洛神》:人生轮回的“宿命之美”

《美兮洛神》可以看作是新版《白蛇传》的姊妹篇。洛神是传说中伏羲的女儿,河伯的妻子,司掌洛河的水神。后因曹植名篇《洛神赋》中融合了甄妃的身世,故对此题材的理解和创作多从“感甄说”入手。唐代以后,曹植和甄妃的故事,就基本取代了洛神宓妃的本体神话,成为这个题材的故事核心。孟华等人创作的《美兮洛神》,其趣旨正是对这个神话传说的“追根溯源”。在剧本前面,编导写下了这样一段话:“曹子建在《洛神赋》中只顾激动地写她的美,写他的爱,写他的恋,没来得及交代洛神的身份来历、秉性气质、宗裔家世,也没有透露洛神何以与他当年的恋人甄妃酷似。曹子建的遗憾,便是本剧为之打造的趣旨。”

基于这种创作追求,《美兮洛神》采取了“复式”叙述结构,远古伏羲时代根郎、河伯的“夺宓”之争,与三国曹魏时期曹植、曹丕的“夺甄”之战两条线交错进行,交织出现。在历史的惊人相似中，展现人生轮回的“宿命之美”。而勾连起这两条线索和这两个遥远时代的，是曹子建和洛神灵犀相通的情感回响，他们的深情追忆成为叙述的引子，带领观众走进相隔数千年的两个不同历史时空。

在两个小时的有限时空内，剧作向观众展示了这位东方美神历经数千年的演化过程：宓妃是洛神的前身，甄妃乃洛神的化身，她们“三位一体”，代表了“美”之历久不变的亘古恒一。这种美，既是容颜之美、仪态之美、情爱之美，更是宽容之美、隐忍之美、平和之美、牺牲之美。观众在为洛神之美惊叹、感动、唏嘘的同时，也为美从人间的屡次失落扼腕遗憾。造成这种遗憾的，是与美相悖、相抵的私欲膨胀、权位争夺、人性异化、亲情旁落……因此，尽管历经数千年的轮回，美神再蹈人世，依旧逃不脱投水之宿命。洛神昭示的那种绝世之美，只有在人神之间才可永恒，只能供后世文人寄情感怀相思凭吊。至此，作者采用这番宿命轮回叙述的巧妙所在尽显无遗：通过写真爱之苦，痴情之痛，宿命之美，别离之憾，讴歌美之永恒，也叹息美之失落，从而警醒深陷人性泥沼、长醉不醒的世人。批判的指向和用意同样昭然可见。

关于这个戏，有话想说的是它的结构。复式叙述、三重空间（伏羲时代、曹魏时代以及曹植和洛神二人的心灵空间）、两世情缘、“三位一体”（宓妃、甄妃、洛神），完成了一次跨越数千年的宿命轮回。这是一部容量超常规的戏。内容决定形式，创作者采用这种结构和叙述方式，自然是由作品所要表达的内容决定的。要跳出这个题材一直以来的“感甄说”窠臼，追溯神话之源，又不能脱开广大观众对“感甄说”的情感认同，采用复式结构、复调叙述，以“轮回之美”为旨归将两段故事完美地嫁接在一起，不能不说是创作者的别出心裁。这种叙事结构的意义和价值在前面已经提及，不再赘述。这里只想从中国戏曲观众审美心理的角度来谈谈这种叙事结构诉诸观众的审美感受。为什么有些观众会“看不懂”？为什么演出之后会引起毁誉两极甚至是毁过于誉的反应？

中国戏曲观众喜欢情节“一线到底”。李渔在总结传奇创作经验时就说：“头绪繁多，传奇之大病也。”他认为“《荆》《刘》《拜》《杀》之得传于后，止为一线到底，并无旁见侧出之情”[1]。当然，在后来的戏曲发展中，也有不少剧目设置有两条线索，但通常是一条主线、一条副线，且副线往往依附于主线，在丰富内容的同时为主线服务。但《美兮洛神》的结构，显然更为复杂。它远远超越了普通观众的既有经验，无疑是一次“挑战”，甚至有些“烧脑”。因是两世情缘的轮回再现，所以伏羲时代宓妃和根郎的这条线和曹魏时代甄妃、曹植的这条情节线，几乎是分量相当，不分主次。它们是在两个时空中分别展开的戏剧行动，各自成戏，平行前进，交替进行。通过情节的惊人相似，印证“轮回”的不可抗拒。如，戏中第一个片段是“宓妃选婿”，就在宓妃、根郎笛韵传

[1]李渔：《闲情偶记》(上)，时代出版社，2001，第23页。

情,即将结为连理之时,河伯闯入。根郎一声“哥哥——”时空切换到曹植、洛神所构成的第三空间,也即心灵空间。两位从河伯这位“哥哥”谈到与之十分相像的那位哥哥——贪婪而又嫉妒的弄权者“曹丕”,时空随之又切换到后汉军营,曹氏兄弟的“夺甄之争”开始了。“夺宓之争”和“夺甄之争”这两个片段就是情节的“轮回”。全剧几组情节的“轮回”连缀起来,就是整个人生的“轮回”。两个空间的故事单独来看,各自具有情节的完整性,只不过这种完整性被在另一个时空同时展开的另一个故事按需进行了“条块分割”。这种在两个空间交替讲故事、段段印证的方法,有一个极大的好处,就是通过对比凸显“轮回”主题。但这种“条块分割”,也的确给观众的审美带来了一定阻碍。

阻碍之一就是情节的断裂感。尽管两个故事在各自的空间层面是连贯的,但是当它们以交替行进的方式呈现在观众面前,就必然造成情节的割断。整个戏就是由一个个片段组合起来的块状结构。不只是情节上的块状,也是空间的块状,时间的块状,还是情感的块状。故事的完整性要靠观众的思维“剪辑”和拼接才能最终完成。否则,它就是一张未完成的“拼图”,它直接造成观众看戏过程中的另一个阻碍——情感的中断。中国戏曲观众看戏追求“身临其境”“感同身受”,往往在自己喜欢的主人公身上投注巨大的热情和感情,与主人公同喜同悲。不像西方戏剧有意采取“间离”手段,打破幻觉,使人们始终觉得自己是在看戏。中国戏曲观众喜欢环环相扣、一线到底的情节,很大程度上也是因为这种结构容易“入戏”,能满足他们获得情感、释放情感的需求,有淋漓尽致的快感。而《美兮洛神》这种双线并行、三度空间的复式结构,使他们在观看过程中情感随情节不断切换,关注点不断游移:正在为河伯闯入根郎、宓妃的求婚现场担心,场景更换了;正沉浸在“煮豆燃豆萁,豆在釜中泣”的亲情煎熬中,镜头切换了。等镜头再切换回来,观众此前对这组人物所蓄积的情感、情绪已经淡化、稀释了,再度进入,又是一次新的情感重建过程。如此反复,较难产生连续的情感积聚,最终导致观众投入的专注度和情感的浓度大打折扣,“看不懂”似乎是在情理之中的。

造成观众情感分散的或许还有一个原因,那就是剧中的几组主要人物几乎分量相当,平分秋色。仅以代表美好的正面人物而言,就有宓妃、根郎、甄妃、曹植、洛神,他们都是爱的使者,都是勇于为爱牺牲、奉献的美的化身。每组感情、每个人物都能引起观众的同情、赞美、感动、唏嘘。但反过来讲,每个人物似乎也都无法让观众投注太多的感情,因为观众的情感平均分散到了每个人物身上。最终感觉都有又都没有,没有但又都有,情感不知该寄托到哪位角色身上,有一种无处安放的感觉。加上《美兮洛神》演出时,为了展示演员阵容,宓妃前后有两个演员饰演,这样,演绎洛神“前生今世”的就有四位演员。这就使观众的情感除了分散在角色上之外,还分散在不同的演员身上。这种种耗散,都成为影响观众观剧心绪和效果的重要原因。和《美兮洛神》同期创作的舞剧《云水洛神》,在借鉴了它的某些思路后,果断地舍弃了这种复杂结构，而将笔墨聚焦于甄洛和曹氏兄弟的这条线，相对简单，相对集中，最后也走得更远。

那些钟情、喜欢、赞赏《美兮洛神》的观众，应该是看懂了剧中暗藏的种种“玄机”。其实，孟华们在创作之初，也充分考虑到了这种结构可能给观众带来的审美困惑或隔膜，为了弥合这种复式叙述给观众带来的情感“裂缝”，在情节的连缀和场景的切换上都颇费了一番心思，尽量通过洛神、曹植的对答，使它们衔接得自然，讲述得清楚，力争做到“化入化出”。洛神和曹植既是曾经的当事人，也是现在的过来人，对舞台上发生的故事，他们既有当事者深陷其中的无限感慨，也有作为过来人万事了然的冷静超脱，他们的追忆、感慨、点评、叙述，成为连接起各个故事片段的一条情感红线，通过他们的引领，观众能尽快在两个毫无关系的故事之间建立起联系。同时，戏中还设置了一条重要的、连接起两世情缘五个人物的精神红线，那就是笛子。宓妃是用“笛声选婿”，她和根郎是“双人一笛结同心”；甄妃是以曹植御笛活命，两人是“旋律相合意相投”；而洛神和曹植更是灵犀相通：“何以唤得仙影现？子建骨笛相思歌。”一根骨笛，勾连起两世情缘，沟通了人神之爱。它显然不是一般的道具，而是情感之系、精神之寄，是跨越数千年而不绝于缕的心灵回响。聪明的观众通过这一有形的介质，能够产生情感的共鸣，甚至是形而上的思考，从而更加理解作者寄寓它的情感和深意。

当然，更多的观众，并未能达到那么深刻的理解，也不会有那么深入的思考;或者说,这种创新幅度较大的探索剧目,本就不该奢望赢得所有观众的认同。就连一些戏剧界专家,看完也大骂剧本“胡编乱造”。对这种“胡编乱造”表现出极大兴趣和好感的,则多为年轻的、受教育程度相对较高的观众。尽管这种声音显得微弱,但还是给了孟华极大的安慰,也再次使他认识到,在艺术创新和维持老观众之间,很难兼顾,更难两全。每前行一步,都可能会经历比想象多得多的非议和责难。要想将探索创新的追求继续下去,创作者须得有“抗压”的勇气和耐力。他“固执”地认为,被人骂不怕,就怕没人骂,有争议的作品才有价值。“米丘林‘动摇遗传性’育出来的苹果乍一看和老苹果确实很不像,但越看越像,越品越美,越吃顾客越多。富有前瞻性的东西,从传承角度讲不怕不像,就怕太像。这种变种的玩意儿,往往就是我专意要的东西。”[1]看来,在探索创新的道路上,他仍然走得执着而任性!

[1] 张鹏:《孟华:梨园老犁翻新墒》,《河南戏剧》2008 年第 6 期。

小剧场豫剧《伤逝》:戏曲新形态的开拓实践

根据鲁迅同名小说改编的小剧场豫剧《伤逝》,是孟华 2008 年创作的一部作品。从创作阶段上讲,该剧应是其创作后期的一部作品,但因其同样是从叙事角度和形式探寻上寻求突破的作品,因此将其放在“探索创新的多向度实践”这一部分更为恰当。

2008 年,豫剧名家盛红林、卢君夫妇创建了个体性质的“沼君戏剧创作演艺中心”,欲以一部新剧作为中心成立的开局之作。他们选定了鲁迅唯一的爱情小说《伤逝》,约请剧作家孟华为他们“量身定做”小剧场豫剧《伤逝》。

2008 年,对于国内的戏剧界来说,小剧场戏剧早已不是新鲜的话题。姑且不去追溯小剧场戏剧的滥觞,仅从 20 世纪 80 年代初以《绝对信号》《车站》《野人》为标志的小剧场戏剧真正的崛起算起,小剧场戏剧在我国也已经走过了 20 多年的发展历程。

小剧场戏剧，在北、上、广及全国不少大城市，已经是遍地开花，成为一种相对成熟的戏剧形态。作为小剧场戏剧的一个类型，小剧场戏曲也在21世纪之初开始蓄势、萌芽、破土、蓬勃。2000年，北京京剧院《马前泼水》首开小剧场戏曲先河，到2008年，小剧场戏曲也经历了8年的探索实践，虽尚未风靡，但势头渐猛。

写下以上这段话，是为了比照河南小剧场戏剧的冷寂现实。在2008年之前，河南小剧场戏剧的历史上，仅上演过一部小剧场话剧，那就是2002年由李利宏导演、河南省话剧院演出的《福兮祸兮》。这部小剧场话剧当年曾在河南观众中引起过强烈的震动，后到北京演出，同样引起了不小的反响。但是，小剧场戏剧毕竟是走在前沿的戏剧形态，具有先锋性、实验性、探索性，且观众主要是年轻的知识分子群体。小剧场戏剧创作、发展、存在所需的种种条件，在相对保守的中原河南显然还不具备。故而，《福兮祸兮》之后，河南再没有小剧场戏剧诞生，更遑论小剧场戏曲。小剧场戏曲作为一个戏剧形态来说已不新鲜，但对于河南的创作者来说，仍属“摸石头过河”的崭新课题，仍称得上是“吃螃蟹”的探索行为。即使从小剧场戏剧的角度看，《伤逝》也还只是河南的第二部。敢于问津这种形式的导演，还是话剧出身的李利宏，由此可见其探索和引领的意义仍不容置疑。

一、“自我讲述”的形式探寻

将《伤逝》定位为“小剧场戏曲”，无疑是恰切的。把鲁迅的文学作品作为创作的题材来源，基本已锁定了它应有的观众群，那就是年轻的知识分子观众；就题材的气质讲，这种情节不太复杂、人物不多、抒情色彩浓郁、调子凄婉、内蕴丰厚的作品，也特别适合做小剧场戏剧。

确定了小剧场戏曲的形态，那么，用怎样一种形式来讲述，来展开，来表现，仍是一个棘手的问题。小剧场戏剧较之常规的戏剧，不只是物理空间的改变，而是关涉戏剧创作的一系列问题，如观演关系、审美心理、接受方式等等。因此，创作者的创作观念和故事讲述方式也必须随之改变。换句话说，小剧场戏剧应该是为小剧场的特殊空间环境而创作，以传统镜框式舞台的那种创作观念来创作小剧场，肯定不灵。且已有小剧场昆剧《伤逝》珠玉在前，豫剧再做，只有另辟蹊径，方能匠心独具。不过，像孟华这样一位一直致力于戏剧形式探索、一戏一招的剧作家，也绝不会以常规的创作思路来应对小剧场戏曲。

在形式的探寻中，鲁迅小说本身的叙述方式，成为孟华创作的灵感引擎。

《伤逝》小说的副标题，明确写着“涓生的手记”，意味着作者写的不是自己的事情。但采用的依然是第一人称内心独白式的叙述法。就像鲁迅的《故乡》《在酒楼上》《孤独者》等小说一样。这是作者叙述的一种偏好，一种习惯，它所产生的艺术效果，较之第三人称的他者视角，更能给读者带来一种亲历者的私密感、真切感、真实感、现场感，也更容易引起读者的心理认同和情感认同。《伤逝》亦是这样！它以“我”的抒情化的表达作为叙事手段和叙事策略,通过人称"来加强叙述的真实感"(孔庆东语)。读小说,犹如在听涓生的娓娓讲述,有身临其境之感。

小剧场戏剧是一种近距离的审美,由于推倒了第四堵墙,演员和观众之间的隔阂被打破,观众变"观看"为"参与",情感和心理介入的层次较之常规的演出更深。"在小剧场中,观众不是隔岸观火,而是炉边烤火。"(导演李利宏语)营造"炉边烤火"的在场感、参与感、氛围感,恐怕是很多小剧场戏剧创作者苦心孤诣所追求的。

基于原著小说的叙述方式和小剧场戏剧独特的观演关系,小剧场豫剧《伤逝》亦采取了第一人称的叙述方式。舞台灯亮,率先走上舞台的是身着长衫的"史涓生"。他既是剧中人,又是这场演出的"主持者"。作为剧中人时,他生活在小说描写的那个年代,作为主持人时,他生活在和观众同时期的当下;作为剧中人时,他是故事的行为者、亲历者,作为主持人时,他是行为的旁观者、评判者、反思者;作为剧中人时,他行使的是代言体的职责,作为主持人时,他发挥的是叙事体的功能。戏就是在他的叙述性介绍中开始的:

史涓生　(面向观众)欢迎朋友们!你们是怀着对鲁迅先生作品深切的关爱来看我们演出的,在此,我深表感谢!(深深一躬)《伤逝》是鲁迅中期的一篇名著,我们把它改编成了豫剧。用豫剧来解读名著,用名著来普及戏剧,是我们的"双善期待"。我叫盛红林,在剧中扮演史涓生。读过原著的朋友,肯定会马上想到另一位主角—— 子君小姐。您别急,她正往这儿赶,很快就到——

[隐隐响起高跟鞋的声音……

史涓生　听到了吗?那就是子君的脚步声。在小说中,鲁迅先生用令人痴迷的字眼来形容她那高跟鞋敲击石板路的声音——橐、橐、橐……

在“戏”正式开始前的这部分,作为主持人的“史涓生”告诉大家,下面要讲的,就是关于“我”和子君的故事,并向大家一一介绍了即将在剧中出现的五个人物:涓生、子君、小东西、鲶鱼须、小官太太。每个人物的职业身份、性格特点、典型行为,经他的介绍并配以角色的亮相展示,一一呈现在观众面前。看过《伤逝》小说的观众,通过介绍展示,会调动起既有的阅读经验,获得一种形象的感知;未看过小说的观众,通过介绍展示,不但对人物关系做到了心中有数,而且经由人物的装扮、语言及独特行为,旋即产生某种“代入感”,为下面入戏做了情绪和心理的准备。

这种进入方式,也非常契合原小说的叙述风格。读过小说的观众都知道,《伤逝》采用的是倒叙手法,开头便交代了悲剧的结果,接下来由“会馆里的被遗忘在偏僻的破屋是这样的寂静和空虚”开始,渐渐进入涓生的回忆。从他的回忆里,读者慢慢知道了故事的发生、发展、结局。倒叙手法的运用,既是故事的进入方式,也从整体意义上奠定了小说的悲凉基调,是全剧情绪色彩的一种统摄手段。昆剧《伤逝》,便是以涓生的故地重游,对他和子君的爱情进行凭吊,故而较好地保持了原著的悲剧色彩。豫剧中"涓生"的串场解说,可谓是异曲同工。

从小说到戏剧,当然可以直接就进入故事的顺序轨道,从他们的认识恋爱写起,但那样就缺乏了小说中那种情绪的铺垫,显得直接、简单、索然无味。现在经"涓生"一番铺垫,每个人物都带着自己的性格色彩和故事背景出现在观众面前。观众不但对他们有了基本的了解,也对每个人物有了基本的情感倾向。这时候,"涓生"完成了他开场前的"主持"任务,脱下长衫,换上西装,成为戏中的史涓生,戏在他的演唱中开场。

这时的开场,因了前面的介绍性铺垫,无论从情绪上,还是从情势上,都显得自然而然,水到渠成。这就好比说书中的"闲言少叙,书归正传"。既然"正传"前面的是"闲言",为什么每次还要说呢?恰恰在于它不是可有可无的"闲言",它是一种导入,一种铺垫,一种渲染,一种告知,有它无它,感觉、韵味、情势完全不同。

作为叙述者的"涓生",在戏中的身份是贯穿的。在故事行进到一定节点的时候,他会"还原"讲述者的身份,对刚刚发生或即将发生的剧情或生发感叹,或进行评说,或提出问题,或表达困惑。大家知道,小说《伤逝》是一篇引人深思的作品。这是一篇爱情小说,写的却是男女主人公从"爱"到"无爱"的过程。全剧"伤"

的恰是“爱的逝去”。那么，引发涓生和子君爱情悲剧的原因到底是什么？不同的人心中的答案一定是不同的。鲁迅先生在小说中做了一些“导读”“点化”“提醒”“强调”，如“爱情必须时时更新、生长、创造”；如“人必生活着，爱才有所附丽”……但整部小说引发读者的思考却是多重的，复杂的——“先前以为了解而现在看来却是隔膜”的爱的冲动和盲目？那个尚不可能实现自由恋爱的，阻力、压力重重的社会环境？被柴米油盐生活琐事日渐销蚀的理想的丧失？涓生的不够宽容、不敢担当？……这些，既是作为主人公的“涓生”的困惑，也是作为观众的困惑。在小说的后半部，作者用大量的笔墨写了涓生的两难选择，“说出自己的无爱，还是不说？”[1]。在小剧场豫剧《伤逝》中，改编者借助“涓生”的主持、串场，不断把“行为者”涓生的感受和困惑表达出来，引发现场观众思想的介入，情感的介入，评判的介入。

如，子君和涓生勇敢结合后，她的叔父送来了“违背祖训，败坏门风”的断绝关系的书信，刚刚开始的美好生活罩上了阴霾；而子君整日沉浸在养鸡饲狗的忙碌中，也引起了涓生的不满，他们开始有了矛盾，有了摩擦，起了波澜。这个片段完成后，作为主持人的“涓生”出来和观众交流他的看法和思考：

史涓生　鲁迅先生说：“爱情必须时时更新、生长、创造。”如

[1] 钱理群：《最富鲁迅气息的小说》，见《鲁迅文学十五讲》，北京大学出版社，2016，第77页。

果停滞一隅，它也会生锈。迁居吉兆胡同三个月来，子君变化很大，书不看了，歌不唱了，连她那最好听的高跟鞋声也听不到了。她整天麻鞋布衣，汗流满面，忙她的家要。她的家要都是些什么呢？

这段表白，抛出了醒世的观点，描述了子君的变化，表达了涓生的疑惑，引出了后面的情节……是点拨，是叙述，是疑问，是过渡。

再如，经过更长一段时间的摩擦，涓生和子君渐渐由生活的困顿转为情感的隔膜。贫贱夫妻百事哀。涓生终于忍受不了生活的窘迫，情感的失落，环境的压抑，他达到了容忍的极限，终于对子君说出了"我已经不爱你了"，并愤然离家。此时，一腔似曾相识的唱隐隐飘来，那是涓生曾经向子君爱情的表白。隐隐的歌声中，作为主持人的"涓生"出现在光柱中：

史涓生　没错，那是史涓生的声音。但那是过去的史涓生，向过去的苗子君求爱的表白。现在的史涓生，却完全失去了那份激情。你们会说我是"伪君子""情场骗子"——而这话我早已在自己心里对自己责问过千百回：我是"伪君子"吗？我是"情场骗子"吗？我是真诚的，过去是真诚的，现在依然真诚。……你们不能原谅我的恐怕就是我对子君说的那句话："我已经不爱你了！"但这正是我的真诚。爱情是欺骗得了的吗？我期望，在痛苦决裂之后，她会找回她原有的坚决无畏来，她会冲出去，会找到比我绚丽得多的前程！——然而，她会吗？

此时，“涓生”的表白，是他“跳出”人物反观自身的一种视角，是对这段经历的一种感受和反思，也是当事人的疑问和困惑、辩解和澄清，更是创作者试图和观众交流的一个话题，意在引导观众从过去的旁观者变为思想情感的参与者。尽管演出现场没有采用当场提问的方式调动大家的情绪，获取现场观众的答案，但相信“涓生”的疑问和设问，已经引发了现场观众的种种思考，并激起了他们情感和心理的层层涟漪，也相信随着剧情的推进，不同的观众心中都有各自的答案。

不难看出，让“涓生”作为主持人贯穿全剧，既是作者所持的立场视角，也是一种叙事策略，还是和观众沟通交流、延伸创作思想的一种手段，更是一种结构的方法。他的“跳出跳入”，从审美效果上讲，是一种“间离”，打破了观众的审美幻觉，观众不时跳出剧情，回到现实，对剧中人物的行为选择做出自己的评判和思考。其实，“间离”手法的运用，在孟华的作品中早已不是新鲜的话题，从早期的《老包打滚》，到后面的《春秋出个姜小白》，他对“间离”手法已运用得非常娴熟、非常自然。但是，当这种手法以“第一人称”的面貌出现时，它带给观众的亲切感以及由此带来的观众情感、心理的投入度、参与度，与作为第三人称的效果还是大不相同的。观众心理的“场”、情感的“场”、思考的“场”，都融入了创作者精心营构的戏剧“场”中。

除了“涓生”的间离，在《伤逝》中，孟华还用了一种声音的“间离”。当一种情绪、情感行进到一个节点，或在下一个情感片段的开启时刻，场上会隐隐飘起经典歌曲《天涯歌女》《四季歌》的旋律。众所周知，《天涯歌女》《四季歌》均是电影《马路天使》的插曲。该电影创作于 1937 年，描写的是 20 世纪 30 年代的故事，比《伤逝》故事的发生年代晚了 10 多年。严格意义上说，这是一种年代的“穿帮”。但作者故作此用，别有深意。歌词的选取和行进的情节是一种情绪的暗合，从内里看，是情绪的外化延伸，从表面看，是对观众的情绪“间离”。观众听到极富年代感的熟悉的旋律，会从沉浸的剧情中跳出来，“哦，熟悉的旋律”！但歌曲传递的情绪又让他们流连在人物的情感中，对人物的喜怒哀乐做一番回味品咂。昆剧《伤逝》同样用了声音的“间离”，它以和剧种气质极其吻合的大提琴的独奏或演奏者直接上台的方式，实现它的氛围营造和“间离”效果。

比如剧中在涓生向子君下跪求爱，两人情感的升华处，远远飘出了“天涯呀海角，觅呀觅知音，小妹妹唱歌郎奏琴，郎呀咱们俩是一条心。爱呀爱呀 郎呀咱们俩是一条心……”；当子君得知叔父和她断绝关系的消息后，幕后飘来“夏季到来柳丝长，大姑娘漂泊到长江。江南江北风光好，怎及轻纱起高粱”的旋律；漫长的冬季到来，子君和涓生的情感也抵达冰点，此时，远处又隐隐响起“冬季到来雪茫茫，寒衣做好送情郎……”的旋律。这些经典歌曲的“淡入淡出”，是一种情绪的过渡，也是一种氛围的营造，还是一种“间离”的手段。因唱词内容和主人公的人生际遇有着妙不可言的契合,所以尽管年代有些错位,竟毫无违和感。这同样是作者为适应小剧场演出而“别有用心”的艺术手段。

二、情节戏剧化,体现了戏剧是情节的艺术

《伤逝》这篇小说,抒情色彩很重,连贯性的情节描写很少,所有的情节都如珍珠般镶嵌在抒情性极浓的回忆中，对那些习惯了以情节取胜的读者来说,读《伤逝》会产生类似“碎片”的感觉。而且,即使小说中有情节描写的地方,作者也几乎是惜墨如金,极含蓄,极简约,极平静。从逻辑关系上看,这些情节也没有完全按照发生的先后顺序走，有的时候写现在，有的时候写过去;或是先写结果,后写原因;或是先抒发感受,再叙述情节……跳跃感很强。读者是跟着涓生的感觉、感情,才慢慢把这些“散落”的“信息”连缀起来,最后形成对这个故事的整体感受。

但是,戏剧是情节的艺术!

戏剧情节的推进讲究内在的情势逻辑，在戏剧高潮到来之前,必须有扎实的、顺理成章的情节铺陈,在情势到达一定火候的时候,人物的行为选择才水到渠成,真实可信。将小说转变为戏剧，就是要转小说结构为戏剧结构，要敏锐捕捉小说中点滴的、跳跃感很强的“核心情节点”,并把它们按照戏剧发生、发展、高潮、结局的内在逻辑组织起来,铺展起来,升华起来,把描写性场面变为戏剧性场面。如此,方能实现文学作品的戏剧化。

小说的前半部,描写了子君和涓生爱的热烈,让人过目难忘的莫过于子君那句掷地有声的宣言:“我是我自己的,他们谁也没有干涉我的权利!”还有涓生被子君的爱情宣言感染后做出的那个典型动作——“含泪握着她的手,一条腿跪了下去。”这是小说前半部分“爱”的主题的核心情节和行为。但是,无论是子君的“宣言”,还是涓生的“下跪”,都是主人公回忆中的“碎片”,没有铺垫,没有映衬,就那样突兀地出现了,表达了。恰如孔庆东教授所说:“在一个并不讲故事的小说里面,出现了这样一句听上去很冷静很平淡但其实又斩钉截铁、在那个时代又可以说是振聋发聩的话。”[1]由于小说不是按逻辑讲故事,因此,它可以“横空出现”,如此任性,如此自由,却又让人觉得如此高明。但是,放在戏剧里,不行!创作者必须为子君的“宣言”、涓生的“表白”做好铺垫!要做到情之所至,势之所至。那么,他就必须根据记忆中“只剩下的一些片段”,去想象、还原、丰富、再现故事的过程和现场。

欲写爱的热烈,先写爱的艰难。

戏是在涓生对子君既热切又不安的期盼中开场的。热切,因为涓生和子君“数月来爱之火愈烧愈猛,日不见晌不闻如隔三冬”;不安,源于子君家人的态度,“她堂叔频频下逐客之令,苗家府不接受我史涓生”,子君随时都可能屈从叔叔、父亲的淫威,和涓生断绝来往,也可能从此就不来了。

[1]《孔庆东讲解〈伤逝〉》,http://blog.renren.com/,访问日期:2011年4月30日。

还好,涓生听到了那熟悉的高跟鞋的“橐、橐”声。

然而,他们的爱终究是艰难的,他们的见面注定也不会那么顺利。

涓生急切地冲出门去，迎面袅袅婷婷走来的却是那个油头粉面、半男半女的“小东西”。他觊觎涓生已久,此时是专门来邀涓生和局长的大公子玩牌,顺便得以“随时瞻仰史先生的倜傥英姿”。热切满怀的涓生被这个“怪物”搞得胃口大倒,情绪大跌。

“橐、橐、橐”,高跟鞋敲击地面的声音再度响起,子君终于来了！因了前面“小东西”的扫兴,加上子君的姗姗来迟,涓生愈加为他们爱情的未来担忧:门第落差的自卑,子君家长的反对,周围异样的眼神……

然,子君的回答俱是坚定和无畏。

但现实确如涓生所忧，他们还没有来得及喁喁情话,“小东西”袅袅婷婷地又来了。他告诉涓生,因他“不赏脸”,局长的大公子生气了……意味着后果很严重。

而从另一间房子里,“叭”地传来了玻璃的破碎声,破窗中探出账房先生“鲶鱼须”的脸,鼻尖还渗着血……

至此，涓生对子君盼望的热切，已经化为了无可遏止的愠怒:

史涓生　看见了吗?这就是我们的环境,这就是我们的伊甸园!

子　君　环境岂奈我何？伊甸园不在外部,而在我们心里。

史涓生　你很会宽慰我，可是，我已经预感到了，不定哪一天，他们就会像恶魔一样把你从我眼前抢走！

子　君　他们？他们是谁？

史涓生　你父亲，你堂叔，还有这群怪物：小东西、鲶鱼须、大公子……

不难看出，作者对两人爱的艰难、爱的障碍做了层层的铺垫，把涓生对两人情感前途的渺茫和无力感推到顶点。在这个情势下，子君发表了她的掷地有声的爱情宣言：

子　君　（拉起涓生手，深情地）我是我自己的，他们谁也没有干涉我的权利！

她深情地对涓生表达爱的无畏和情的炙热：

子　君　（唱）冬日的阳光夏日的风，
子君有幸遇涓生。
女儿多梦圆了梦，
青春多情定了情！
霹雳撼山山不动，
蜂蝶惹花花自红。
情爱不信父母命，
自由拒绝金丝笼。
…… ……
青春的岁月青春的梦，
青春的友爱青春的情。

青春的锦缎青春的料，
我自当家、我自做主、我自丈量、我自设定、
我自剪裁我自缝！

在如此真挚热烈的爱情宣言的感召下，涓生不会不感动，不能不感动，他挽着子君的手，做出了那个后来让子君时时温习、不断“自修”、夜夜回味的行为——“含泪握着她的手，一条腿跪了下去”。

史涓生 （激动地）子君！

锦言绣语亮透心，
涓生无悔交子君。
相爱之路多荆榛，
得执子手即阳春。
原只道当红校花姿容俊，
却未识情挚意柔见地深。
…………
子君你牵我肝肠融我肺，
化我体魄销我魂！
血脉偾张情难禁，
跪向我爱求委身！

随之，涓生单膝曲跪，两手平举地伸向子君——这个“电影上见过的方法”（鲁迅《伤逝》），把子君吓了一跳，她慌张地向后退了很远，镇定下来，又动情地迎上去，与涓生拥抱在一起……

至此，小剧场豫剧《伤逝》用这么长的篇章，完成了小说中子君那句“爱的宣言”和涓生那个“爱的表白”的过程诠释，把记忆的“碎片”化为完整的情节，把平面的叙述化为生动的画面，把深沉的抒情化为淋漓的表达，完成了从小说到戏剧的形式转换。

后半部“爱”的逝去，同样用了铺陈的手法。

小说后半部最重要的情节，莫过于涓生对子君说的那句话：“我已经不爱你了！”由此引发了悲剧的结果，也引发了涓生对自己一生挥之不去的愧疚和诘难。

欲写爱的“逝”去，先写爱的热烈和甜蜜。

冲破一切势力樊笼走到一起的子君和涓生，拥有了他们的“家”——吉兆胡同租来的一间房子。他们终于有了私密的空间。他们经常面对面坐着，互相欣赏，久久无话；子君不断回味涓生那个从电影里学来的“单腿下跪”的镜头，在爱的相守中不断温习“功课”；他们热烈地表达彼此的爱意，一个是“与君相交换赋秉，一腔爱水常沸腾”；一个是“醉拥娇妻花一朵，人生滋味谁堪说”……然而，爱情并非存在于真空，生活的大手开始慢慢干预他们的生活：经济的拮据成为生存的一种威压；鸡狗的喧闹打破了生活的宁静，并由此引发了和房东的一系列“战争”；性情的差异开始凸显，子君理想的丧失让他们渐渐陌生；涓生失业的打击使生活雪上加霜……生活的颓落慢慢销蚀着他们的激情，并由此发展为情感上的隔膜。情势的铺垫到位了，但是，要让涓生说出“我已经不爱你了”这句残酷绝情的话，还必须营造特定的情境氛围。在小说中，说与不说，涓生是犹豫的，是纠结的，是痛苦的，他“在苦恼中常常想，说真实自然须有极大的勇气的；假如没有这勇气，而苟安于虚伪，那也便是不能开辟新的生路的人”(鲁迅《伤逝》)。一旦决定说了，怎么说，亦是纠结的，艰难的……但是，在戏里，必须正面写他们的冲突，必须让情节步步发展，环环相扣，合情合理——

涓生求职无果，投稿无信，在漫漫大雪中回到冰冷的家。

屋内烟熏火燎，他们烧煤炭弃木炭，仅仅是为了省出房租……

子君对涓生又买回植物表示不解，涓生对子君沉浸于鸡狗的乐趣中表示不可思议，认为那是低级趣味……

冷寂隔膜中，子君试图和涓生再一次回味旧时的“功课”，涓生显然已毫无耐心和兴趣，以“饿”为借口搪塞。子君端出饭菜——

史涓生　凉的？

子　君　哦，我这就去热！

史涓生　我不说凉你就不热了吗？

子　君　都怪我……(欲下)

史涓生　拉倒，拉倒！糙米咸菜也没什么好吃的。(抓起桌头酒瓶)弄俩菜，我要喝酒。

[子君进厨间鼓捣半天，端上两个小碟……

史涓生　还是咸菜啊?!

子　君　我打算下午找同学借钱买肉呢……

史涓生　不是还有条咸鱼吗？拿出来。

子　君　咸鱼……

史涓生　怎么？

子　君　昨天，我喂了咱们阿随了……

史涓生　（啪地一掌砸在桌子上）胆大包天！我算看清你了：我在你心目中的位置还不如一条狗！

子　君　你听我说涓生，咱们阿随瘦得走了相，房东老笑话咱……

史涓生　不用解释。在咱们这个家，是有狗无我，有我无狗。

[继而，两个人为阿随的“归宿”又是一番争吵，涓生愤而欲走。

子　君　（凄然呼叫）涓生！

史涓生　我去把阿随找回来。如果找不回来，我会再买一只还你！

子　君　不，涓生，我不要了，我只要你。我怕你出去就不回来了。入冬这些天来，你常常不在家，我不敢问你，可我一个人受不了这份孤独。

史涓生　你不必怀疑，我没去哪里，我仅仅在图书馆看书。那里有煤火，比在家里暖和。特别是……

子　君　特别是什么？涓生，你说，我想听你心里话！

史涓生　特别是躲在图书馆里清静，看不到你苦愁的面容、凄楚的假笑、压抑得要死的沉默。……子君，我们蜷缩在这间屋子里会一同灭亡的！

子　君　可你说过，我是家的全部，家是爱的全部。

史涓生　家会灭亡，爱也会灭亡。你要我说心里话：子君，我，我已经不爱你了！

前面已经把悲剧的必然做足了铺垫，当一切伏笔埋好之后，显然悲剧的发生只需要“引燃”的导火索。由于作者营造了特定的环境氛围、情绪氛围、矛盾氛围，那么一条“咸鱼”就有足够的能量引爆“情感危机”的炸弹，涓生终于说出那句残酷的话来，完成了“爱”的“逝去”的振聋发聩的表达。

三、人物形象化、立体化，体现了戏剧是行为的艺术

以上所谈是情节的戏剧化，接下来说人物的形象化、立体化。主要谈小说中的三个小人物：小东西、鲶鱼须、小官太太。看过演出的观众，会对这三个人物过目难忘。因为经改编者的精心塑造，他们已然成为这个戏中惟妙惟肖的典型艺术形象。在昆剧《伤逝》中，创作者将这三个人物进行了“整合”，由男演员饰演的房东太太，说女还男，半女半男，她身上既有鲶鱼须的影子，也有“小平面”的痕迹；既作为男女主人公的外部环境存在，也作为具体的个体和子君发生冲突，同时还是一个贯穿全剧的结构性人物。采取的是一人多用之法。豫剧《伤逝》中，改编者采取了相反的思路，赋予这三个“点缀式”人物以独特行为，让他们各自成为带着极强隐喻性、和主人公悲剧命运密不可分的典型人物，多人多用,殊途同归。

在小说中,小东西、鲶鱼须、小官太太的描写只有寥寥几句,他们是作为涓生和子君“爱情环境”的一种点缀而存在,并无更具体的语言和行为。而在戏中,改编者不但赋予他们独特行为,让他们参与剧情,而且将其发展成为贯穿式人物,成为一种带着极强隐喻性的、主人公生存环境和生活环境的一种背景而存在,使他们成为和主人公悲剧命运密不可分的典型的人物形象。

先来看“小东西”。

小说中对这个人物的描写有三处:第一处是涓生盼子君到来时,“我憎恶那太像子君鞋声的常常穿着新皮鞋的邻院的搽雪花膏的小东西。”

第二处是送子君出门时,“送她出门……到院外,照例又是明晃晃的玻璃窗里的那小东西的脸,加厚的雪花膏”。

第三处是涓生收到邮差送来的局里的辞退信,“我就早已料到了,那雪花膏便是局长的儿子的赌友,一定要去添些谣言,设法报告的”(鲁迅《伤逝》)。

这几处描写,大致勾勒出了“小东西”在子君、涓生悲剧命运中所产生的作用。那么,放在戏里,就要告诉观众,“小东西”为什么爱穿高跟鞋?为什么爱擦很厚的雪花膏?为什么处心积虑要在局长面前造涓生的谣?这是戏剧艺术塑造人物形象的需要,也是满足观众审美心理的需要。

戏的开场,在涓生的热切期盼中,“橐、橐、橐”的高跟鞋声越来越近,涓生激动地冲出门去,出现在他面前的却是油头粉面、搔首弄姿的“小东西”。

“小东西”一见涓生,便用十分欣赏的眼光把他从头打量到脚,然后一个腻腻的甜笑,微微一躬。涓生则厌恶地转身欲下——

小东西　先生留步!……阁下姓史吧?

史涓生　……什么事?

小东西　没什么事。同住一个会馆,抬头不见低头见,光碰面儿,不说话儿,你就不觉得闷得慌?

[史涓生无话可答,急欲走……

小东西　史先生,玩玩吧!

史涓生　怎么玩?

小东西　玩麻将呀!

史涓生　抱歉,不会!(再走)

小东西　骗谁呐!我亲眼看见你陪着她……在她同学家……玩三缺一……

史涓生　(惊愕)你是谁?不得了啊!

小东西　不才秦魅,秦可卿的卿,魅力的魅。同在局子里供职,可惜你我不在一个科室,不能随时瞻仰史先生的倜傥英姿,至为遗憾。

史涓生　秦先生,你如此风流俏丽的打扮不得时时欣赏,我才遗憾哩!

小东西　(满足地、感激地)谢谢！

史涓生　对不起,我有公务。(欲退)

小东西　礼拜天,又说谎呢！

史涓生　有家务……

小东西　你还没成家！史先生，你知道今天谁来跟我玩牌吗？局长的大公子！你认识认识,有你的好处。

史涓生　我没工夫！

小东西　好多人想结交大公子还没那个机会呢！

史涓生　(烦透)不——稀——罕——(下)

这段描写，基本解答了观众心中的疑问,“小东西”是一个“性取向”有问题的“同志”,他觊觎涓生,嫉妒子君,如此打扮,正是为了取悦涓生。涓生的生硬拒绝,让他很没面子,造谣报告的“伏笔”就此埋下。

因了“性别”的特殊,子君和涓生约会时,他自然成为一种在场的“障碍”。不但在明晃晃的玻璃窗后面偷窥,而且专门在子君到来时,前来“警告”涓生,由于他不赏脸,局长的大公子很生气。涓生被解雇的伏笔也在此埋下。

在小说中,到吉兆胡同给涓生送辞退信的,是局里的信差,而在戏中,却是“小东西”。这就和前面的伏笔形成了照应。

鲶鱼须的塑造亦同。作者在开演前的人物介绍中,已明确告诉观众,“他明着是个账房先生，暗中却不知是谁放在会馆里的一只眼睛”(孟华《伤逝》)。戏中,他除了是一个不惜把鼻尖“挤成了一个小平面”的窥视者，也是一个在场的“搅局者”：他会以发电影票的名义，故意打扰涓生和子君的约会；他能找到吉兆胡同，要涓生补足因房价上涨所欠的七元六角三分的房租。子君死去的消息，在小说中，涓生是从“一个久不问候的世交”口中获得的；在戏中，前来送信的是鲶鱼须，而且是子君的叔叔差他来的。哦，想起来了，前面到吉兆胡同讨房费的时候，“小平面”曾送来过子君叔父写给子君的断绝信。到这里观众就会明白了，原来他就是子君叔父“放在会馆里的眼睛”……

“小东西”和鲶鱼须，之于涓生和子君，如影随形，无处不在，随时都会出现在他们的生活中，成为爱情私密空间的监视者、破坏者。“小东西”的一头，连着局长的大公子，代表着权力的淫威；鲶鱼须的一头，连着子君的叔父，象征着家族的势力。他们既是偷窥者、监视者、在场者、代言者，又是一种有形的精神威压，构成了子君和涓生爱情悲剧的背景式、氛围式存在。

小官太太，在小说中关涉她的描写亦只是寥寥几句：

“常见她包藏着不快活的颜色……也还是和那小官太太的暗斗，导火线是两家的小油鸡。”

“加以油鸡们又大起来了，更容易成为两家争吵的引线。”

“她说，阿随实在瘦得太可怜，房东太太还因此嗤笑我们了，她受不住这样的奚落。”

但这寥寥数语，却蕴含着冲突的戏剧性和丰富性，因此改编本就有了她和子君因鸡狗纠纷而生发的非常精彩的两段戏。她和子君之冲突,既外化了涓生和子君经济的窘迫,生活的拮据,又活化了子君沉溺日常琐碎的消沉和颓丧。而小官太太的刻薄、势力,也代表了社会对子君们的苛刻和不宽容。她和小东西、鲶鱼须一起,共同构成了涓生、子君生存环境的无形之网,成为他们爱情悲剧的助推者。小剧场豫剧《伤逝》,也因为这三个生动鲜活的人物,而更加可看、可品、可琢磨。

四、忧郁、忧伤风格的保持

尽管《伤逝》是写爱情的,但文中鲁迅“对爱的幸福感的描绘,远不如对失落感的渲染。……读《伤逝》的时候,总是惊叹于作者那种极度肃杀、哀婉的情调。青年之爱,本应是热烈而纯情的,但,作者却从中体味出无奈的悲伤。个性解放与爱情自由,最终被厄运卷去。……《伤逝》是一曲绝望的歌,鲁迅在现代人的婚恋悲剧中, 看到了生命与社会的某种不可调和的苦痛”[1]。这种情绪基调的确立,源于小说的表现内容,一定程度上也融入了作者自身的人生体验。但它能让读者产生感同身受的认同感,却得益于作者独特的叙述方式和高超的表达能力。

“如果我能够,我要写下我的悔恨和悲哀,为子君,为自己。”

小说一开始,就先声夺人地为全篇定下了一个“忏悔,自省”的调子。“一句话,就把人带入一种情调,一种氛围,一种意境,让人进入一个别样的空间。……它给整个作品定下了一个诗的调

[1]孙郁:《鲁迅与周作人》,现代出版社,2013,第126页。

子。”[1]

第一人称的叙述,抒情化的表达,主人公忏悔、自省的姿态,悲剧的走向,共同氤氲出小说凄婉、忧郁的气质。

从小说到舞台,艺术形式发生了根本性的变化,但应该保持的,应该是作品的艺术气质,而这,又是最难的。

小剧场豫剧《伤逝》在对原小说忧郁基调的保持上做了如下努力:

1. 保持第一人称的叙述。前面已经说过,小剧场豫剧《伤逝》之所以采取第一人称的叙述方式,一是为了强化观众观看的真实感、参与感;二是和小说的情绪基调保持一致。以涓生的视角来叙述他与子君的这场悲剧,讲述者的“自我”感受和情感色彩,更容易成为统摄全剧的决定力量。

2. 对小说潜在的情绪点,聚焦放大,深挖细掘,尽情描绘,营造凄婉悲凉的调子。

阅读原小说,读者会发现,小说在涓生对子君说出“我已经不爱你了”之后,他们的爱情故事已经结束了。但是,“这一‘结束’,在男女主人公的心理上却出现了不同的反应:涓生完全自觉地意识到自己已经不再爱子君, 这是一个应该结束的爱情与婚姻;但子君却浑然不知,她仍沉浸在对涓生的爱的依恋中”[2]。

[1]《孔庆东讲解〈伤逝〉》,http://blog.renren.com/,访问日期:2011 年 4 月 30 日。

[2]钱理群:《最富鲁迅气息的小说》,《鲁迅作品十五讲》,北京大学出版社,2016,第 77 页。

那么，涓生说出这句话之后，子君是什么反应呢？小说中是这样描写的：

我同时豫期着大的变故的到来，然而只有沉默。她脸色陡然变成灰黄，死了似的；瞬间便又苏生，眼里也发了稚气的闪闪的光泽……这眼光射向四处，正如孩子在饥渴中寻求着慈爱的母亲，但只在空中寻求，恐怖地回避着我的眼。

子君显然没有任何思想准备，她惊讶、无助、茫然、可怜，目光向空中寻求安慰和援助，却恐怖地躲避着涓生的眼睛，惧怕从他的眼睛里读出这句话的确定和真实。在戏剧中，这里是一个情感的“眼”，是女主人公心理和情感采掘的“富矿”，聪明的作者定会聚焦放大，绝不放过。

让我们来看戏剧的表达。

当涓生用冰冷的语言说出“我已经不爱你了”并决然离去后，戏剧场景还是吉兆胡同的那间小屋，一切依旧，不同的是涓生此前买的、已经枯萎的两盆花，摆在很显眼的位置。神情呆滞的子君下意识地在给这两盆花浇水，水早已四溢，她却毫无察觉，更没止意。她对着曾经被自己冷落的它们，怔怔地失常地自言自语地展开了一段发自潜在意识深处的呼救式的咏叹：

子　君　你叫君子兰哪，

你叫微冬青。
你是春天来呀，
你来已隆冬。
记不记得谁把你们请？
那可是我的先生史涓生！
都怪我粗心哪，
冷落了二精英。
旱了忘浇水，
冷了不避风。
你们就不言不语、不吭不哼、不告不禀、不怒不惊、
悄没声声尽了终——好狠心的二精英！
您是他的爱呀，
您中他的情；
我把您慢待呀，
得罪了我先生！
求二位多多原谅，发发慈悲，打打精神，挺挺腰杆，
返呀么返返青——我向您三鞠躬！
有道是世间万物有灵性，
普天下仁爱怜悯性相通。
您可知泪眼巴巴我在等？
等一个枯株起死再回生！
我要等雪住寒尽霜无影，

我要等冬去春来柳芽青。
我要等鹊鸣燕归蜂蝶动，
我要等万朵花开上紫藤。
我要用鞋声再敲石头径，
我要等含笑归来的史涓生！

寓情于物，借物抒情。借两盆植物，表达弱者的无助；通过自言自语，抒发痴者的茫然。这是一个无助者的追忆，这是一种迷离中的臆想，这是一缕失落中的寄托，这是一份希望中的绝望…… 编剧孟华通过这段酣畅淋漓的内心独白，写出了子君的孤独、无助、可怜、失魂落魄！悲凉凄婉之感扑面而来，必然也成为全剧的泪点所在，迸发出悲剧撼人心魄的艺术感染力。

孟华创作的优势之一就是善于通过精准、恰切、到位、有意味的唱词，浓墨重彩地表现人物的思想感情。他的这一优势在《伤逝》中确有用武之地。除了上面子君的这段核心独白，在涓生的内心描写上亦取得了异曲同工之效。

“日本学者木山英雄先生所言，鲁迅有一种‘内攻型冲动’，对自己拥有的全部观念、情感、选择，都要加以‘多疑’的审视。”[1]所以，《伤逝》的后半部，鲁迅让涓生对自己说出“我已经不爱你了”这句话而引发的后果不断进行质疑和诘问，写涓生的良心自责和自我审判：

[1]钱理群：《鲁迅文学十五讲》，北京大学出版社，第75页。

我不应该将真实说给子君，我们相爱过，我应该永久奉献她我的说谎。

我没有负着虚伪的重担的勇气，却将真实的重担卸给她了。

我愿意真有所谓鬼魂，真有所谓地狱，那么，即使在孽风怒吼之中，我也将寻觅子君，当面说出我的悔恨和悲哀，祈求她的饶恕……

这同样是一处描写人物复杂内心情感的“漩涡”，也是小说后半部的情感释放点。涓生在得知子君去世的消息后，惊愕、悲痛、愧疚、自责、拷问……千重滋味、万般悔恨涌在心头。剧作者在戏的结尾，为他精心设置了一个40句的重点唱段，淋漓尽致地表达了他的复杂心绪：

涓　生　一纸遗书飞来剑，
刺我心，割我肝，扎我肺，裂我胆，
顿觉得山呼海啸、雷鸣电闪、陷地塌天！
活生生一个你转瞬不见，
鲜灵灵一株苗悄然自蔫。
靓丽丽一个人竟自寻短？
年轻轻一条命悄然化烟？
我的子君哪！
你的去竟如同电光一闪，
你的去留下了迷雾一团。

你的去引我进良心法院，
你的去逼我入道义法栏！
…………
恨自己心情坏转移恶怨，
伤子君恨爱妻出门不还。
痴情女难承受爱之背叛，
冰山倒玉柱碎立现瞬间！
引子君登歧路难道是俺？
破家庭毁爱巢自拆自掀？
良心账爱情债自审自判——
无休止地清，
无休止地算；
无休止地点，
无休止地盘！
且将我邈邈前路、漫漫人生、
虞虞命运——抵押偿还！
恍然间犹见子君云头站，
殷殷等我在离恨天……

这段摧肝扯肺的情感描写，刻画了涓生之伤、之痛、之恨、之悔，再次把全剧的悲剧氛围推向高潮，以一股势不可挡的强大情感洪流的宣泄为全剧戛然作结，压抑、忧郁的悲剧氛围充盈弥漫整个剧场，裹挟全场观众。

凡小说“情眼”处，剧作家都做到了敏锐的捕捉和适度的开掘，使得全剧抒情凄婉的色彩浓郁。同时，对语言风格感、身份感、年代感的追求，对环境和氛围的精心营构，都对该剧凄凉、忧伤风格的确立起到了烘托渲染的作用。全剧节奏舒展，平缓而不平淡；气质忧郁，沉郁而不沉闷。既带着小说天然的基因，又体现着戏剧后天的塑造。

小剧场豫剧《伤逝》是对鲁迅小说的一次成功改编。因了从小说到舞台的形式转变，更多的普通观众，经由戏剧这种形式，了解了鲁迅的这部小说；更多的年轻观众，通过鲁迅这部小说，走进了戏剧，走进了豫剧。古老的豫剧，也因为小剧场这种形态，因为《伤逝》这部作品，因为青年学生的青睐，而洋溢出青春的色彩，时尚的气息，不俗的品格。《伤逝》搬上舞台后，除了常规的演出，还参加了在北京举办的“全国戏剧文化奖 2011 小剧场优秀戏剧展演季”，荣获全国戏剧文化奖“改编剧目大奖”等多个奖项；2015 年 12 月，参加在北京举办的“第二届当代小剧场戏曲艺术节”；2017 年 12 月 19 日，参加在上海举办的(第三届)上海小剧场戏曲节，在业界广获好评。豫剧，因为有了小剧场豫剧《伤逝》，在这些全国性小剧场戏剧活动中没有缺席；这些小剧场戏曲活动，因有了豫剧《伤逝》的参与，更彰显出剧种的多样性和地域覆盖的广泛性。河南的小剧场戏剧，因有了《伤逝》，实现了从“一”到“二”的数量积累；同时也实现了从话剧到戏曲的类型拓展。

故而,它弥足珍贵,意义非常!

DISIZHANG 第四章

立足东方看西方——名著改编，融通中西

引　言

孟华中期探索剧目的另一个面向，就是外国作品的中国化改编。具体说来,主要是对美国剧作家尤金·奥尼尔几部作品的中国化、戏曲化改编。前面说过,20世纪80年代初,孟华在上海戏剧学院初识尤金·奥尼尔的作品时,怎么也没有想到,奥尼尔会对自己日后的创作产生重要影响;更没有想到,有朝一日,他会亲自改编奥尼尔的作品。

在赴上海戏剧学院学习之前,莫里哀、易卜生、斯特林堡以及苏联诸多戏剧大家的作品,孟华都曾看过或听说过,可是,诺贝尔文学奖获得者尤金·奥尼尔,他从来没有听说过,更没有看过他的作品。当奥尼尔作品出现在戏剧学院的教材中时，他呆了,愣了,惊了,傻了!那种触目惊心、灵魂震撼、周身起栗的阅读体验，让他刻骨铭心，终生难忘。尤金·奥尼尔，就以这样一种方式和姿态，强势闯入了孟华的戏剧世界。

创作观念受到强烈冲击的孟华，从此深深迷恋上了奥尼尔。迷恋越深，越发感觉到奥尼尔剧作思想的深邃、手法的新颖以及无法抵挡的艺术张力。他在一篇文章中写道："奥尼尔的剧作总是以对人性张扬得酣畅淋漓和对人心解剖得精微独到而始终跃居群雄之上。平望似涛，纵看似潭，细处撼情，大处惊心。——这种奥氏剧作的特性，使人读后有一种'不知有汉，无论魏晋'的陶醉。"[1]

孟华从一位现实主义或者说和主流贴得很近的剧作家，逐渐转变为一位疏离主流、关注人性、书写真情、表达真我的剧作家，创作观念发生了巨大变化，其主要原因，是受西方戏剧观念、创作思想的影响。但对其影响最大的，无疑是尤金·奥尼尔。奥尼尔对孟华戏剧创作的影响是全方位的，不仅是表现手段、戏剧风格、题材倾向的，更是观念的、意识的、精神的。这种影响，明晰地体现在孟华从《半个娘娘》以来的一系列创作中。

《半个娘娘》的思辨色彩、哲理意味，对人性的拷问，对面具的运用，幻觉、慢动作等，都是对表现主义手法的借鉴；《春秋出个姜小白》表现司命主簿内心独白时，采取的人物定格的手法，是一种"意识流"……这些手法都带有鲜明的奥氏特色。奥尼尔

---

[1] 孟华：《章后碎语》，《剧本》2006 年第 10 期。

的创作受斯特林堡、弗洛伊德等影响甚深，在他的作品中体现为：鬼魂的意识，爱与恨的主题，双重人格的表现等。这些，在孟华的作品中亦有鲜明的体现，如他创作中浓郁的“鬼魂情结”，几乎无戏不“鬼”(后面《孟华剧作的“鬼魂情结”》有详细分析)，甚至在《春秋出个姜小白》、新版《白蛇传》中，鬼魂已经具有结构的意义；如新版《白蛇传》中白蛇“本我、自我、超我”的多重人格等。可以说，孟华从20世纪80年代中期以后的创作，直接间接、或多或少都能看出奥尼尔对他的影响。他与奥尼尔的缘分，大概在初识的“震惊折服”中就结下了。因而，改编奥尼尔的作品，亦是他艺术生涯中的冥冥注定。

《榆树下的欲望》的跨文化改编

1997年，在广州召开的“第七届全国奥尼尔学术研讨会”上，中央戏剧学院教授、奥尼尔学术研究中心主席廖可兑先生给孟华设下一道命题：以中国戏曲的方式改编奥氏作品，实现奥尼尔研究的中国戏曲化。从借鉴学习奥尼尔到改编他的作品，以这样一种特殊的方式与奥尼尔进行深层的交流对话，孟华深感荣幸。然荣幸之余，更感压力山大。“先生之托，无异于委任赐誉，宁不为乎？然而辟径之恐，触圣之怵，惴惴然贯穿起笔落张之中。”[1]观念的影响和手段的借鉴，同移植改编奥氏的作品，还是不能同日而语。尽管奥尼尔的作品具有世界性的价值和意义，但在中国，对他作品的介绍演绎，还仅限于话剧界。用中国戏曲表现奥尼尔，或者说让奥尼尔走进中国戏曲，无论如何，这是一个

[1] 孟华：《章后碎语》，《剧本》2006年10月。

带有探索性质的大胆尝试。它面对的是中西方文化观念的深度融合,是兼顾中西双方价值判断、审美习惯、欣赏趣味的跨文化改编,弄不好,就真的会出现“橘生淮南则为橘,生于淮北则为枳”的变异和尴尬,不伦不类,两不讨好。

经过斟酌,孟华选择了奥尼尔中期的代表性作品《榆树下的欲望》。因为在戏剧学院上学的时候就接触过这个戏,从熟悉程度上讲,较其他剧目更甚;而且从中原观众的审美习惯去看,这个戏有故事、有情节,有强烈的冲突,有吸引观众一口气看下去的紧张感。(选这个戏的时候,孟华丝毫不知四川著名剧作家徐棻曾经将此戏改编为川剧《欲海狂潮》。两位创作追求极为相似的剧作家,不约而同选择了这个戏,且采取不太相同的改编路子,使我们得以看到不同剧种改编奥尼尔同一作品的不同风貌,因篇幅原因,此处不再展开。)廖先生完全同意孟华的选择,但他提出一个原则:改编要尽可能尊重原著。

因为对原著非常熟悉,又是以自己擅长的戏曲形式表现,加上廖先生“尊重原著”的嘱托,所以孟华的改编进行得非常顺利,非常轻松。然而,这种轻松感在剧本写出后的短时间内很快消失,剧本传阅阶段所得到的反馈让孟华始料未及。有人认为该戏“基调不高”“主题不亮”;有人认为“缺乏正面人物,更无英雄人物”;有的干脆直棒敲击,一场“乱伦”有什么值得歌颂的?[1]在此戏刚进入生活排练阶段,坊间就流传出这样一首打油诗:“局里

[1] 孟华:《关于“乱伦”——再谈〈榆树古宅〉的改编》,《东方艺术》2001年第3期。

出了三十万，请了一拨凉壶蛋，排了一部三级片，要问排得怎么样？扯淡！”[1]孟华坦言，对于《榆》（即《榆树古宅》）剧“低道德”评判的敏感性，在他的头脑中，“从阅读、挑选到改编剧本的整个过程中，未曾有一丝闪现”，“直到这时，一场关于《榆》剧的社会意义与艺术价值的争议才引起我的注意。这实际上是中西方伦理道德观念的一次碰撞，也是一场躲闪不开的遭遇”。[2]

让我们先来了解一下《榆树下的欲望》。

《榆树下的欲望》是奥尼尔创作中期的一部力作，讲述了19世纪中叶发生在美国新英格兰农场的故事：76岁的农场主凯勃特娶回了他的第三任妻子——年轻貌美的爱碧。第一任妻子所生的两个儿子彼得和西蒙，早已厌倦了日复一日的艰苦劳作，爱碧的到来，使他们继承家产的希望成为泡影，于是决然离家，到西部“淘金”去了。第二任老婆所生儿子伊本，不甘放弃自己的权利，怀着为母亲报仇的欲念和对继母本能的敌意，留了下来。没有料到的是，伊本和爱碧在争夺家产的博弈中，却碰撞出了真爱的火花。爱碧勾引伊本，本是为了生个儿子，理直气壮地继承家业，没想到儿子的降生却成为横亘在两人情感之间的巨大障碍。伊本怀疑爱碧生儿子的真正目的是霸占家业。为了表达自己的真情，爱碧杀死了婴儿。伊本得知真相，爱恨交加。最后，两个真

[1] 孟华：《“凉壶蛋”的回答》，《半个集》，中国戏剧出版社，第500—501页。
[2] 孟华：《关于“乱伦”——再谈〈榆树古宅〉的改编》，《东方艺术》2001年第3期。

爱的人共承杀婴之罪,含笑服刑。

奥尼尔的作品,很少宏大叙事,多围绕着家庭矛盾展开,透过家庭这个窗口,去看国家、看社会,通过"富有生命力的、诚挚的、感情强烈的、烙有原始悲剧概念印记的戏剧作品"(诺贝尔文学奖授奖词),表现人性的深度和社会的广度。《榆树下的欲望》正是用"诗一般的景象照亮了甚至是最卑鄙、最污秽的生活死胡同"[1]。它通过家庭成员之间情感和欲望的冲突,揭示了物质欲望对人性的扭曲,以独特的方式揭示社会问题,探讨社会病态。"美国人从他的剧本里,看到了放大了的自己:也就是统治着美国的清教主义那种表面上的刻苦和精神上的贪婪所造成的灾难性后果——迷恋金钱,道德沦丧,心理自私,品质颓唐。"[2]

思想的深刻性毋庸置疑,但是,"当奥尼尔以一个现代派剧作家的面貌出现时,无疑是对中国文化界的接受力的一次新的测试"[3]。孟华已然忘记了当年自己刚接触奥尼尔作品时的那种呆、愣、惊、傻,那种触目惊心、灵魂震撼、周身战栗。时光虽然已经过去 20 年,然而,对于普通中国观众而言,认识和接受奥尼尔,仍然要经历有过于孟华们当年一样的"触目惊心",甚至拒

[1] 奥尼尔写给友人乔治·吉恩·纳桑的信,转引自刘海平、朱栋霖《中美文化在戏剧中交流——奥尼尔与中国》,南京大学出版社,1988,第 187 页。

[2] 孟华:《章前碎语》,《剧本》2006 年第 10 期。

[3] 刘海平、朱栋霖:《中美文化在戏剧中交流——奥尼尔与中国》,南京大学出版社,第 170 页。

绝、抵抗的艰难过程。尤其是支撑起全剧主题的情节——乱伦，的确令人担忧。乱伦，在西方悲剧中有着由来已久的传统，在西方审美中，有着顺理成章的接受；然而在中国，人们对此话题历来讳莫如深，把它作为审美对象放到作为公共空间的舞台上去表现，观众更难接受。当年《雷雨》在日本东京演出，某华人同胞致剧团公开信："夫此等蒸母奸妹之剧，斤斤以为艺术，公演于岛夷之邦，其意何居，殊难索解。"[1]尽管70年过去了，但中原观众面对这个话题，仍和当年观众面对《雷雨》一样"触目惊心"。中国戏曲传统从来重视"不关风化体，纵好也徒然"，更遑论"有伤风化"。强大的民族审美惯性、文化心理、评判标准，让孟华切身地感觉到，"改编奥尼尔，不仅仅是一个从话剧到戏曲的样式转换问题，而且是一个解读奥尼尔、体验奥尼尔的过程，也是一个整理创作思想，比较中西创作方法的过程，更是一个用人性的共性全面测试人类社会泛伦理泛道德的过程"[2]。还是一个不断权衡、调试中西方伦理差异、审美差异、接受差异的过程。对剧本的修正，就是在这样的认识和思考基础上实践的。

首先，用"'中式道德眼光'重新审视'龙碧恋情'(伊本在改编本中更名柯龙，爱碧在改编本中更名艾碧)"，寻找"逆点"，做

[1] 钱理群：《大小舞台之间——曹禺剧作新论》，北京大学出版社，2008，第42页。

[2] 孟华：《奥氏剧作与中国戏曲的龃龉与磨合》，《半个集》，中国戏剧出版社，第502页。

“消减性”调整。[1]最重要的一笔，就是把柯龙（原剧中的伊本）和柯泰（原剧中的凯勃特）的亲生父子关系改为非亲生关系，也即，柯龙是他妈嫁给老柯泰时带过来的。伦理判断的好与坏、正与邪、美与丑、干净与龌龊，有时就在毫厘之间，简单的一笔改动，不但大大降低了艾碧、柯龙“不伦”之情的卑劣感，而且使柯龙的“仇父”心理来得更合理、更强化，“乱伦”的质疑声顿然减弱许多。

奥尼尔的创作受弗洛伊德精神分析学影响很大。孟华将其概括为：弗氏是用哲学理论来证实人性，奥氏是用艺术创作来刻画人性。弗洛伊德把人的心理活动的潜在动因一律归结为“性欲”。“在他看来，人的心理、人的精神，都是为一种固有的、不变的、客观存在的生物性机能——原始性欲决定着的。”[2]《榆树下的欲望》就是从写人的性本能入手，来写“乱伦”，来写人物的冲突及最终的悲剧。因而，剧中有很多描写性焦虑、性渴望的戏，这无疑让爱碧难逃“荡妇”之嫌。“荡妇”历来都是被钉在道德评判的耻辱柱上的，不减弱这个成分，后面艾碧的悲剧，艾碧和柯龙的情感，很难让观众认同和接受。为此，孟华在改编中，非常注意对这些场面做符合中式道德和审美评判的调整。比如，原剧中表现爱碧和伊本隔墙相思、情欲难耐的戏，在改编本中，成为抒情、

[1]孟华：《关于“乱伦”——再读〈榆树古宅〉的改编》，《东方艺术》2001年第3期。
[2]鲁枢元：《精神分析：走进精神的地狱》，《文学与心理学》，学林出版社，2011。

意味深长的二人对唱。他们在同一个场景，却分属不同的两个空间，彼此灵犀相通，情感奔涌。几句对唱，既是情感的热烈表白，又极富中国戏曲的蕴藉之美、意境之美：

[隔壁柯龙猛起，向艾碧伸出双手。艾碧像发觉似的回头望柯龙……

[情涛激荡的音乐。

艾碧　(唱)满湖春水风陡起，

柯龙　(唱)云裹雾罩层浪击。

艾碧　(唱)空中似谁唤艾碧？

柯龙　(唱)身后如人扯襟衣！

艾碧　(唱)腿脚无主抬无序，

柯龙　(唱)心潮澎湃水漫堤。

二人　(合唱)撇脱意马随心去，

今夕不答明朝题……

接下来，作者将爱碧跑到伊本房间的情节，改为柯龙主动闯入艾碧的房间求爱，把“捅破这层窗户纸”的主动行为赋予柯龙，弱化了这一行为带给观众的“荡妇”心理暗示。在伊本母亲房间的那场戏中，将两人解除猜忌、亮透心肺后的接吻、拥抱等行为，化为抒情、真挚而又不乏热烈的情感表白：

艾碧　(唱)失落的母爱再捡起，

沸腾的情爱如汤炙。

人间真心得不易，

天下纯情闪即失。
两条孤命绑一起,
心同跳,血同飞,爱同向,意同律,
生死由之、荣辱随之、忘我无我入太极!

柯龙　(唱)跪向艾碧祖心愿:
我爱你爱得成疯癫。
自从见你第一面,
如鱼吞钩被线拴。
天天神志将你撵,
夜夜梦魂被你牵。
想你想死多少遍,
恨你恨塌十层天。
而今终得双心见,
下火海,上刀山,变虫蝶,化灰烟,
心甘情愿无遗憾! 无遗憾!

剧中类似的场面,均纳入中国戏曲抒情、写意、凝练、含蓄的审美规范。经过这样一番调试,《榆》剧面临的“乱伦”低道德评价风险大大降低。

其次,针对“主题不亮”“调子晦暗”等歧义,孟华在充分尊重原作思想的基础上,也做了适度的“提亮”和“增色”,使悲剧带来的沉重感、压抑感得到适度缓解。

奥尼尔是生活的悲观主义者,他的人生观受尼采、叔本华等影响较大,加上家庭生活的不幸和人生的种种坎坷,使他对生活充满了幻灭感。因而,奥尼尔一生对悲剧格外钟情,他认为:“生活就是一出悲剧。”“我们本身就是悲剧,是已经写成和尚未写成的悲剧中最令人震惊的悲剧。”“悲剧性使生活和希望具有意义。最高尚的永远是最具有悲剧性的。”[1]有人问他为什么不写一些大团圆结尾的戏,他说“因为这种事情并不存在。生活并没有给我们‘大团圆’”[2]。他的另一部作品《安娜·克里斯蒂》的结尾看上去是个充满希望的“大团圆”,但奥尼尔说:“这儿大团圆的结局只不过是位于一个介绍性从句之前的一个逗号,句子的主要部分还没有写出来呢。”[3]所以,看奥尼尔的作品,处处能体会到生活的沉重感、压抑感、绝望感,那种被神秘莫测的命运掌控的宿命感以及无可避免的毁灭感,给人巨大的灵魂震撼和心灵警醒。

但是,中国观众有喜剧情结,喜欢“大团圆”的结尾,就是明确标定“悲剧”的作品,也基本都有一条光明的尾巴。即使是被王国维誉为“列之于世界大悲剧中,亦无愧色”的《赵氏孤儿》,不也是以孤儿最终的复仇来驱散氤氲在全剧的悲情气氛,抚慰观众沉重的心情吗?故而,要让中原的观众接受奥尼尔,必须“调整和

[1]汪逸群:《奥尼尔研究》,上海外语教育出版社,2006,第92页。

[2]同上。

[3]《奥尼尔剧作选·前言》,人民文学出版社,2007。

矫正这种错位,消减两者之间的悖逆,隔江搭桥,寻找沟通”[1]。

其实,奥尼尔本人也为这种“隔江搭桥”提供了潜在的可能。

奥尼尔是个十足的悲观主义者,但同时又是个理想主义者。他曾经说过:“生活本身毫无意义,使我们斗争、希望、生活下去的是梦想。”“没有希望就没有生命,所以我们只要一息尚存,就不断地追求自己的梦想。”[2]奥尼尔的一生就是在理想和理想在现实面前不断幻灭的痛苦中生活。因此,在奥尼尔的作品中,理想与现实的冲突始终存在。《榆树下的欲望》在对物欲横流的社会现实进行深刻批判的同时,也写了伊本和爱碧人性中可贵的一面,写了他们之间炙热的、最终超越“物欲”的感情,这是两个人物的精神升华,也是这个戏弥足珍贵的“亮色”。孟华的改编抓住了这一点,把欲望之下这种真挚的情感描写放大、加强,让观众慢慢对起初的“乱伦”认识产生动摇,乃至最后对柯龙、艾碧的真爱给予理解和同情,以“乱伦”始,以“正伦”终。如孟华所说:“艾碧冲破‘乱伦之网’,同柯龙走到一起,舍弃贪婪,换回真情,复苏真爱,升华入精神纯净之境,达到天伦、人伦的回归,这才是真正意义上的正伦。”[3]

在这个压抑得令人透不过气来的原小说的结尾,阴霾的天空其实也是透出了一抹亮色的。爱碧和伊本共同承担了杀婴的

[1] 孟华:《奥尼尔到中原——谈〈榆树古宅〉的改编》,《东方艺术》2001年第2期。

[2]《奥尼尔剧作选·前言》,人民文学出版社,2007。

[3] 孟华:《关于“乱伦”——再读〈榆树古宅〉的改编》,《东方艺术》2001年第3期。

责任,深情地互表爱意:

[伊本握着爱碧的手,两人并排走出门去。……来到大门口,仍旧手挽着手。伊本立停,指着旭日映红的天空。

伊本　太阳升起了,真美,是吗?

爱碧　真美。

[两人伫立片刻,入迷地望着天空,虔诚地。[1]

奥尼尔这个结尾,是有隐喻性的:爱欲一旦走出"物欲"的泥淖,凌空跃出的时候,世界竟是那样的美好。旭日东升,朝霞满天,晴空朗朗。伊本和爱碧的爱情,亦如这满天朝霞般纯净、美好!孟华在此,对艾碧追求真情的义无反顾做了强化:

我不哭,我不怕,
我有大爱在胸胛。
人生真情只一现,
犹如铁树难开花。
苍天令碧遇上你,
真情真爱结奇葩。
只要我身边有条龙,
舍田庄,弃楼宅,扔家产,丢骡马,
无牵无挂四海家。

[1]《奥尼尔剧作选·榆树下的欲望》,人民文学出版社,2007。

笑对地陷迎天塌！

而柯龙，在艾碧戴上枷锁的一刹那，也终于掩藏不住激荡在胸中的如炙真爱："我突然感到我是多么需要你，离不开你呀！我如梦初醒——什么田产，什么家业，只有你——才是我心中的整个世界！"

这种炽热的、不顾一切的感情，让人感动，让人热血沸腾！尽管戏的结尾婴儿被杀，艾碧和柯龙双双服刑，但是，人物情感和精神的升华，犹如一道耀眼的金光，照耀整个剧场，让人温暖，让人流泪，一定程度上淡化了全剧的悲剧色彩，获得了中原观众的情感认同。

孟华对《榆树下的欲望》的改编，除了在伦理价值判断、审美心理判断等方面做了适应中国观众的调整外，在剧作特质与曲剧剧种特质的契合方面也做了苦心孤诣的探寻。在改编过程中，特别注重发挥河南曲剧的剧种特色，努力做到为剧种改编，在地方戏剧种接纳外来题材和外来题材适应地方戏剧种方面也做了卓有成效的尝试。

河南曲剧是一个很接地气的剧种，素以演"三小"(小生、小旦、小丑)戏见长，同时也是一个很具"喜感"的剧种，具有诙谐、幽默的审美特质。剧作者在塑造老柯泰这个被批判、被揶揄、被讽刺的人物时，充分挖掘了其性格、行为中的喜剧基因，如他身上那种"守财奴"的悭吝感，那种年龄之大和不切实际的愿望之间的错位感，在孩子们面前毫无长者之尊的猥琐感，被真相蒙蔽的滑稽感……人物性格中的喜剧感和曲剧的内在特质达到了天然的吻合。孟华运用语言、行为、唱腔等富有曲剧特色的喜剧手段,成功实现了老柯泰的曲剧化、中原化、喜剧化。如曲剧中素有“奇句”的曲牌结构,就是唱段唱词的句数为奇数,前面叙事描写,最后一句多为帮腔、伴唱,起评价、感叹、讥讽等作用,很像川剧的帮腔,极具喜剧效果。孟华在老柯泰的形象塑造中,就用了这种形式。老柯泰痛恨觊觎他财产的三个孩子,骂他们“老大歹,老二奸,刁钻乖戾数老三。不肖之子连成串,盯着家业抬着棺;立等我早日上西天”;悲叹自己后继无人:“可叹老夫七十五,西沉的太阳碰着;后继无人好心酸!”最后两句的帮腔和伴唱,既是人物内心的哀鸣,又很具讥讽意味。它所产生的喜剧效果,既是柯泰这个人物的,也是曲剧这个剧种的。

河南曲剧的另一个派系——南阳大调曲子,典雅庄重,委婉蕴藉,长悲剧,擅抒情。孟华在表现艾碧和柯龙真情表白的段落中,用优美的唱词写下了大段的抒情唱段,而且在演唱形式的安排上也是用心良苦,除了独唱、对唱,还用不少笔墨写了伴唱。这些伴唱不但渲染情绪,参与剧情,深化主题,有时还是推动矛盾发展的一种力量,既是一种抒情方式,也是一种叙事方式,为发挥曲剧惯用伴唱、善用伴唱的特点,做了文本上的经营和准备。如在艾碧杀死婴儿后的伴唱:

艾碧　(唱)娇儿脸蛋美如画,

伴唱　　　好漂亮,好清雅!

艾碧　(唱)娇儿体态似凝蜡。

伴唱　　　好娇嫩,好光滑!

艾碧　(唱)娇儿沉睡不答话,

伴唱　　　死一般的静,死一般的哑!

艾碧　(唱)娇儿阴司去告妈妈。

伴唱　　　好狠心的娘,好歹毒的妈!

在这里,伴唱不但起着外化主人公内心的作用,而且在结构上也形成了一唱一和的形式,似乎是两个人的对唱,在艺术感染力上,较之单人的演唱更为强烈。最为重要的是,它是曲剧由来已久的传统。如果不是出生在曲剧之乡,如果不是对曲剧有着天然的熟稔,是断然不会把剧种的特色和优势考虑得如此充分,运用得如此妥帖的。

《榆树古宅》的中原化、曲剧化,是孟华充分正视中西方观众的审美差异、融入中原观众的价值尺度和审美口味、尊重河南曲剧的艺术特色和优势的结果,就像川剧《欲海狂潮》改编时融入了川剧的火辣和高亢一样,为"西剧东移"做了"水土"和"气候"的适应准备。

改编奥尼尔,移植奥尼尔,不应该只是奥尼尔对中国价值判断、审美标准、表现形式的适应,也应该是中国观众、中原观众对奥尼尔剧作的思想内容、批判精神、艺术手段的适应和接受。否则,只用一方的价值标准来框定、改造另一方,那结果一定是"橘生淮南则为橘,生于淮北则为枳",改编最终会在实质上背离原著精神。

《榆树古宅》之所以得到中外观众的共同认同，那是因为孟华在改编过程中，“适应”中有坚守，“调整”中有强化，放弃中有坚持。他所做的适应性调整，一是微调，二是基于原剧所赋予的某种潜在可能，而在剧作的精神指向上，则是最大限度地尊崇原著，保持原作精神指向的批判锋芒，让习惯了“温柔敦厚”，习惯了“一团和气”，习惯了“美教化，正人伦”“莺歌燕舞”“皆大欢喜”的中原观众，认识并感受奥尼尔锋刀利剑般的批判性、深刻性、血腥感、灼痛感。正如孟华所说：“《榆》剧的悲剧性无疑是绝不能削弱和改变的，改变了悲剧性，就不是奥尼尔。”[1]

《榆树下的欲望》关涉两个重要话题，一是“性欲”，二是“物欲”。“物欲”是奥尼尔矛头的主要指向，“性欲”是他实现批判行为的一条路径，其矛头直指的是“物欲”横流、金钱至上带给人们的精神颓废和人格扭曲。在改编这个剧本的时候，我们的国家正面临着奥尼尔当年写这个戏时所面对的社会问题——物欲横流，人心不古，金钱至上，道德沦丧，甚至某些方面比当年奥尼尔所面对的现实更加有过之而无不及。写于1924年的《榆树下的欲望》，在近一个世纪后的中国，找到了现实的对应，有了它强烈的现实意义。故而孟华的改编，有着感同身受的现实关切。他在演出的说明书上写了这样一段话：“欲望树上生两种果子：美好

[1] 孟华：《奥尼尔到中原——谈〈榆树古宅〉的改编》，《东方艺术》2001年第2期。

的希望，无厌的贪婪……人在第二种果子的滋养下，酝酿着危机，酿造着丑恶，酿造着自己的灾祸与毁灭。在《榆》剧里，奥尼尔要表现的大概就是人们过多地食用了第二种果子后的状态。”孟华想借此戏的改编演出，惊醒置身其中却又习焉不察的人们。

在改编本中，关涉“物欲”的冲突，作者所做的是集中、凝练、强化的工作。因为西蒙、彼得没有参与到后面的财产争夺中来，原著中几乎占三场戏份的三兄弟之间的戏，在改编本中做了简化压缩，成为一种背景性的交代，笔触主要集中在艾碧、柯龙、柯泰三人之间的纠葛。围绕着庄园的继承权，艾碧和柯龙、柯泰和柯龙、艾碧和柯泰之间展开了激烈的冲突，加上“情欲”之火的助燃，使这种冲突来势更猛。艾碧初到庄园，便如打了鸡血般兴奋地清点柯家宅院里里外外的一切：“一栋抱月楼，两座读书阁。三进大宅院，四面青松坡。五间粮食库，六辆大马车。十顷黑土地，百头牛马骡……”当她满意地憧憬“从今后这个家就属于我”时，她的丈夫——老柯泰立刻痉挛般厉声回敬：“什么？属于你？……是属于我的！”

柯龙和艾碧初次见面，还有好感，但一说到庄园归属，冲突立刻升级，争得面红耳赤，不可开交。“娼妓”“妖精”“牲口”，柯龙以诸如此类极富侮辱性的称呼和这位年轻继母开始了激烈的正面“交锋”。柯龙和艾碧第二次交手是两个月后，彼此对对方都有了莫名的牵挂，情感的波涛已经在彼此的内心激荡，但话题涉及到庄园，彼此仍是寸步不让：

柯龙　可她(指姚翠花,一个妓女)比你好,她至少不会偷走我的东西。

艾碧　(狂怒地)你的？你是指——我的田庄？

柯龙　我是指你像老娼妇卖了自己赚来的田庄——我的田庄!

艾碧　呸！奴才!

(唱)骂一声柯老三痴心妄想,
做梦事说梦话好不荒唐。
这家业全由我当家理账,
一根草半块砖难归你三郎!

柯龙　(唱)你三十嫁七十巧夺暗抢,
拿肉体换家产淫妓邪娼。
普天下难找你如此混账,
姚翠花虽破烂也比你强!

艾碧　(唱)听此言恨得我牙根咬响;

柯龙　(唱)但愿你早气死还我家当。

艾碧　(唱)从今后永不见奴才丑样!

柯龙　(唱)再见你我也会呕翻肝肠!

为了田庄,为了财产,夫妻无情,父子无亲,儿子和继母之间更是赤裸裸、血淋淋。《榆树古宅》的改编,情节更精练,节奏更紧凑,冲突更尖锐。特别是在对人物“欲望”的渲染和描写上,孟华更是不“心慈手软”。即使是他“十分同情甚至偏爱”(孟华语)的艾碧,在描写她的欲望时,也毫不“吝惜”地写了她的贪婪,她的任性,她的放纵,她的风骚……把“欲望”燃烧之下艾碧的多面性、复杂性描摹得具体真切。“玫瑰缘刺尤惑目,醪汁因浊更醉人。”艾碧这个形象,已远远超越了中原观众对人物“好”“坏”的判断标准。写她的欲望、贪婪、放纵,既和后面她冲破“物欲”羁绊,弃田庄、舍亲生、觅真情的选择形成反衬,也让观众通过人物精神的痛苦攀升过程,感受奥尼尔作品的深刻、锋芒、灼人、醒世的艺术魅力。

《榆树古宅》的改编,得到了中原观众的认可和接受。在郑州演出期间,剧场一改以往闹哄哄的喧嚣,静得出奇,奥氏戏剧的强大张力充盈整个剧场,紧紧钳制了观众的注意力,他们甚至忘记了鼓掌,直到戏的最后,才爆发出热烈的掌声。对于中原观众而言,奥尼尔带给他们的审美感受无疑是先验的、难忘的、令人震撼的,甚至是匪夷所思的!他们领略了视野之外完全不同的另一番景致,体味了经验之外的另一种感受,意识到了艺术表现世界的未知和种种可能! 这些, 还不是奥尼尔落户中原的全部意义。

《榆树古宅》的改编,也促成了“第九届全国尤金·奥尼尔学术研讨会”在郑州的召开。郑州——这座中原内陆之城,能够敞开胸怀, 以学术的姿态迎接国内外的奥尼尔学术专家, 中原戏剧、河南曲剧一下子获得了世界意义。而且,这种兼具中西文化性情的跨文化改编, 也架起了一座中国观众经由戏曲认识奥尼尔,美国观众经由奥尼尔认识中国戏曲的桥梁,为中美文化的深层交流提供了契机和可能。2002 年 8 月,曲剧《榆树古宅》应邀赴美演出，开了河南地方戏赴美演出的先河。该剧在美国洛杉矶、加州、堪萨斯州、依阿华州、明尼苏达州、密苏里州等地进行巡演,得到出乎意料的反响。

随着全球一体化程度越来越高，中西方戏剧文化的交流已越来越频繁,交流的方式越来越多,交流的层次越来越深。不管是“一个完全中国戏曲化了的奥尼尔”,还是“一个美国奥尼尔化了的河南曲剧”，能在中西文化之间架起一座有效的沟通桥梁，让中国观众通过自己熟悉的艺术形式认识奥尼尔,或者说,能让美国观众以一种新的形式重新解读奥尼尔,“无论如何这是一件有意义的事情”[1]。

[1]孟华:《奥氏剧作与中国戏曲的龃龉与磨合》,《半个集》，中国戏剧出版社，第 511 页。

待价而沽的《马可与公主》

鉴于曲剧《榆树古宅》巡美演出的良好影响，2007 年，郑州市文化局在为所属表演团体制定目标规划时，建议郑州市曲剧团继续发挥既有优势，确定以外向型文化交流项目作为下一步创作目标。时任郑州市文化局副局长兼艺术总监的黄海碧建议孟华继续改编奥尼尔作品。在刘海平教授的建议下，这次改编选中了奥氏知名度并不算高的《马可百万》。但这部知名度并不算高的《马可百万》，恰恰是一部极具"东方色彩"的戏剧，其故事发生的一半在中国。也就是说，这部作品有着天然的东方文化基因。将它改编为中国戏曲，也许比《榆树下的欲望》更有优势。

奥尼尔的《马可百万》着手于 1922 年，完成于 1927 年。这一时期，正是奥尼尔对东方文化产生浓厚兴趣的阶段，他阅读了大量中国历史、哲学、宗教、诗歌方面的书籍，并在完成《马可百万》的第二年，开启了他的中国之行。在对东方文化的广泛涉猎中，

“《老子》和《庄子》的神秘主义要比其他任何东方书籍更使我感兴趣”[1]。因此，奥尼尔中期的创作，明显地受到老庄思想的影响，老庄思想“在他创作的东方色彩中占据了重要的地位”[2]。《马可百万》就是这一时期的一部代表作品，其中“东方哲学的宁静的直觉和神秘主义与西方的果断的行为、理性的实用，形成戏剧性的对照。以麻木不仁的马可与脆弱敏感的阔阔贞之间的对立为象征，显示了物质主义和神秘主义的不可调和”。在结构上，“以阔阔贞公主的死和回归为线索，跟道家对生死的看法与循环往返的观点相一致”[3]。

但是，《马可百万》又确实是一部相当冗长、烦琐的戏。人物众多，情节繁杂，场景跨越意大利、叙利亚、波斯、印度、蒙古、中国，且对各地的政治、历史、宗教、礼仪、风俗都有所涉及，可以说是包罗万象。正像奥尼尔所说，“初稿将写得很长，我任它海阔天空，自由发挥，并把每一想象都放进去”。显然，这是奥尼尔这一时期热衷东方文化并有了一定了解之后的堆砌式展现，也是作者这一时期创作存在的一个“毛病”，即“对书本上‘借来的’种种哲学思想或时髦观点尚缺乏足够的消化和吸收”[4]。这些思想“都是嫁接到剧本情节上来的，因此牵强附会、无关痛痒和难以

[1] 奥尼尔给 F.I.卡品特的信，转引自刘海平、朱栋霖《中美文化在戏剧中交流——奥尼尔与中国》，南京大学出版社，第 11 页。

[2] 同上，第 18 页。

[3] 同上，第 18 页。

[4] 同上，第 20 页。

令人信服”[1]。刘海平、漆园的中文译本有五万余字,通过阅读译本,发现很多描写性的叙述的确游离于主线之外,枯燥、冗长、繁杂,这大概就是这部和中国有着密切联系的作品一直未能被更多中国读者熟识,进而被搬上中国戏剧舞台的重要原因。

但是,孟华却对这部作品情有独钟!虽然它看上去冗长、庞杂,但的确又是沙里藏金。隐藏在其中的主线不但清晰可见,且熠熠生辉。美丽高贵的中国公主、忽必烈大帝视若掌上明珠的孙女阔阔贞,爱上了和父亲、叔叔一同来中国淘金的西方小伙子马可·波罗。在公主眼里,这位来自异乡的男孩儿,见多识广,充满朝气,对她关心体贴,无微不至,俨然梦幻中的骑士,因而深深爱上了他。而马可,却对公主的这份痴情习焉不察,毫无知觉,因为他的内心和灵魂,早已被淘金的欲望填塞得严严实实,失去了感知爱、接收爱的能力,更失去了容纳爱、储藏爱的灵魂空间。漫长的十七年中,阔阔贞这份炙热的情感得到的永远是错位的回应。“可叹雎鸠空鸣叫,西禽不识河洲音!”最终,公主带着深深的遗憾香消玉殒。

显然,这场跨越东西方的爱情悲剧,寄寓了奥尼尔对西方社会的担忧、批判,以及对东方的神秘想象及仰望。这与奥尼尔早年“对基督教信仰的反叛,跟他对西方唯理性主义哲学的不满和

[1] 布鲁斯汀:《反抗中的戏剧》,转引自刘海平、朱栋霖《中美文化在戏剧中交流——奥尼尔与中国》,南京大学出版社,第20页。

对资本主义社会中日益加深的追求物质、背离自然、人遭异化的倾向和愤慨有关”[1]。戏中忽必烈大帝对儒、释、道、基督教讨论的热衷，对“不朽灵魂”的再三追问，以及集多种矛盾对立于一身的智者形象，无不体现了奥尼尔对东方哲学的精神偎依。该戏所表现的东西方思想文化之差异，以及附着在作品中的作者的哲学困惑和思考，是其价值核心之所在。这是孟华钟情这个题材的最主要原因。同时，从观众的心理角度去考量，这个戏的主角是观众十分熟悉但又完全颠覆以往认知的马可·波罗，又是爱情驾驭冲突，具有心理上的期待；从西方观众的角度看，这个戏有一半故事发生在中国，中国的宫廷礼仪、世俗风情、服装器物等，同样对他们构成吸引力。因此，当孟华再次被邀请打造一部赴美交流剧目时，他便毫不犹豫选择了《马可百万》。

改编本更名《马可与公主》，从剧名就可看出，它是以马可·波罗和元朝公主阔阔贞的情感为情节主线。作者对原著进行提炼、集中、归纳、删减，把原本中那些“嫁接”在情节上的无关痛痒的“枝蔓”剪去，紧紧围绕阔阔贞公主对马可的感情发展选取和组织情节。前面，压缩掉了第一幕马可父子来中国途中所见所闻的五场戏，第一场便让公主和马可在长城脚下相遇，迅速入戏。后面，删掉了阔阔贞去世后的第三幕戏，集中笔墨写阔阔贞公主

[1] 布鲁斯汀：《反抗中的戏剧》，转引自刘海平、朱栋霖《中美文化在戏剧中交流——奥尼尔与中国》，南京大学出版社，第22页。

爱的萌生、发展、炽热和马可步步回应的错位之间的悲剧冲突。剧中忽必烈作为智者的睿智多思，作为哲人的孤独沉郁，作为驭者的雄才大略，以及作为祖父的温和慈祥，也在孙女这场跨国恋情的悲剧呈现中得到多方面的塑造。原作中的哲学思考以中国戏曲方式呈现，更是别具意味。

《马可百万》长期以来在中国未能引起足够的关注，除了文本的冗长、繁杂，是不是还有马可·波罗的形象问题呢？这只是笔者的揣测。马可·波罗在中国的认知中，是以中西文化交流的使者形象出现的。而在奥尼尔的笔下，他却是一个聪明机灵、善于投机、贪恋金钱、亵渎感情的"反面"形象。他所自诩的"不朽灵魂"，其实是"没有灵魂"的反讽。这个形象对中国观众的既有认知是一种颠覆，涉及中国观众的心理接受度问题。"从尊重原著出发，马可·波罗的形象固然可以颠覆，但要缓冲，要过渡，要再合情理一些，再不露痕迹一些。就是希望要对观众有个解释，让观众有个心理准备。"[1]改编者显然在着手改编前已经意识到了原著中马可·波罗的形象定位问题，并有了调整的方向和对策："一个人可以一时迷失，可以一时遗失了灵魂，可以一时被某种利益所迷惑，……但错误之后，一定要追悔，一定要把遗失的灵魂重拾起来。也许是很快，数年之后，也许就是一辈子……"[2]于

[1] 丛笑：《〈马可与公主〉诞生记》，《东方艺术》2009 年 12 月增刊。

[2] 同上。

是，就有了改编本《马可与公主》以倒叙回忆的、充满遗憾忏悔的开场方式。年老的马可·波罗，手执胡笳，静坐沉思，喃喃自语："我马可·波罗的名字在中国人的心目中已是不灭的记忆。他们把我作为中西文化交流使者的形象，打造得异常完美。可是，他们不知道，我心中却充满了缺憾。这种缺憾尤其到了垂垂暮年的时候，更加煎心烧肺，后悔莫名……"由他的回忆进入故事的叙述。戏的结束部分，同样以老年马可的讲述收尾呼应，并以他的忏悔对全剧主题做了点睛式强化："我知道你们会恨我，说我对爱的迟钝毁了阔阔贞。我愿意承担这份罪名。……如果当年我少一份金钱敏感，多一份爱情敏感；舍弃一份金币之恋，拾起一份公主之恋；减少一份商场冒险，多出一份求爱冒险……阔阔贞公主就是我马可·波罗的妻子了，我的'游记'就会增添中西文化交流记载中最富人情味的一章！……想念你呀，我的阔阔贞！我的中国公主！"这样一首一尾的叙述忏悔，既弥合了观众可能产生的心理落差，也构成了结构上的一个圆满，同时，对主题也是一种明确的强化，体现了改编者对原著精神和观众审美的双向观照，对中西文化的兼容互补。

从文化意义上看，《马可与公主》也许比《榆树古宅》《安娣》的改编有着更为深刻的意义。首先，它是一个美国剧作家以第三者的视角，来看以意大利旅行家、商人马可·波罗为代表的西方文化和以阔阔贞、忽必烈为代表的东方文化的差异，典型的"他者"视角、"他者"身份。相对于常规的"我者"视角，也许更为真实，更为客观，更能廓清其本质的差异。其次，丰富了我们对马可·波罗、忽必烈两位重要历史人物的认识。马可·波罗，中西文化交流的使者，在这个剧中却是作为一个“被批判者”的形象出现的；而忽必烈——元朝的缔造者，那位“只识弯弓射大雕”的成吉思汗的孙子，却并不以骑马弯弓、强势凶悍的征服者面目示人，而是以一位哲人、慈祖父的另类形象出现的。再次，阔阔贞公主对马可那种刻骨铭心的爱，与马可对这种炙热之爱的浑然不知所引发的巨大情感激流，让人们在情感的淘洗中洞悉了西方文化的功利实用和东方文化的含蓄深邃。

然而，这台从独特角度表现中西文化差异的作品，同样有些“生不逢时”。因郑州市文化部门领导的更迭，这部原本已经完成谱曲创作、即将投入排练的作品，遭遇搁浅。中间也屡有问津者，但天时、地利、人和之要素总是难全。如今 11 年过去，它仍是“玉在椟中”，静等有缘者慧眼识珠。

2020 年 9 月 7 日修改稿

《安娜·克里斯蒂》的改编策略

《马可百万》之后，孟华又改编了奥尼尔的《安娜·克里斯蒂》。有了改编《榆树下的欲望》《马可百万》的经验或者说教训，《安娜·克里斯蒂》的改编明显驾轻就熟。而且,《安娜·克里斯蒂》和《马可百万》一样,都不是奥尼尔的现代派作品,不像《榆树下的欲望》那样,让人灵魂惊悸,也不存在伦理价值判断的重大“逆点”。尤其是《安娜· 克里斯蒂》,是奥尼尔早期的一部现实主义代表作品,这一时期奥氏的创作更多地受易卜生的影响,因此其作品的“现实主义成就与思想内容当然容易为素在易卜生式戏剧熏陶下的中国观众接受与理解”[1]。这也是这部作品能够较早介绍到中国并搬上话剧舞台的重要原因。中国对《安娜·克里斯

[1]刘海平、朱栋霖:《中美文化在戏剧中交流——奥尼尔与中国》,南京大学出版社,第170页。

蒂》的介绍，从20世纪20年代就开始了。20世纪80年代，在改革开放后新一轮的奥尼尔剧作译介热潮中，中央戏剧学院曾移植改编过此戏。进入21世纪以来，话剧舞台上也不止一次演出过该剧。但用戏曲形式演绎《安娜·克里斯蒂》，孟华还是首开先河。

《安娜·克里斯蒂》是尤金·奥尼尔写于1921年的一部作品，是他创作早期描写海洋生活的一组作品中一部重要的代表作，1922年获得普利策戏剧奖。该剧描写的是，老水手克里斯·克里斯托夫森一辈子以海为生，大海成为他一生的梦魇之地。他的父亲、两个兄弟、两个儿子先后葬身大海。克里斯憎恨大海，为了让女儿远离大海，他从小就把女儿寄养在陆上的亲戚家中，甚至十数年不回家看望女儿。15年后，生活无着的女儿来海上找他，令他没想到的是，他认为最安全的陆地却成为女儿的噩梦之源。安娜被表兄奸污，后因生活所迫，沦为妓女。更令克里斯担心的是，女儿不但痴迷般地爱上了大海，而且疯狂地爱上了被他救起的水手马特。克里斯认为，是大海这个老妖魔冥冥之中在掌控着他一家的命运。他诅咒大海，却又无力抗争，在现实面前只有妥协。而刚刚有了归宿、有了"家"的安娜，又要面临父亲、丈夫双双出海的残酷现实。未来的生活，在大海的迷雾笼罩下，依然是吉凶难卜……

该剧借克里斯一家的悲剧，揭示了海洋与陆地的矛盾，表现了隐藏在生活背后的"命运"不可违逆的掌控性。这种主题走向看似带有强烈的“宿命”色彩,其实隐含着:“宿命”的根源何尝没有生活表象之后的社会原因。也就是说,作者通过主人公一家的情感、命运,揭示了其背后蕴含的社会悲剧,具有丰富复杂的思想意义。很长时间以来,国内对该戏一致的评价,就是“这个戏是一部深刻的社会问题剧”[1],“表现了一个人为追求过真正像人一样的生活所经受的痛苦,对社会不公提出了严正的抗议”[2]。这几乎是对这个戏评价的公认定论。但是,戏剧家谭霈生先生对“社会问题剧”的提法提出了异议。他认为,《安》剧的主要特点是“在人物追求自己的理想和愿望的过程中,在人物之间复杂微妙的冲突的发展过程中,着重于揭示人物潜在的心理活动内容”,“构成戏剧冲突的主要内容,既不是两种敌对势力的斗争,也不是对立观念的论战,而是心理的冲突”。“所谓的‘社会问题剧’,正是寄寓在热闹的生活境遇和内心世界的真实描写中”,因此,“把它称为‘心理剧’似乎更准确一些”[3]。同时,也通过主人公一家的情感、命运,揭示了其背后蕴含的社会悲剧,具有丰富复杂的思想意义。

孟华的改编本《安娣》,契合的正是谭霈生先生解读的这个主题走向,将开掘重点放在对“人的存在和发展的重大价值”[4]的

[1]曹禺:《我对戏剧创作的希望》,《剧本》1981年第4期。
[2]《外国剧作选》(5),上海文艺出版社,1981。
[3]谭霈生:《奥尼尔的现实主义剧作〈安娜·桂丝蒂〉》,《世界名剧欣赏》,湖南人民出版社,1983。
[4]同上。

憧憬、对人物真切生命体验的心理描写上,关注的是安娣人性中自然、本真的一面。作者对安娣形象所做的“向善”“向上”的调整,呼应的也正是这个开掘走向。这个主题,本就隐藏在原著的多义主题中,经改编者提炼、强化,由隐到显,从弱到强,最终确定为全剧的主题走向。这样的开掘,淡化了原剧的“宿命”色彩,也更具超越具体社会和时代的普遍性,更容易获得观众的认同。下面具体分析作者在改编中所采取的策略手段。

一、关键情节的一减一增

改编本《安娣》主要情节基本忠实于原著,即使在分幕上,也依然保持了原剧的四幕分法。但在每一幕的容量和情节的处理上,则根据戏曲的样式需求、中国观众的审美习惯以及作者对主题开掘的侧重,做了适度的增删和调整。最关键的情节调整有两处:一是第一幕安娣和梅香(原著中的玛莎)对手戏的删减;二是第四幕安娣和梅香二人戏的增加。

原著第一幕的容量在全剧四幕中是最大的,其中很重要的一个情节,就是安娜向玛莎(安娜父亲的相好,码头以接客为生的女人)诉说这些年的经历和遭遇。就是说,安娜上场不久,她的全部身世和经历就暴露无遗。奥尼尔用大量的篇幅来写这个情节,自有他明确的目的。但用中国戏曲的传统审美观来看,则会有所差异。因为从全剧的结构和情节安排上看,玛莎在后三幕根本就没有出现,她对安娜身世的提前知情,不但对后面情节的推进没有作用,反而,过早地揭露“谜底”,让这个人物在观众心中失去了神秘感、纵深感、期待感。孟华显然很懂得中国戏曲需要设置“悬念”的秘诀，并懂得把这种悬念变为情势发展的推动力。所以，在第一幕中，大胆去掉了安娣和梅香这段戏，在梅香完成她和戏中主要人物关系、生活背景交代暗示的任务后，就让她迅速下场。这样做，不但加快了戏的节奏，而且对安娣身份的暂时“保密”和“隐瞒”，也让剧中人和观众带着对安娣真实身份的种种猜测，去期待情节的进一步发展。同时，对安娣而言，这种难以启齿的遭遇，成为压抑在她心中的一股强大的情感洪流，并在戏剧情节的发展过程中层层蓄积，愈来愈强大。到第三幕，当安娣在父亲(郁老大)和赵大刚(原著中的马特)情感的拉扯和撕拽中忍无可忍，痛苦的遭遇和真实的身份不得不说的时候，这种“事先保密”蓄积的力量，就显示出了它的强大，如大浪摧岸，洪水决堤。大刚和郁老大在诧异惊愕中崩溃，观众在震惊的同时，期待已久的感情也得到了豁然开朗的宣泄满足。

较之原著，改编本增补的重要一笔是第四幕开头安娣和梅香的一段戏。美好爱情的短暂获得和骤然失去，对屡遭人生磨难的安娣来说无疑是雪上加霜。她只能以放纵的饮酒来排解无尽的痛苦。这时，梅香来了。两个同病相怜的女人顿然有了惺惺相惜的亲近，她们忘情对饮，似醉还醒之间，自嘲、骂人、对舞、狂放，以极度的放浪来表现极度的痛苦，形象地揭示了当时女人的社会地位普遍低下和悲惨无助的人生命运。这一笔，不但丰富了作品的思想内涵，而且丰满了梅香这个人物，使这个人物前后有了呼应，也体现出她危难之中惦记郁老大、抚慰安娣的善良品格。

二、安娣的形象定位和主题开掘方向

在原著中，安娜一上场就带着强烈的身份感，奥尼尔特别从她的穿着打扮和行为特点上去强调她的妓女身份："外表的一切清楚地显示了她属于世界最古老的职业的迹象。她的年轻的面容，在一层化妆品的下面已经变得冷酷无情和玩世不恭。她的穿戴是农村姑娘当妓女那种打扮，既华丽又显得俗气。"[1]初到海上，她就大口吞酒，毫无顾忌地抽劣质烟，说粗话……奥氏的这种人物定位，对应的是他的主题开掘走向。

在改编本中，孟华对安娜这个形象做了符合中国审美取向和价值判断的"情理性"调试。所谓"情"，是指创作者或观众对人物的情感倾向。安娜是个受害者，在中国观众的意识中，受害者大都是柔弱的、无辜的、无助的、可怜的，是需要受到同情、保护甚至赞美的。中国戏曲舞台上许多妓女作为被歌颂的形象，即是证明。因此，在改编本中，作者首先从外形描写和行为方式上对人物做了符合"常情"的调整，从对安娣出场的非常"节制"的描写中，可见一斑。"安娣上。她发育丰满、秀美，但眼前健康状况不佳。"只是用"健康状况不佳"对她的身份做了一点暗示。而且，安娣在全剧中的行为方式和言说方式，较之原著，也收敛、含蓄得

[1]《奥尼尔剧作选》，欧阳基译，人民文学出版社，2007。

多。除了第三幕当伤疤不得不揭、真相不得不说的时候，几乎处于癫狂状态的安娣有情绪爆发时的歇斯底里及抽烟等个别“非常态”行为外，全剧其他场次，很少能从她的言谈举止上看出职业的痕迹。相反，年轻、美丽而不失纯朴，是安娣形象的基调。大刚对她的一见钟情，也正是因为“天生头次遇纯妹”。由此可以看出作者对这个人物的“向善性”定位。

所谓“理”，其一，指中国观众认同的“人情物理”。可以相信，安娣来到海上之前，曾经“冷酷无情”“玩世不恭”，那是她职场必用的手段和必戴的面具。但当她来到一个新环境，当她面对素不相识的陌生人，从情理上讲，她会有意收敛行为，掩藏踪迹。改编本的“向善性”调试，是符合人物当时心理动机的，也是符合中国人情事理的。

其二，指人物设置和主题开掘方向相对应的“逻辑之理”。原著的核心主题是命运对人的掌控及人在命运面前的困惑、抗争、无奈、妥协，丰富深刻，且带有强烈的“宿命”色彩。改编本将开掘重点放在对人物真切生命体验的描写上，写了她听命来自生命内部的深情呼唤，为一个能让她“忘我”的生存环境，为一种畅快惬意的生命感受，为一场碰撞出人性火花的真爱，一步步去争取的执着、任性和执拗。这个主题，本是原著多义主题中固有的一个层面，但经改编者“减头绪，去枝蔓”的提炼、强化，不但弱化了原剧的“宿命”色彩，而且将主题提升到了对人的生命感受和归属感的探寻上，具有了品咂不尽的哲学意味。安娣形象的基调设定，暗合的正是改编者确立的内在主题走向。

安娣全新的生命感受从来到海上开始。浩瀚的大海涤荡了她的灵魂，唤回了她的真情。她迷恋大海，觉得大海才是生命的归属。特别是和大刚的一见倾心，更使她人性中多年来“蛰伏”的真性情被彻底唤醒了、激活了，她完全变了一个人。当真爱来临，她为曾经的经历感到不安。当大刚问及她的过去，她慌乱搪塞、掩饰。当大刚问她爱不爱他，她当着父亲的面大胆表白：“爱，真心地爱！这是我有生以来第一次爱一个男人。”当真情暴露大刚愤然离去，她还要做明知徒劳的表白和挽救：“大刚，要是我告诉你，正是因为我上了这条船，来到了海上，正是那天大雾的晚上认识了你，正是对你的爱让我变得干净了，你相信我吗？”大刚还是走了！但源自人性的真爱烈焰是挡不住、掐不灭的，他们又见面了。相互的质问、指责、揭短，都掩盖不住内心的在乎和欲罢不能的纠结……两人顿然发现，他们彼此爱得那样深，那样真，那样苦！那种来自生命内部的爱的力量，不可欺瞒，不可阻挡。最后，借助对菩萨的发誓，大刚驱除了内心的魔障，求得了原谅和接纳安娣的心理安慰；安娣则通过面对菩萨的旦旦誓言，完成了她对这份真爱的表达、挽留和拯救，同时也完成了对自己生命呼唤的遵从和尊重。安娣的这个发誓，具有生命告白的“仪式”意义。作者对安娣形象调试的意义，在情节的推进中得到步步彰显。

三、情感表达的凝练、浓烈

奥尼尔曾经说：“人们对我最少注意的一个方面，却是我自己最为重视的一个方面：我还有点儿诗人的味道，……我还努力在似乎最卑鄙下贱的生活中找到悲剧中那种使人理想化的崇高品质。”[1]他所说的诗意，正是蕴藏在那些不断有所追求、有所憧憬的人的精神世界中。而能够把这样的精神世界开掘出来，方才能获得诗意。这也正是孟华在奥氏剧作改编中、在《安娣》的改编中努力去实现的。

中国戏曲较之话剧，一个突出的特点就是长于抒情，特别善于描写复杂的情感和心理。奥尼尔的剧作，人物都有比较丰富复杂的内心活动，这正是中国戏曲之优势。《安娣》的改编者，根据中国戏曲有话则长、无话则短的原则，对情节精心提炼，该简化的一笔带过，该渲染的浓墨重彩。特别是在人物心理和情感发展的关节点，即所谓的“情眼”处，用心经营。孟华是个非常擅长情感和心理描写的剧作家，其唱词精准、洗练、优美，意蕴深厚，文学性高，尤其善于运用排比句来表现人物的心理状态，使得情感的描写浓烈、集中，给人酣畅淋漓的快感。戏中不少重点唱段都写得入情入理入心入戏。比如安娣来到海上，神奇般地喜欢上了大海，这里作者特别安排了一段唱，描写了大海带给安娣的心理变化：

氤氤氲氲乌蒙蒙，
袅袅绕绕轻盈盈。

[1] 谭霈生：《奥尼尔的现实主义剧作〈安娜·桂丝蒂〉》，《世界名剧欣赏》，第 291 页。

卷卷裹裹一垄垄，
荡荡漾漾一层层。
海洋的雾色如仙境，
海洋的雾光妙不赢。
海洋的雾中万念净，
海洋的雾下思无穷。
…………
忘掉了人生来路陷脚阱，
忘掉了横扯竖挂荆棘丛。
忘掉了左缠右绕鬼魅影，
忘掉了精神之伤心之疼……
安娣我愿拥浓雾睡不醒，
水波浩渺泊此生。

还有安娣的父亲郁老大表达自己对大海恨怒之情的唱段，安娣对大刚产生美好感情的唱段，安娣吐露人生悲情的36句核心唱段，安娣酒醉后抒发人生感慨之情的唱段，安娣和大刚相互谅解的心曲表达对唱等，都有和上述唱段异曲同工的文学魅力、情感魅力和戏剧张力，并借此构建起该剧忧郁抒情的诗化悲剧风格。

改编本对一些潜在性情绪和意蕴的开掘表达也非常到位，如大刚愤然出走后又回来找安娣，这时有一段伴唱："风萧萧，雨涟涟，催命冤家又回还。莫非余恨未剪断，还是伤口缺把盐？"其言虽简,其意却深,其味亦长!还有对原剧"大团圆"结尾的意象化表达:"雾锁大海故事稠,周折奇妙不断头。个中玄秘谁猜透,恰似海市与蜃楼。"奥尼尔曾说:"这儿大团圆的结局只不过是位于一个介绍性从句之前的一个逗号,句子的主要部分还没有写出来呢。"改编者的诗意性哲理表达,不但符合奥尼尔对全剧结尾悲剧性的定位,也符合中国戏曲审美言有尽而意无穷的"意味"追求。

四、不露痕迹的"中国化"移植

《安娣》的成功移植,除了上述提到的在作品主题开掘方向、人物定位、审美倾向上的"中国化"适应,还对故事发生的环境、氛围做了中国化的营造,对营造环境和氛围的外在标识性元素也都做了完全中国化的设置和改变。

改编本将故事发生的地点从纽约、马萨诸塞州、波士顿一带搬到了上海、舟山和宁波沿海一带。剧中人物的名字也做了富有意味的简化或隐喻式的更改。"安娣"取的是"安娜·克里斯蒂"的第一个字和最后一个字,使观众既容易和原剧人物对上号,又简洁易记;克里斯·克里斯托夫森在改编本中更名"郁安家",谐音"欲安家",就是想要有个家,却一辈子也没有家;玛莎在改编本中更名"梅香","梅香"是中国传统戏中丫鬟、奴婢常用的名字,意味着这个人物身份的低下,甚至暗含着某种职业的痕迹。原剧中克里斯常去的"牧师约翰尼"酒店,变成了绝对"中国"的"醉杯轩",暗示了郁老大们杯酒之中度人生的生命状态;原剧中马特信奉的是基督教,改编本中赵大刚敬拜的是菩萨;原剧中安娜起誓面对的“十字架”,在甬剧中变成了祖传的“观音锁”……这些细节,都和主题、情节结合得天衣无缝,化得不露痕迹,使观众完全相信这是一个发生在中国的故事，实现了该剧在中国成功的“移植栽种”。

《安》剧的导演王晓鹰曾执导过话剧《安娣》,对奥尼尔的这部作品有着独到而深刻的解读，对该剧的艺术风格和悲剧意蕴有着准确的把握和传递。缆绳、集装箱等装点出的水上码头,蓝色的基调,氤氲的浓雾,朦胧的意境,诗化的追求,共同营造出了全剧阴郁、清冷、迷茫、凝重、唯美的审美品格。

2014 年 10 月 7—16 日,浙江省宁波市甬剧团带着《安娣》赴美进行文化艺术交流,在格林奈尔古林大学、宾夕法尼亚州立大学进行交流演出。古林大学还专门排演了话剧《安娜·克里斯蒂》,和甬剧《安娣》在同一舞台上,使用相同的舞美交替演出,借对奥尼尔同一作品不同形式的演绎，开展中西文化的深度交流和对话,获得极大反响。《安娜·克里斯蒂》成为孟华改编的第三部奥氏作品，孟华也因此成为国内改编奥尼尔作品最多的剧作家。

除了奥氏三部曲，孟华先生还于 2005 年改编了茂文·勒洛依的经典名作《魂断蓝桥》,2015 年 8 月由江苏省演艺集团扬剧团演出……这一系列外国作品的改编和演出，既为中国戏曲演绎国外作品做出了重要探索，也为中外文化交流开辟了新的天地;对剧作家个人而言,它成为孟华创作题材的一个独特领域和特殊构成。通过这些改编,对西方戏剧观念和艺术手段的借鉴和融合,也成为铸就剧作家艺术个性的重要因素,其作品鲜明的批判意识、自觉的人性观照、异质的文化色彩、奇幻的风格色彩,与此不无关系。

DIWUZHANG 第五章

转向与回归——后期圣贤题材的开拓与圆融

再度转向

通过第三、四部分的梳理,我们对孟华从 1987 至 2008 年这一阶段的艺术创作有了较为清晰的了解。在这长达 20 余年的艺术征程中,孟华以《半个娘娘》、《春秋出个姜小白》、新版《白蛇传》、《美兮洛神》、《榆树古宅》、《伤逝》等一系列作品,在不同的向度展开了或题材、或观念、或指向、或手法、或样式的大胆探索,构成了其创作中期探索戏剧的多姿多彩。综观孟华这一时期的创作,可以用几个关键词来概括:探索主题、边缘身份、非主流地带。这是孟华这一时期的创作追求使然,更是这一时期中国戏剧开拓创新、多元并存的开放格局在剧作家个体创作上的一种投射。可以说,个性、观念、时代、环境,共同塑造了作者的艺术个性和创作特色。

2008 年之后,孟华的创作再一次发生了重要转向。以越调《老子》拉开了其晚年圣贤题材创作的序幕,并以越调《老子》、豫剧《玄奘》、越剧《王阳明》、河南曲剧《医圣传奇》、越剧《陆羽问茶》等构成文化圣贤的题材系列，再度成为具有鲜明题材标识的剧作家。其创作风格也由以往的犀利批判转向藏锋敛锐的温和表达，由率性而为的观念探索转向主题和意蕴的诗意表现。这种转变，既是题材变化引起的必然应对，也有面对现实不得不丢掉"任性"的姿态调整，还有人生走向练达的超然和圆融。

孟华晚年文化圣贤题材的创作选择，是内外因共同作用的结果。从外部因素看，进入新世纪以后，随着全社会对文化工作的高度重视，戏剧创作出现了"地域题材"热，而地域题材创作的"重中之重"，就是各地对历史人文资源的挖掘。历史文化名人自然成为各地艺术创作的"热选"题材。孟华的这几部文化圣贤戏，大多是在这样的背景下进入创作视野的。其次，进入新世纪之后的创作，多为应约之作、命题之作，戏剧创作多是一个地区建树文化政绩的主要"抓手"，要求稳求成，容不得探索实验。而且，在创作的过程中，还有来自四面八方的"把关""审查""意见""建议"。在这种创作机制下，剧作家任由驰骋的自由地带已经非常狭窄，只能在这种有限的自由带内，做随方就圆的适应和突破。一句话，就是要戴着镣铐跳舞。这就决定了孟华的创作不能再恣意纵情，"为所欲为"，而要有适度的妥协和适应，要求得主流认同、大众认可。《老子》从初版的神话叙述到终版的现实叙述的转换，一定程度上就是作者创作思路回归的表征。这是孟华晚年创作回归的外部因素。

于创作者自身而言,任何创作的重大转折,都意味着支撑其创作的观念转变或是另一种文化构成在发挥主导作用。晚年的孟华,早已过了“任性”的年纪,多年身处“边缘”,练就了他超然、旷达的淡定心态,而这种心态,既是走进圣哲先贤的必备心态,也是他面对此类题材的应有心态。而诗书之家的出身,从小接受良好传统文化教育培养的传统文化情怀,也因走进这些圣贤再度被激活、被唤醒,并以朝圣般的虔诚走进圣哲的内心世界,以充满哲思的语言将他们的所思所想予以诗化表达。这些圣贤题材作品所流露出的传统底蕴和古典气质,与题材的应有气质是那样妥帖,那样契合!蓦然回首,顿然发现命运早已为孟华铺就好了走向圣贤的精神通道。

从神话到现实：越调《老子》的叙事变革和意蕴提升

2007年，应河南省越调剧团之约，孟华开始创作越调《老子》。想不到的是，这部戏竟成为孟华创作生涯中历时最长的一部作品。从2007年着手，到2010年该剧在第九届中国艺术节上获得第13届“文华大奖”，再到2012年获得“2010-2011年度国家舞台艺术精品工程十大精品重点资助剧目”，五年期间数易其稿，艰苦磨砺，艰难攀升，在完成剧本从神话剧到历史故事剧的颠覆性超越及老子从亦“神”亦人到平民圣贤回归的同时，孟华也完成了其创作观念的一次回归，并经由《老子》的创作，开启了其创作后期文化圣贤的题材系列。

一、题材之缘

进入21世纪以来，戏剧创作的热点之一就是对各地人文资源的关注和挖掘，也即所谓的“地域题材”，而地域题材创作的“重中之重”，无疑是各地的历史文化名人。历史文化名人之所以成为其所属地的“热选”题材，不仅是因为这些历史文化名人可以担当起一方的文化“名片”，提高当地的认知度、社会显示度、美誉度，而且大量事实证明，创作这类题材更容易得到当地文化主管部门的重视和支持。近些年来，地域题材的戏剧创作热度不减，确也产生了一批在全国叫得响的优秀作品。《老子》，就是在河南周口打造当地文化品牌的背景和动意下，进入了戏剧创作的题材范畴；并因了河南省越调剧团领导的青睐，进入了孟华的生命历程。

但是，这个题材无疑是难的。

听说孟华要创作《老子》，圈内朋友几乎无一人看好，也几乎是众口一词：没戏。这个“没戏”自然有多重含义，其一，就是这个题材本身不是好的戏剧题材，不具备戏剧题材所应具备的种种要素，做戏的空间不大；其二，即使做了也难做出什么名堂；其三，就是注定不会有什么结果。对于最终能结个什么“果”，孟华还来不及臆想、妄测，但盛邀之下、欣然允约之时，他确实低估了题材的难度，初一“涉题”便领教了。

创作初期必要的采风考察之后，孟华被安排到四面环水、风景宜人的淮阳县城进行创作。环境优雅，心无旁骛。然而住了一个月，居然毫无思路！

司马迁在他的《史记》中满共写了老子三百来字，记他个出生籍贯，记他个收藏史身份，记他和孔子说过的那三句话，再就是在关令尹的逼迫下写出那五千言的《道德经》，别

> 无他事。既无矛盾,又无冲突,连一点基本故事情节也挖掘不出。更要命的是老子没有对立面。你要写争斗,他说“圣人处无为之事,善利万物而不争”;你要写善恶,他反问你“善之于恶,相去若何”?你要写他诲人不倦,他说“君子行不言之教,知者不言,言者不知”;你要写乱世对他的迫害,他说“盖闻善摄生者,陆行不遇兕虎,入军不被甲兵。兕无所投其角,虎无所用其爪,兵无所容其刃”;你要写他以道治天下的伟大作用,他说“道者,视之不见,听之不闻,搏之不得,其上不皎,其下不昧,绳绳不可名,复归于无物,是谓无状之状,无象之象,是谓恍惚”……总而言之,一切戏剧性都被老子化解个无影无踪……[1]

一个月的时间,孟华感觉茫然一片,始终找不到有效的突破口，无从下笔。这种茫然在他几十年的创作生涯中还是第一次!

不仅老子本人没戏,就是那部洋洋洒洒,恢弘深奥,被后世不断解析的《道德经》,当你把它作为思想、哲学经典去看的时候,看得见、摸得着,可感其奥,惊其妙,思其深,悟其道,但当把它作为戏剧素材去捕捉的时候,同样是茫然一片。因为它“舍事言理,没有人物,没有故事”,更没有冲突。“它和《论语》不一样,《论语》有 156 人,它没有。寂兮寥兮,空旷寂静。读其书,如入无

[1] 孟华:《我敢写老子》,《剧本》2007 年 8 月。

人之境。八十一章,从头看到尾,一个人都没有。”[1]而且,其所言之理不是人情世故之理,而是近乎形而上的哲思哲理,玄妙、抽象、深奥、难懂。戏剧说理,须寓理于事,不能就理说理。事之不存,理将焉附?“在柏拉图式枯燥乏味的思辨中,寻求可以塑造一个形象丰满的老子的素材,对于编剧来说,的确是一次‘大考’。”(《老子》导演李利宏语)

越往深走,孟华对该题材“无戏”的认同感越发强烈!在从淮阳回到郑州勉强写出一场戏后,往前便再也走不动了。面对题材的这种无力感,孟华既忐忑,又遗憾,还惶恐。忐忑的是辜负了对方的信任和盛情;遗憾的是一直尊崇道家哲学的自己竟和这个题材无缘,和老子无缘;惶恐的是不绝于耳的来自朋友们的善意提醒:此前涉及“老子”这一题材的创作者,非死即残,大多下场不好……这种并非危言耸听的“提醒”,让思路本来就凝滞的孟华更加“压力山大”,他觉得自己此刻“犹如站在跳板上的蹦极者,进则惴惴,退则羞羞,进退两难,十分尴尬”[2]。在经历了无感的煎熬、安危的惶恐和权衡的艰难后,孟华决定放弃,并准备第二天向河南省越调剧团提出解除合约的请求。

可就在做出决定的当天晚上,他掉床了。而且掉下去竟毫无知觉,只是早上醒来的时候,发现自己睡在地上。

[1]李零《人往低处走——〈老子〉天下第一》,生活·读书·新知三联书店,2016。

[2]孟华:《我敢写老子》,《剧本》2007年第8期。

孟华紧张了。这床掉得无声无息，无感无知，莫名其妙，不可思议。且不早不晚，恰恰就在决定放弃这个题材的当晚。难道仅仅是巧合？还是一种不祥之兆？抑或是老君爷在嘲笑他、提醒他、暗示他？在不可能得到任何答案的前提下，孟华一番思想斗争后给了自己一个答案：这是老君爷在提醒他，这个题材不是不能成戏，而是此前没有人能弄成戏，要完成它，必须有从谷底攀登的勇气！

自我给予的这个答案，让孟华的内心顿时亮堂了许多。这时候，一位道者的一番话也打消了孟华"写老子没有善终"的顾虑。他说："岂有颂扬老子而获罪老子之理？老子所恶者乃戏谑老子者也。"言之有理呀！"纵然老子有灵，也不会怪罪颂扬他的人。老子所怪罪的，当是戏谑和歪曲老子的行为。"[1]

不管"精神胜利"也好，自我安慰也罢，越过精神和心理的崇山峻岭，当孟华再次面对这个题材的时候，开始变得笃定，居然有了思路。尽管用他的话说，思路并不是"非常清晰"，也没有以往创作时那种"漾漾文思、哗哗流水的感觉"，一直是朦朦胧胧，宛如在"梦中神游，雾里徜徉"。但写的时候，居然能意到笔随，笔随意走。将近半年的时间，他就在这种"恍兮惚兮"几乎失忆的状态下，"与这位两千五百年前的哲圣进行着无意识的对话"[2]。

[1] 孟华：《我敢写老子》，《剧本》2007年第8期。
[2] 同上。

二、神话架构

《老子》的戏剧创作，采用了神话叙事模式。在叙述方式的选择上，孟华的思路是明确的。

神话叙事模式的确立首先源于民间甚或历史对老子“神仙”认知的定位。

老子在中国民间，几乎有着妇孺皆知的认知度。普通民众对老子的认知，不是因为他哲学思想的分量，而是因了“太上老君”的知名度。由老子神化而来的“太上老君”，受到民众发自内心的虔诚敬奉，各地都有规模不等的宫观奉祀，无不香火繁盛。香烟缭绕、神态虔诚的跪拜中，寄托着民众对老君爷的多少期许！行文至此，不由想起了童年就读的济源市柏林村小学，笔者在那里完成了小学五年的学业，居然不知那是一座相当有名的道观——长春观，修建于公元13世纪中期，观中供奉的即是老君爷。而村中沿袭了数百年的农历二月十五庙会，原来也是为了纪念“道”祖老君的圣诞日。太上老君，竟是如此亲近地融入过我的生活。

即使是作为历史人物的老子，同样也充满了传奇。无论是“玄妙玉女梦流星入口而有娠”“李母怀胎八十一载”的神奇诞生，还是“鼻有双柱，耳有三门，足蹈二五，手把十文”的奇异外貌；[1]

[1]张守节：《史记》「正义」，《史记》（七），中华书局点校本二十四史修订本，2017，第2603页。

不管是“有紫气浮关，而老子果乘青牛而过”[1]的奇幻传说，还是驾青牛西去“莫知其所终”[2]的离奇去向……都极富神话色彩。关乎老子的传奇太多太神，以至于司马迁在为李耳作传时，竟“夹杂许多飘缈恍惚之谈”，曰“老子……或曰老莱子，亦楚人也。……盖老子百有六十余岁，或言二百余岁。”……“于是所谓《老子传》，乃首尾是历史，中间是神话。于是所谓老聃，乃如一神而戴人帽，着人鞋，亦一喜剧矣。”[3]

显然，冯氏是在讥讪司马迁所作的老子历史传记掺杂着神话色彩。但是，当神话已然成为历史，历史必然具有神话成分。还是葛洪仙公说得好：“老子体于自然，生乎大始之先，起乎无因，经历天地十二中，不可称载。”[4]历史的老子，已然是一个神话的存在。

其次，采取神话叙事模式，是为了便于展开戏剧情节。由于题材本身乏“戏”，采用神话叙事，思绪可以更加自由地驰骋，虚构和想象的空间更大一些，情节构织和矛盾组织也会相对容易一些。再者，就是孟华个人的叙述“偏好”。

如果留心孟华的作品，就会发现，孟华具有浓重的“鬼神情

[1] 裴骃：《史记》「集解」，《史记》（七），中华书局点校本二十四史修订本，2017，第 2606 页。
[2] 司马迁：《史记》（七），中华书局点校本二十四史修订本，2017，第 2607 页。
[3] 冯友兰：《中国哲学史》（上），中华书局，2016，第 182—183 页。
[4] 张守节：《史记》「正义」，《史记》（七），中华书局点校本二十四史修订本，第 2607 页。

结”，在《情断状元楼》《半个娘娘》《春秋出个姜小白》及新版《白蛇传》《美兮洛神》等剧目中，或多或少都有鬼神的成分在。十多年前，笔者曾写过一篇文章《孟华剧作的“鬼魂情结”》，对其“鬼魂情结”的形成原因，其笔下的鬼魂世界及鬼魂之于孟华剧作之意义进行过细致的分析。文中所说的“鬼魂情结”，或可以大而化之为“鬼神情结”。既涉鬼，又关神，是一种现实之外的神秘力量，体现在戏中，或是一种结构的手段，或是一种言说的方式，或是一种情节的推进，或是一种风格的着色……它和作者的信仰无关，是一种戏剧的态度和方式。就像屈原，“对于鬼神之态度，为诗的而非宗教的”[1]。孟华的“鬼神情结”，同样是戏剧的而非宗教的。他喜欢鬼神世界的神秘、奇幻、灵动以及表达言说的相对自由。《老子》题材本身的传奇性，戏剧展开的自由性，孟华自身言说的倾向性，都让他明确选择了该戏的叙述方式——神话。

三、情节铺陈和叙述展开

《老子》全剧结构包括一个序和“钱”“权”“情”三个主题篇章，情节在天地两界展开——

“序”系全剧风格的定位，也是整个故事的缘起：威严的天庭，隐隐传来神秘的苍凉之声：“心善渊，言善信。曲则全，枉则直。洼则盈，敝则新。少则得，多则惑……”中天侯闻听怒而拍案：“此歌尽属天机，如何泄露于人间？”众神回禀，此歌并非天宫泄

[1]冯友兰：《中国哲学史》（上），中华书局，2016，第182页。

露,纯粹起自人间,这是一个姓李名耳字老聃的人写的,关于此人有很多奇闻。中天侯一听急了:“这还得了?如让人间广散天机,天地等级混淆,我天宫尊严何存?”遂命蛊、惑二仙到凡间对老子实施蛊惑之术,“蛊其心灵!惑其意志!灭其聪明!勾其杂念!充填势利之欲! 灌输色财之贪!”

序幕之后,进入正题。这里先说戏名,因为戏名常常关乎题旨。最初戏名《老子三叹》,2007 年 8 月《剧本》月刊发表时,即用此名。所谓三叹,即金钱咏叹、权宦咏叹、情梦咏叹。搬上舞台后,一度更名《三探老子》,即“金探”“宦探”“情探”。两者情节并无大异,“叹”“探”之别,在于行为主体。“叹”之主体是老子,“探”之主体为天庭。他们之间该是因果关系,有了天庭之“探”,方有老子之“叹”。

正戏的行进,采取神话和现实的交织叙述。现实的叙述,就是现实常态的铺陈;神话的叙述,则是蛊、惑二仙对现实的介入、干预、改变,以及老子在这种介入干预所引发的困境中的行为选择。通过老子之“叹”,完成对他的“试探”。

第一幕“金探”。按内容情节可分三个片段:(一)仲春旷野,白云缭绕,呦呦鹿鸣,老子骑青牛,沐轻风,驭群鹿,怡然自得,悠然出场。“茫茫宇宙无始终,无生有来有归空”的自我放歌,奠定了人物无为而治的思想基调。别居前,众弟子垂手恭立,静候老师授课。老师却告诉他们已无课可授。师生们由天地放歌谈及青牛、群鹿之驯骜,由青牛、群鹿之驯骜谈及强弱之辩,及至“上善若水，万物趋之”“大音希声，万类知之”之理。由自然生活导入事理哲理，合情合理，入情入理。这堂“不课之课”，乃是一堂天地之间的人生大课，“悠然见南山”的随心惬意中，蕴含着深邃丰富的哲理思辨。(二)蛊、惑二仙前来对老子施蛊惑之术。喷雾挥巾中，哑女孝敬老师的一篮鲜桃，瞬间变为金灿灿的元宝。众弟子争夺抓抢，拳脚相向，体面失尽。老子却在学生们急于获得“分配方案”的热切巴望中，把一篮子黄金倒入井内，并发出了他对这笔莫名之财的慨然之叹：“飞来横财性不良，蹊蹊跷跷有隐藏。看似是福傍着祸，不是欢乐是惆怅……”桃金之变，测出了贪者之贪，探出了圣者之思。(三)蛊、惑二仙一计未成，再施一计，“欲惑其性，先污其名”，暗中引来元宝的失主，前来兴师问罪。然关键时刻，惑仙施展魔法，将元宝底座证明归属的“冉”变为“聃”，在众人的惊愕诧异中维护了老子的清白和尊严。惑仙已然被老子拒金的行为感动，故而使出了移花接木之术。此幕结束，神秘苍凉之声再次响起：“天之道，损有余而补不足；人之道，损不足而奉有余。孰能有余以奉天下——唯有道者！”

第二幕“宦叹”，可分五个片段：(一)蛊、惑二仙欲再施魔法，宦探老子，“官位锁其心，权利醉其心”。(二)周王祭天，忽闻“腌一腌，煎一煎，治大国如烹小鲜。至柔驰至坚，无有入无间；治大国如烹小鲜”之童谣，如被神仙点化，醒神开窍。问知童谣出自三拒圣旨而不领，“视官爵为祭牲”之李老聃，决计亲幸陈国苦县，拜访老聃。恰在此时，侍官来报，太庙禁地跑进一头青牛，老聃来了。(三)因蛊、惑二仙的“神招”，老子浑然“应召”。周王诚邀老子入朝佐政，老子数次婉拒，去意坚决；王子恼怒，周王费解，朝臣发出不解之诘问：“难道我赫赫大周、辉辉朝廊，就无半点令先生留恋之处吗？”突然一声长长的“有——”响彻全场。蛊仙作法，哑女开腔，代述神谕：“朝廊上虽无有堪恋之处，宫廷内却有你久恋之物。……河之图洛之书等师解读，天之玄地之奥待师理梳……”老子终被说动，他拒绝一切品级权力，只愿做个书库之卒。(四)皇宫守藏室披览厅，紫茸陪四位王子读书。王子觊觎王位，意欲经由紫茸获得老子的举荐，对紫茸举止轻狂。周王见状，怒斥王子，忧虑社稷。臣子冢宰进言，老聃意在山野，无意入朝，亦无意做官，完成《河图》《洛书》的注释，他就要离开了。周王怅然。冢宰再言，“只要留住紫茸女，就能留住李老聃”。把紫茸选为太子妃，就能留下李老聃在朝佐政。周王纳谏。老子、紫茸闻听，既惊且怒，去意更决。(五)此招失灵，蛊、惑二仙再施魔法。惑仙附身紫茸。紫茸神迷态乱，情志大变，留恋宫廷，热衷权力，选婿的绣球高高抛起……一场权力之争由此开始，紫茸殒命，典籍被焚，兄弟倾轧，宫廷大乱……

神仙、权力、典籍、阴谋、情感，都未能动摇老子离开朝廊的决心，“宦探”失败。

第三幕“情探”，可分为四个片段：(一)青牛步履蹒跚，群鹿失却欢愉。老子坐于青牛之背，沉沉入睡……兴风作祸的蛊、惑二仙开始反思“播撒谜团，蛊惑人性，挑拨是非，造祸生灾”的不良行为。不过,通过这番折腾,他们也明白了“李老聃的话,世人根本听不懂。”泄露天机无从谈起!差事完成!返回天宇之际,惑仙将功补过,让老子紫茸师徒再次见面。大青牛“本望东归隐鹿邑,却向西崤迈牛蹄”。(二)大青牛载老子一路向西抵达函谷关。关令尹告诉老子,他要追寻的魂梦早已到此,紫气东来,十日不绝。师徒神会,相逢难再,老子叹情,叹师生之情,父女之情,忘年之情,逝去之情……紫茸期盼师尊“写真文,镂真典,著真经,刻真卷,留下惊世骇俗五千言”。(三)玉皇大帝纠错案,亲临凡尘,嘱老子写就《道德经》,速升天宇任老君之职,“司理寰宇之善,监察天帝之和,调处人神之谐……”[1](四)老子梦态之中凭案疾书,八十一天站着睡,睡着写,《道德经》耀然问世。紫气飞腾,祥光流泻,老子飘然坐于牛背,飞向天宇……

四、神话叙述的优长及遗憾

从全剧情节的铺陈和叙述的展开能够看出,神话叙述首先实现了戏剧结构上的自由。因为题材本身的局限,这个戏采取的不是一般情节剧那种一线到底、环环相扣、非常严谨的叙事结构,而是类似戏剧创作中“一人多事”的结构方式,由相对独立的几部分构成,每一部分根据该段所要表达的主题,组织情节,单独成戏。同时,以蛊、惑二仙的贯穿和引领,实现形式上的统一和结构上的完整。如果仔细琢磨,你还会发现,除了蛊、惑二仙的行

[1] 孟华:《老子三叹》2007 年 12 月修改稿。

为贯穿，全剧还暗含着一个非常密切的内在勾连，那就是老子写《道德经》这条行动线，还有统摄全剧情节的老子“无为而治”的核心思想。它们，成为凝聚起全剧神气的思想力量，使全剧做到了形散神不散。

其次，实现了艺术手法上的自由。神话的叙事，因了神的意志力、掌控力，可以思接宇宙，神游八极，所以在冲突设置和手法运用上就有“随心所欲”的自由性和“信手拈来”的便捷性。如“金叹”中“桃金之变”的魔幻，“宦探”中“哑女开口”的奇异，紫葦“神迷态乱”的陡转等，都是作者思绪飞动的灵感之笔。但这些“随心所欲”“信手拈来”的魔变和突转，都在作者预先设置的逻辑轨道内，有铺垫，有“埋伏”，甚至有明确的“告知”，观众有惊喜但不感到突兀，有出乎意料却又不会质疑它的可信性。借用神话叙述手法来组织戏剧冲突，既弥补了该题材无故事、无冲突的先天不足，也赋予了这一表现“形而上”哲学思想的枯燥题材以较强的观赏性，体现出作者的叙述智慧。

再次，神话叙述的运用也是强化主题的一种方式。大家是否还记得，在《春秋出个姜小白》中，孟华就曾采用过以“荒诞写历史”的手法，通过司命主簿的游走、穿插、介入、点评，以“用己之矛攻己之盾”之法，完成对齐桓公超越常规的歌颂。《老子三叹》的神话叙述，有异曲同工之妙。天庭视老子言论为“天机”。的确，《道德经》思想之丰厚，哲理之深邃，境界之超然，绝非“人语”。即使是今天，我们再读《道德经》，依然为它超越历史的深邃和著述者终极思考的超然而震惊。学者李零认为,《道德经》所描述的精神状态,有阿尔茨海默综合征的劲儿,“特别能忘——陶然忘机,什么名呀利呀,什么都忘了……什么都抽象掉了,剩下的光是道。这是一种老辣的智慧”[1]。正是有了忘却一切的淡然,才会有终极思考的超然。天庭把老子之言视为“天机”,是对老子思想的最高礼赞!派蛊、惑二仙前往“灭其聪明,勾其杂念”三次而不得,更是对老子人格境界的再次礼赞。

蛊、惑二仙,为了同一个目标、同一个使命来到人间,却在执行的过程中发生了认识上的分歧,于是彼此就有了执行态度上的变化:蛊仙唯命是从,主动出招;惑仙心怀敬畏,暗中维护。这一从、一护之间,就有了戏剧的情趣,就有了是非的评判,就有了“试探”的结论:“世人皆浊,一人独醒;一人独醒,荒漠孤岭。”老子的言论,确实是人间难懂的“天机”。尤其是今天,随着人们各种欲望的愈发膨胀,老子倡导的治世理想离我们亦越来越远。尽管《道德经》经历了两千年的不断解读,也不乏某些朝代对它至高无上的尊崇,但对于现实中的人们而言,它仍是“天机”,永远是遥不可及的哲学理想。剧中蛊、惑二仙既是领导意志的实施者,又是规则的破坏者,最终以对自己行为的“自我否定”完成对老子的致敬表达。

最后,神话叙述的方式,也塑造了与题材相得益彰的艺术风

[1]李零《人往低处走——〈老子〉天下第一》,生活·读书·新知三联书店,2016。

格。蛊、惑二仙跳出跳入的自由灵动，魔法施展的玄幻奇妙，插科打诨的幽默调侃，情节铺陈的夸张浪漫，加上作者诗化哲理的表达，使该戏呈现出轻盈、灵动、活脱、飘逸、浪漫、神奇、诗意盎然的艺术品格，在举重若轻中完成了对老子的“试探”及对其哲学思想的表达。从而使冷峻、深奥、理智的哲人焕发出浪漫诗人的风采，枯燥乏味的哲辩吟咏变成了迷人的歌吟。

以上是神话叙述的优势所在。但任何事情都有它的两面性，神仙力量的介入，在带来情节推进和矛盾设置自由性、便捷性的同时，也带来了不可避免的缺憾。

首先，对老子的塑造，更多地聚焦在形而上的思想层面，符合观众对其“圣哲”的认知定位，却远离了普通老百姓对他的情感认同，有点高高在上，不接地气。老子在民间何以有那么大的影响力？为什么民间百姓对他有那么高的认知度？除了“太上老君”的祈福寄托，更主要的恐怕还有老子的百姓情怀。《道德经》全篇，充满了作者对百姓的关爱尊崇之情。学者李零认为，《道德经》不是对话体，说话人是谁，话是说给谁听，根本不知道。非要找，“只有三个人，都很抽象。一是‘我’或‘吾’，说是作者，其实是假想的统治者；二是‘圣人’，代表统治者的榜样；三是作为集合概念的‘民’或‘百姓’，一方是治人者，一方是治于人者。他是教统治者如何治理老百姓”[1]。他讲无为而治，是以民心向背为本，

[1]李零：《人往低处走——〈老子〉天下第一》，生活·读书·新知三联书店，2016。

所谓“圣人恒无心,以百姓之心为心”;“我无为而民自化,我好静而民自正,我无事而民自富,我欲不欲而民自朴”。他是站在百姓的立场来讲治理国家之道的。国学大师钱穆亦认为,“读《墨子》,便该知墨子如何教人兼爱。读《老子》,自该知老子如何教人慈,教人俭,教人不敢为天下先。当求自己如何来学得此三宝”[1]。故而,一个高度神化了的老子,确实过滤掉了他应有的亲民、亲切、亲和,影响了这个形象的丰富性,也削弱了该题材在当下的现实意义。有评论者认为,《三探老子》把老子“理想化了”,同时也“刻板化了”。“既然要用戏曲的形式来赞颂老子,何不将他平民一些?何不让他有情趣一些?”[2]正像戏中蛊、惑二仙要“降老子为寻常之人”一样,《老子》初稿中的这句话,冥冥之中成了这个戏未来走向的谶语。

其次,由于蛊、惑二仙是“试探”行为的主体,所以推动全剧情节进展和矛盾设置的力量基本来自二位神仙,这样,老子的行为就显得被动,主要表现他在外力营造的困境中的一种态度、一种选择,赋予老子的主动行为少,引发行为的内心过程亦少。如老子进入宫廷,是受神仙指使;老子选择留下来,同样是神仙作法哑女开腔劝说的结果;老子和紫茸最后相见的情感抒发亦是二仙的安排……由于以上行为的动力都源自外力,不是情节发

[1]钱穆:《国史新论》,生活·读书·新知三联书店,2007,第236页。

[2]李云:《无戏而无不戏——评新版越调〈老子〉》,《东方艺术》2010年12月。

展的必然走势，于是“人为”的色彩就显得浓了，戏理、戏情、戏味欠了，思想的分量弱了，让人心动的东西自然也就弱了。

当然，这些遗憾并不影响各界对《三探老子》所取得的艺术成就的评价。2009 年 5 月，该戏参加文化部在山西太原举办的“第三届全国地方戏优秀剧目(南北片)展演”，受到专家、观众的一致肯定。专家认为，此剧是戏剧舞台上首部表现“道”祖老子形象的作品，为戏剧表现圣哲先贤做出了大胆的尝试，提供了宝贵的经验。此剧立意高远，主题鲜明，文辞高雅，极具哲思意味，是一部有分量、有看点、耐品味、弘扬中华传统文化的好戏。但是，正如上面所说，这个题材尚未达到它应有的艺术高度，基于题材本身的价值和它已经取得的艺术成就，专家对它的进一步提升提出了期待。经过多方论证，大家的意见集中在：放弃神话叙述，对老子进行“去神化”塑造，增强老子形象的真实性与历史感，塑造一个更接地气的老子。

五、从神话到现实

从 2007 年该剧立上舞台到 2009 年参加“全国地方戏优秀剧目(南北片)展演”，该剧已演出大小场次 386 场，受到广大观众的认可和喜爱。应该说，作为新创作的剧目，在短短两年时间内能达到这个演出场次，已属难能可贵。越调舞台上的这个老子，在观众心目中也几乎已经产生了约定俗成的认同感。然而，放弃神话叙述，意味着接下来的修改提升将是一场颠覆性的艰难超越。因为不但全剧的主旨开掘方向有所变化，更重要的是，此前构置矛盾、赋予老子行为的主要力量——蛊、惑二仙要完全舍弃，要重新构织新的矛盾冲突，把老子拉入矛盾的旋涡，在他的行为和选择中表现他的百姓情怀、治世理想和哲学思想。尽管全剧的内容框架和故事走向做了一定保留，但构筑起框架、讲述故事的方法已经完全变了。

1. 矛盾设置及人物行为

神话叙事中，来自天庭的蛊、惑二仙是矛盾的设置者、情节的推进者、主要人物行为的赋予者，有着“召之即来挥之即去”的可能性和便捷性。改为现实叙事后，神话叙事的种种便捷性都失去了，需要重新构织新的矛盾关系，情节的铺排要有它内在的逻辑合理性，要靠情节本身的推动力，去赋予人物以行为。

前面讲过，老子是站在百姓的立场来讲治国之道的。他的《道德经》，通篇体现出亲民、爱民的“百姓情怀”。塑造一个百姓心中的老子形象，是该剧修改提升的一个重要着力点。戏的开始，是几句合唱：“万国诸侯惹烽烟，泱泱大周乱了天。诸子百家奇谋见，大道横空出老聃。”短短四句，便交代了烽火连天、天下大乱、民不聊生、百姓涂炭的时代背景。接下来的故事铺展，就设置在这样一个背景下，去表现老子对百姓离乱之苦的关爱，对社稷未来之忧的担心，对治世理想的憧憬……

修改本增加了华狐这一人物，他是老子的大弟子，也是一个垂涎官位、贪慕金钱的投机者，是老子思想、理念、追求的反向执行者。他对老师“拒官不就，以荒为美、以贫为乐、以无为有、以空为美”(《老子》修改本)的行为和追求十分不解,暗中把老师的文章献于宫廷,如愿换取了紫衣绶带,当然也引起了宫廷对文章作者的注意:能写出“上善若水”之言者,绝非等闲之辈。于是,天子殿前内务总揽宫正大人悄然盯梢,跟着华狐来到了老子隐居的荒野幽谷。由此,华狐成为建立起老子和宫廷关系的桥梁纽带,也把老子拉进了矛盾的旋涡。

老子误把宫正大人带来的千两黄金,当作圣上对华狐献文有功的奖赏,迅速将它们分给了前来投靠自己的蔡国灾民。宫正却说这是天子聘任老聃的等身财物,既已收下,就得应召。老子拒从。宫正恼怒,命令武士“把黄金全部收回,短一两,杀一个;少一锭,杀十人”,一下子把老子推入“进宫应召”和“救助灾民”的两难境地。紧张的情势下,老子做出了毫不迟疑的选择——“老聃担责跟你走,进宫去押上我这颗老人头!”还是“金探”,但这次试探,不但探出了老子对待金钱之态度,更探出了老子体民、爱民之情怀,还将前稿中由蛊、惑二仙施魔法把老子送入宫廷的被动行为,改为老子为了灾民主动走进宫廷,赋予人物更高的精神境界,也为后面的情节展开做了顺理成章的铺陈,可谓一石数鸟。

老子入宫,说明了黄金之用,辞却了周王之邀,牵青牛、唤群鹿,意欲回往。众王子对老子屡次辞召的“不识抬举”甚为恼怒,认为“杀了青牛、宰了群鹿”,便可阻止老子的回归之心、返乡之路。于是,“杀”令一出,武士们执牛捕鹿,挥刀持剑,青牛惊吓,群鹿哀鸣。情急之下,突然一声“住手”震慑全场!还是“哑儿开腔”,但这一声“住手”,却喊得人热泪盈眶,完全超越了神仙作法的“哑女开腔”。它既是紫茸对生命尊崇的心底呐喊,也是慈悲善良对生命机能的本能突破。

原稿中,老子执意返乡,是哑儿突然开口,劝他留下:“河之图洛之书等师解读,天之玄地之奥待师理梳。”而在修改稿中,开口的哑儿却恳请圣上放走老师:“大青牛智通灵性世少有,与我师拳拳相顾意相投。群鹿儿伴师踏尽春秋路,人与兽喁喁共语读自由。”……“倘若真要动屠手,我替鹿牛献人头。”这样“反写”,不但突出了紫茸为保护鹿牛甘愿奉献生命的悲悯情怀,也强化了紫茸这一人物作为老子“精神知音”“情感慰藉”的设置初衷,还从一个侧面烘托了老子的自然之性、天地之情,更为下面老子出人意料的选择做了“反衬”。

周王为四位王子的恶言暴行向老子致歉。当老子得知方才口口声声喊叫杀伐的就是当今四位王子时,既惊且忧。他认为:“王子乃王权之储,国之寄望,擅唾号令,恣意喊杀,如此少柔乏善,未来国情何堪?”于是,当四位王子迫于圣命向老子赔礼并礼送他出宫时,老子却出乎所有人意料,选择了留下,他要“与王子们熟一熟、混一混、闹一闹、亲一亲,读读书、解解经、说说古、道道今。喷上几天八卦阵,论上一番天地人——我捧土培培根!”。无疑,把为国家“捧土培根”作为留下来的原因,比前稿单纯为了河图洛书留下高出许多,既避免了前稿将主动行为赋予紫茸的喧宾夺主，又变形而下的理由为形而上的动机，无论从戏剧逻辑的合理性，还是人物精神的升华上，都高出一筹。出其不意，令人惊喜。

转眼半年过去，紫葺看老师并无归家之心、离开之意，泣诉中带着不解，劝慰中含有抱怨，她甚至怀疑老子迷恋上了荣华富贵。此时，老子对紫葺有一段语重心长的表达，可谓是对其“捧土培根”思想一番明晰、透彻的阐释：

王子们虽顽劣身份关键，
四人中终有个继位接班。
接班者德性薄国家有险，
皇储儿缺调教民无宁安。
任辅导做教习当即一念，
为社稷何敢辞夕惕朝乾。
紫葺儿且忍耐眼光放远，
助为师作教习添瓦递砖。
讲一经授一课也是奉献，
多一劝添一嘱也利民间。
雕朽木虽然说器型难现，
功夫到也许有水滴石穿。
选皇储育英才万民寄愿，
贤人出大道归天下方安。

选择留下，归根到底是为社稷的久远、百姓的安宁做些力所能及之事。这一行为，和前面老子为了灾民主动进宫的行为相呼应、互印证，从不愿进宫到主动进宫，从急于离宫到选择留下，成为书写老子“百姓情怀”的有力一笔。同时，老子的体民之心、爱民之意、恤民之情，在最后“函谷关献青牛”一场中也有淋漓尽致的展现。因篇幅原因，不再展开。

剧作在浓墨重彩描写老子如何“教人慈”（钱穆语）大爱情怀的同时，也不失时机惜墨如金地对老子如何“教人俭”做了关照。第四场，王子们被责罚默写作业，要用“上等简帛”。老子阻止：“默写练习，不必用上等简帛，竹片即可。”遂躬身挥斤，劈竹制简，以不言之行，施俭约之教，让“我生帝王家，自来享荣华”的王子们懂得：“我省一根线，民间添匹纱……我惜一棵草，民间遍地花……”至此，全剧通过“安顿灾民”“进宫应召”“训教王子”“运斤劈竹”“舍爱献牛”等情节，塑造了一位爱民恤民、淡泊名利、大爱无疆的圣哲形象，实现了“从神到人，塑造平民圣贤”的方向性修改，丰满了人物，丰富了意蕴，深化了内涵，提升了品格。

2.思想分量及哲理意蕴

较之前稿，修改稿增加了分量非常重要的一场戏——“孔子问礼”。“孔子入周问礼，是个非常有名的故事。这个故事，一直有人怀疑，尊孔者不愿意相信，孔子学问这么大，怎么会纡尊降贵，向道家的祖师爷请教。他们宁愿相信，这是后世道家编造的神话。但这种说法，战国就有，汉代更是时髦说法。如汉画像石，孔子见老子,就是非常流行的主题。”[1]即使在《史记》中,对这个故事也有着似乎是可以作为“印证”的记载:“孔子为弟子曰:‘鸟,吾知其能飞;鱼,吾知其能游;兽,吾知其能走。……至于龙吾不能知,其乘风云而上天。吾今日见老子,其犹龙邪!’”[2]

故事的真伪已不重要,重要的是这个故事几乎已然成为民众认知中铁定的“史实”,老子家乡鹿邑太清宫里亦有巍然屹立的“孔子问礼”塑像。一句话,人人都知道有这么一回事。写老子,不写“孔子问礼”似乎是说不过去了。但是,两个圣人在一起说话,探讨的又是哲学之理,怎么成戏?把这个情节“镶嵌”到本来行云流水的全剧中而没有刻意为之之嫌,实在是个难题。

既然写“孔子问礼”,就是要通过孔子来衬托老子,既要写出孔子“问礼”的虔诚,又不能厚此薄彼,为了突出一位圣贤而降低另一位圣贤。这就需要为“问礼”设置合理的背景,营造合适的情境。剧作者把“孔子问礼”设置在孔子政治上失意,被迫离开鲁国,前往其他国家,寻找政治出路而不得的背景下,也就是放在他的人生低谷期。“意志落难”的孔丘“七载寻觅,寻不到唐尧之岸;诸国游走,走不出迷惘之滨”,带着极大的失落和困惑专程前来向老子“叩师问礼”。这样就显得真实可信,没有抑儒扬道之嫌。孔子以为天下所患之症是“礼崩乐坏”,治世良方是“克己复

[1] 李零《人往低处走——〈老子〉天下第一》,生活·读书·新知三联书店,2016。

[2] 司马迁:《史记六十三·老子韩非列传第三》,中华书局点校本二十四史修订本,2017,第2605页。

礼”;老子则认为天下最大的隐患是“人心有鼠”,克己复礼的前提是节欲敛贪。如果“人人敛贪”,“王道”一定自兴,“大道兴社稷振人心归善,播熏风降甘霖自是尧天”的盛世景象一定会出现。两位智者,怀的是天下太平的共同愿望,开出的却是不同的疗世之方,共同的理想之花开放在不同的思想沃土上。

“孔子问礼”在全剧中是一段相对独立的章节,作者将它与全剧做了密针线的巧妙连缀。前面,内侍来禀“圣上召见”,紫葺来报“孔子来访”。在见圣上和见孔子之间,老子和内侍产生分歧,并给出了他选择先见孔子的理由——“学子落难,更应大礼相待”,由此引出二者见面;中间,有紫葺这一贯穿人物出来“捉鼠”;后面,久等老子而不及的周王前来探访,被老子滔滔不绝的治世理念所吸引,在阁阑之外驻足、倾听……通过前、中、后这三处针线的连缀,使“孔子问礼”这场戏和全剧情节实现了无缝隙对接,成为镶嵌在全剧中熠熠生辉的“思想钻石”。

这场戏,把史料记载中的“孔子问礼”形象地搬到了舞台上,这是两位圣者的见面,也是儒道思想的交流碰撞,圣哲的思想光芒烛照舞台,照亮人心。全剧的思想分量因这场戏而更加深邃、厚重。这是一场充满智慧的戏,也是考量作者功力的一场硬戏。

《老子》一剧存在形而上和形而下两层意蕴。形而下,是老子的百姓情怀;形而上,是老子哲学思想的表达和蕴含。剧中和“孔子问礼”一道托举起全剧哲理之深、思想之丰、分量之重的,依然还是贯穿全剧的《道德经》的核心思想和完成《道德经》一书的行为。它们分布在主人公的不同行为中，既在不同的桥段各自生辉，又靠情节之线穿成全剧的思想项链，同时和剧情的行进紧密交织，至最后一场，达到高潮。大青牛为救百姓勇赴黄泉，紫茸为抢救《道德经》香消玉殒，他们的舍身奉献，让老子悲痛难抑，同时也激发了他完成《道德经》的激情斗志："《道德经》虽被焚尚留残片，著书人未曾逝仍存老聃。为民写为民用还民期盼，民是天民是地民是江山——我化身成篇。"全剧以老子举笔书写《道德经》，画外音高诵"圣人常善救人，故无弃人；常善救物，故无弃物。爱民治国，天门开合，明白四达也——"的情境结束。情节的高潮、情绪的高潮和全剧主旨的升华合为一体，熔铸成为耀眼的思想光芒，照亮舞台，激荡人心，启示当下。"豹尾"的感染力、震撼力，再次让我们强烈感受到剧作的思想分量之重、意蕴之深。

3. 神话色彩及情感浓度

从神话到现实，并不意味着完全放弃神话的成分。相反，像老子这样一位充满神性的人物，如果完全做实，反倒"失真"，难以达到老子在民众心目中的"神人"高度。故而，修改本在放弃神话叙述的同时，适当保留了原剧中某些基于民间心理认同上的神话成分，如不离老子左右、灵性颇具的群鹿；如和老子灵犀相通、为救百姓慨然赴死的大青牛；如为保护青牛、群鹿，情急之下哑女突然开口讲话；如"宫变"后老子恍惚之中驾青牛来到函谷关；如关令尹喜在老子到来之前已见紫气东来，三日不绝；如群鹿引领被大火烧伤的紫茸追到函谷关，给老子送来《道德经》残篇……神奇、神秘、神圣，但又符合人们对老子的既有认知和想象。因而，越调舞台上的这位老子，既是一位充满人性的真人，亦是一位有着几分神性的圣人，仙风道骨，白髯飘飘，骑青牛，驭群鹿，沐紫气……“而且，二者的配合恰到好处，使老子形象的塑造既实现了观众的真实感，又达到了民众心目中的高度。”[1]

修稿后的《老子》较之前稿，一个显著的收获是有了更强烈、更饱满的情感力量。这样一部哲理思辨戏，写得好看不易，写得动人更难。紫茸这个角色的设置独具匠心，她既是老子的弟子、孩子，也是精神的知音，情感的慰藉。她的存在，不但为一台男人戏、哲思戏平添了绚丽的色彩，而且也成为引领我们走近老子，认识老子丰富内心世界的一条独特通道。同时，她和青牛群鹿超越物种藩篱的亲密关系，她和老子亦师亦友、亦父亦女的特殊关系，都为开掘情感之泉提供了可能。全剧最让人情不能已的三处，都与这种关系的设定相关，都与对生命的尊崇和生命的逝去相关。一是紫茸为保护鹿牛开口讲话，那是面对生死对生理极限的骤然超越；二是大青牛为救百姓含泪悲鸣，口吐牛黄倒地而亡，那是大爱情怀对异类秉性的耀然升华；三是浑身烧伤的紫茸拼尽最后的生命能量，将从大火中抢出的《道德经》残章交给老子，那是用生命成就传世典籍的大爱义举……这些情节所蕴含的情感浓度、情势力度，撞击着我们的心灵，让我们在感动中收

[1] 刘景亮：《苦心孤诣演圣贤》，《中国戏剧》2016 年第 2 期。

获思想的认知,在思想的认知中获得心灵的感动。

不得不说，剧作者深厚的古典文学的功底和高超的驾驭文字的能力,也赋予全剧古朴典雅的气质,使这部戏在思想、艺术的力量之外,获得了另一种审美的愉悦。

4.价值意义

五年磨砺,数易其稿,“从神坛老子,到半人半仙老子,再到平民老子，让老子从天上到地下走走停停、停停走走地转了一周”(孟华语),孟华终于完成了《老子》一剧的跨越式提升,完成了中国戏剧史上老子艺术形象的实验性塑造,“既出世,又亲民;既入世,又超俗;既远瞻,又近取;既无为,又大为;既旷达,又静笃;既乐天,又悲怆”(孟华语)——这就是孟华奉献给当代观众的老子。据说,在国家舞台艺术精品工程评审会上,全体专家看完录像,集体站起来热烈鼓掌。我想,这掌声,既是对一代圣贤老子的致敬,也是对剧作者及全体剧组的致敬。越调《老子》实现了戏曲舞台上“老子”的“天下第一演”,这是孟华对中国戏曲的历史性贡献,也是河南越调对中国戏曲的历史性贡献。

《老子》的创作,标志着孟华后期创作风格的转向,较之于探索期作品手法的新奇、探索的超前、批判的凌厉,《老子》在从神话到现实的提升过程中,明显稳妥、温和了许多,更注重深度的开掘、意味的传递、诗性的表达。当然,这是作者对“老子”这一特殊题材所做的适应性转型，但一定程度上也是作者创作思路回归的表征。《老子》从神话到现实的转换，也是孟华从自由创作到适应现实创作的印证，所幸这种适应最终成了“正果”。旷达、圆融是孟华在《老子》中体现出的创作姿态，也是他后期创作的常态。

圣贤题材创作“堂奥”窥探

《老子》之后,孟华又先后应约创作了豫剧《玄奘》、越剧《王阳明》、曲剧《医圣传奇》等作品,构成了后期创作特色鲜明的“圣贤题材”系列。

孟华笔下的圣哲先贤，无不是中国思想和文化史上一座座让人高山仰止的精神丰碑,王阳明、玄奘、老子还分别是儒、释、道的代表性人物。短短两个小时的演出,如何表现他们博大精深的思想内涵？如何从大量的历史资料中选择既富有戏剧性又能展现主人公精神品格的情节?如何构织主人公的矛盾冲突?如何让那些艰深难懂的哲学问题，化为戏剧舞台上可感可知的具象表现？如此等等,都是这类题材面临的巨大挑战。孟华在多部这类题材的探索、尝试,甚至推倒重来的反复中,初窥了此类题材创作的堂奥,积累了一些有价值的经验或体会。这里结合他的作品做些分析概括。

一、与时代契合的开掘角度

孟华笔下的圣贤戏,在开掘角度的选择和确立上,注重选取这些圣哲先贤精神人格中最耀眼的闪光点，找到其与当代社会价值需求的契合点,发掘这些精神人格的当代价值。《老子》初版是神话叙事,由蛊、惑二仙对老子实施“金探”“宦探”“情探”而不成,达到对老子的人格礼赞和哲学思想的表达。这种叙述,灵动自由,夸张浪漫,举重若轻,使冷峻、深奥、理智的哲人焕发出浪漫诗人的风采。然而,这种叙述亦有它的不足,由于更多地专注于对老子形而上的精神层面的揭示,忽视了对其爱民、亲民的百姓情怀的观照。而《道德经》的通篇,都是站在百姓的立场来讲治理国家之道的。所谓:“圣人恒无心,以百姓之心为心。”忽略了老子的“民本”思想,无疑就弱化了他思想中最为重要的一面,影响了这个形象的丰富性。更重要的是，也削弱了该题材的现实意义。在后面的修改中,作者大胆颠覆了先前的神话叙事,重新确定了开掘方向,紧紧围绕老子的民本思想、百姓情怀构织情节,通过“安顿灾民”“进宫应召”“训教王子”“运斤劈竹”“舍爱献牛”等情节,塑造了一位爱民恤民、淡泊名利、大爱无疆的圣哲形象,与为人民书写、为人民抒情、为人民抒怀的时代要求高度契合,大大增强了这一圣贤题材的现实意义。

《玄奘》的开掘聚焦在玄奘对“信仰”的执着和践行上。作者撷取玄奘从长安出发西行到返回大唐这 19 年间的心路历程进行情节铺展，通过“潜行出关”“沙漠历艰”“绝食坐化”“丛林遇险”“山门辩经”“回归大唐”等情节，完成了对玄奘情感、意志、信念、欲望、道行、情怀的各种考验，以玄奘“走的坚决”和“归的热切”，唱响了一曲有关信仰的“生命之歌”，也契合了当今现实对“信仰”的热切呼唤。王阳明被称为“行动中的儒家”，他将学问付诸实践，在艰苦卓绝中追求建功立业的“知行合一”，他从积累人生经验和智慧的“心学”修炼中获得的强大内心以及战胜苦难的决心和勇气，都值得当今的每一个人去追随、去学习、去效仿。《王阳明》通过弹劾刘瑾、廷杖被贬、龙场悟道、平叛宁王等事件，将王阳明的 “心学之问”“知行合一”“致良知” 做了形象化的展示，体现了这位圣人“吾心光明，亦复何言”的圣者之境；在“王阳明热”的今天，为更多人了解王阳明、走近王阳明做了普及及引导。《医圣传奇》聚焦的是张仲景的“大医精神”，而这种精神也是当今社会急切呼唤的。这种接通古今、烛照当下的题材观照，使这些圣贤人物的精神人格体现出超越时空、作用于当代的恒久价值。

二、与人物思想契合的冲突方式

孟华笔下的圣贤人物，多是思想家、哲学家。道家的“无为”“不争”，佛家的“慈悲为怀”，医家的“恻隐之心”，都决定了他们不可能成为矛盾冲突的主动者。但是不组织矛盾冲突，难以构成戏剧性。这样，如何构织矛盾冲突就成了这类题材面临的棘手问题。孟华针对每位圣贤身份的独特性，构建了合理恰切的冲突方式。如老子的思想核心是“道法自然”“无为”“处下”，同时，老子还主张“圣人常无心”“事无事”“圣人不积”，故而也不能过分描写他内心的复杂纠结。于是,孟华巧妙营构了人与环境的特殊冲突方式,把老子置于两难或多难的境地,让老子做出不一般的选择。以选择的独特性和出人意料,塑造个性,刻画形象。如,周王力劝老子入宫为政,老子婉辞。众王子对老子的"不识抬举"甚为恼怒,认为"杀了青牛,宰了群鹿",便可阻止老子的返乡之心。当老子得知"擅唾号令,恣意喊杀,少柔乏善"者就是未来国家的接班人时,出乎所有人意料地选择了留下。他要与王子们"熟一熟、混一混、闹一闹、亲一亲,读读书、解解经、说说古、道道今。喷上几天八卦阵,论上一番天地人——我捧土培培根!"。把为社稷"捧土培根"作为老子选择留下来的理由,既符合他不争的特性,也符合他"贤人出大道归天下方安"的治国理念。最后一场"献青牛"同样是两难中的选择。牛黄奇缺,瘟疫难控。天灾,把老子推入"保牛""救民"的两难境地。智通性灵的大青牛显然懂得主人的不忍、两难,牵起主人衣襟,清泪潸潸,悲鸣长叫,口吐牛黄,倒地而亡,以自己的生命,完成了主人"救民于水火"的情怀表达和精神升华。一出"人牛情未了",让人唏嘘感叹,泪不能已。

《玄奘》同样设置了与主人公身份恰切的冲突方式——在外部环境构成的困境和压力中,凸显人物的行为选择和精神境界。如面对公主的真情挽留,他选择连夜起程;面对石盘陀的威胁背叛,他选择荒漠孤行;面对高昌国的强留威胁,他选择绝食明志;面对匪徒的横刀相向,他选择泰然自若;面对那烂陀寺的外部挑衅,他选择挺身应辩;面对戒日王的盛情挽留,他选择决然归国……在这些外部环境构成的压力困境中,玄奘所做的,只是应对的态度和选择的行为。支撑和决定他态度和选择的,则是他“取经弘法”的不变信念。王阳明遵循的是“内圣外王”的儒家精神,又是“知行合一”的积极践行者,因此,他所面对的冲突多为正义与邪恶的冲突。而作为一名“致良知”的思想家,他的困境又多来自他对邪恶的主动进攻,也即他是矛盾的主要方面,如“弹劾刘瑾”“平定宁王叛乱”。他的被贬、遇杀等九死一生的人生磨难,多因此而起。因此,王阳明和刘瑾的冲突、与宁王的周旋,就是正义与邪恶的较量,冲突就更为强烈,更具有戏剧性。而在写王阳明突破困境的过程中,作者又特别注重选取符合他身份的独有方式。如被贬途中面临追杀,他以自己的智慧制造了投水的假象,躲过一劫。在进入贵州龙场遭遇土著人的剿杀时,他又以察言观色的敏锐以及对当地风俗的尊重敬畏,迅速征服对方,融入其中,再逃一劫。这些都显示了王阳明从“心学”获得的智慧和强大的内心力量。这些化解危机的行为是王阳明独有的,是与他的思想、信仰、追求密切相关的。

三、处理戏与理、浅与深、俗与雅等关系的有效方式

圣贤题材创作面临的另一个难题,是题材的特殊性与戏曲的大众性,说理的抽象性和形象的生动性,思想的深奥性与戏曲的通俗性之间的天然矛盾。太过深奥,则会艰涩;太过世俗,则又降格;太注重戏剧性,必伤害深刻性;太追求哲思性,又会损伤戏剧性。这似乎是一个矛盾的两级,不好调和。这也是这些圣贤较难走进戏曲创作的一个重要原因，自然也影响了这些圣人走向大众、被大众认识的另一种可能。“像王阳明这样的儒家圣人，基本上没有出现在戏曲文化里面”，甚至在大众的认知里，“可能还不如樊梨花、薛仁贵有名”。[1]而豫剧《玄奘》遭遇的“咋不见孙悟空出来”的笑话，也足以说明这些圣贤在大众中的认知和普及程度。因此，让这些圣贤走进戏曲，就有了在大众中普及、引领的意味。但要在两极之间找到理想的站位，实在不易。经过几个戏的实践，孟华在戏与理、浅与深、俗与雅之间找到了他独有的处理方式，而学术界和普通观众的双向认可，也证明了这种方式的有效。

一是将抽象的说理情节化。如《老子》中的“孔子问礼”一场，是两个智者的对话。圣者的思想交锋，注定是一场思辨性、哲理性、深刻性极强的戏，很容易流于艰涩、干巴、说教、无趣。剧作者在此精心设置了一个“逮鼠”的情节，四王子养的宠物——一只硕鼠跑了出来，吓坏了本来规规矩矩、彬彬有礼的孔子的弟子们，他们惊恐、尖叫、躲逃、追撵，场上顿时乱作一团。此时，小女子紫茸从容走出，轻手轻脚，很快就将老鼠制服。“老鼠之乱”让老子感慨万千，由此发出了“老鼠不来，人人规矩，人人懂礼；老鼠一来，天下大乱，人人失礼”的慨叹；进而转到治国理政的核心话题。孔子以为天下所患之症是“礼崩乐坏”，治世良方是“克己复礼”；老子则认为天下最大的隐患是“人心有鼠”，克己复礼的

[1] 郦波：《五百年来王阳明》，上海人民出版社，2017，第4页。

前提是“节欲敛贪”，从而引出了全剧的一个核心唱段“人心有鼠鼠为贪，贪欲不止患无边”，又进而道出“守王道法自然自出大贤”之治世之理。一个“逮鼠”情节，引发了两位智者不同的疗世之方；一段“鼠叹”，接通古今，切中时弊，现实针对性大大增强。

写《王阳明》绕不开“龙场悟道”，这是王阳明“完成个人终极蜕变与升华前的最后一道关口”[1]。但无论是悟道的行为，还是所悟的“道”，都是极其深奥抽象的东西，是最不好形象化的东西。孟华的处理方式是对它进行情景式再现：龙场、石洞、深夜、星空。洞内滴水声声，洞外狼嚎猿啼。王阳明由眼前情景进入人生回想，由回想入困惑，由困惑入梦境，并在梦中实现和“老子”“孔子”“释迦”的神遇及对哲学困惑的探讨。在三圣的点拨、指引下，王阳明最终开悟。大家知道，阳明“心学”是融合儒、释、道三家的精神成果，这样的情节设计，无疑是对“心学”构成来源的一种外在揭示，同时也将抽象的理论进行了具象的表现。这样的创作灵感显然不会凭空飞来，之前《老子》《玄奘》的创作，对儒、释、道三家之“道”的深刻理解，为孟华灵感的产生做了理论上的准备。加上“他的语言深刻而且有哲理，有情感，有文采，把龙场悟道表现得形象生动，有立象而尽意的效果”（刘景亮语）。

二是将深奥的思想通俗化。对圣贤丰厚思想、精神人格的表现，是每一部剧作贯穿始终的主旨。在情节铺展的过程中，作者

[1] 郦波：《五百年来王阳明》，上海人民出版社，第 83 页。

会不失时机，把这些丰富的思想灌注、化解在人物的语言、行动中。《老子》一剧，就处处闪耀着《道德经》的思想光芒。如给学生授课的“上善若水水性柔”；如紫茸甘愿替鹿牛去死的“民不畏死，奈何以死惧之”；如回答孔子弟子“想做官者，就是做它不上；不想做官者，却又躲逃不开”疑问的“曲则全，枉则直，洼则盈，少则得”；如谈论社稷何以存的“圣人不自以为大，故能成其大；不自与人争，故天下莫能与之争”；如谈论治国理政之道的“民为本，政为简，事为和，令为宽，治大国如烹小鲜”……它们“似散金碎玉一般自然洒落于五幕剧中，或嵌入人物说白、唱段，或穿插于人物对话，或抒情，或叙事，或反衬，或烘托，处处闪动着智慧的光芒，字字投射进当代人的心扉”[1]。深厚的传统文化功底，赋予了作者将这些哲思佛理进行唱词转化和通俗表达的能力，在表现圣贤思想的核心唱段中，他往往能够依据人物的特殊身份赋予他独特的语言和行为，并经由深厚的文学之功做出诗化、禅化、哲理化且富有温度的诠释和表达。每一部作品几乎都有几段让人难忘的精彩唱段，如《老子》中的“上善若水水性柔”“贤人出大道归天下方安”“民是天民是地民是江山”，《玄奘》中的“信仰犹如生命歌”“唐僧取经游西天”，《王阳明》中的“凤凰浴火是修行”“甲马秋惊鼓角风”等，集哲思、深刻、词彩、韵味于一体，将主人公的思想及精神人格予以淋漓尽致的展现。这几乎构成孟华

[1] 万素：《寻找精神之路——感悟越调〈老子〉》，《中国文化报》2010年9月20日。

创作最突出的优势。当然，作者也不会一味为了通俗而“牺牲”应有的深度和表达的力度，如《玄奘》中的“辩经”，是全剧的高潮，辩经的内容基本采用了原文，观众听起来可能吃力。但作者想展现的，正是玄奘在辩经中字字铿锵的气度和滔滔不绝的才华，听不听得懂，似乎倒在其次。“艰涩、深奥、难懂”的诟病，是在他预料之中的，也将是他继续坚持的。

三是将圣人的情感世俗化。在孟华看来，圣人亦是人，同样具有常人的情怀，同样需要精神或心理上的“异性”。从戏剧的行当色彩上考虑，每一部戏也应该有和主人公演对手戏的女性。在孟华圣贤题材系列的每一部戏中，我们都能看到每位圣贤精神中的女性，也即“精神知己”。《老子》中的紫葺(意即紫气)，集侍女、学生、书童、女儿、知己等多种身份于一身，和老子身边的群鹿、青牛一样，和他灵犀相通，是老子精神的一种外化，也是戏中作者组织矛盾的一个重要凭借。《玄奘》中丹阳、蔻儿两位公主在丰富行当色彩的同时，也在塑造着玄奘的精神人格：丹阳的挽留阻拦，考验的是玄奘西行的坚决；蔻儿的仰慕追随，彰显的是玄奘人格的魅力。其用意更加明显。《王阳明》则是以阳明弟子吟诵、议论“忆与美人别，惠我云锦裳”一诗开篇，用王阳明的话说就是“关睢蒹葭，人心皆备也”。戏中的娄凌，乃是阳明师妹、宁王之妃，既是王阳明的红颜知己，也是贬谪龙场途中的施救者，平叛宁王之乱道义上的支持者，可见此人物的价值意义。《医圣传奇》中的芝兰，更是张仲景人生的另一半……由此可见，关照大众审美、世俗情怀，是孟华晚年创作回归的另一种体现。

最后，孟华笔下的圣贤人物之所以给人真实的感觉，还在于他在把握人物精神，尊重历史真实的前提下，也尊重民间和大众对圣人的合理想象和适度神化。这些圣哲，在中国文化历史上，已然成了神的化身，具有某种"神性"。写圣贤，不能忽视中国文化赋予他们的"神性"成分，完全做实，反倒失真，达不到圣人应有的高度。圣贤之所以不同于常人，是因为在他们的意志力中，都有一种超常规、超自然的力量存在。孟华在创作中，非常注重描写他们身上那种超越常理、常规的，神秘的非自然力量。如《老子》中跟随老子左右、颇具灵性的群鹿，如大青牛吐出牛黄为百姓治疗瘟疫，如哑女紫茸情急之下开口说话，关令在老子到来之前已见紫气东来、三日不绝等。《玄奘》中，在石盘陀举刀欲砍向玄奘的时候，走失的白马突然出现，跃然奋蹄，踢飞了石盘陀手中的刀；玄奘恒河丛林遇险，歹徒欲拿他祭神，他泰然自若，念念有词，突然间，天空骤暗，电闪雷鸣，歹徒的舟楫桅杆纷纷折断，歹徒以为他作法施威，玄奘却说："天象来自偶然，风雷起自际会，警示发自人心。慈念在胸，山崩不惊；歹意藏心，恐惧晨昏。"来自内心的非自然力量化解了深陷的危机，既显示了信仰的力量，也显示了圣者的非凡。还有玄奘和戒贤法师的梦中相见，一切都如同真实相见前的一次预演，一个是"在梦中盼了三年"，一个是"在梦中整整走了三年"；一个做的是"五印梦"，一个做的是"大唐梦"；一个"完全是梦中的模样"，一个"亦如我梦中所见”。这种神遇，既是相知，更是佛缘。《王阳明》中王阳明遭遇土著人，化险为夷的力量看似神奇，实则来自他“心学”的智慧力量。《医圣传奇》中张仲景在桐柏深山治好的神农之后、智慧猿人、白毛仙翁，在伤寒肆虐、缺医少药的旷世之灾中，雪中送炭，送来了神农百草。这是主人公“大医精神”的感召。正如此时的伴唱所写：“信否头顶有神明？恩恩相报万物同。古猿送药不是梦，一代医圣乃天成。”……这些弥漫在剧中的超自然力量，在构织矛盾、解决困境中发挥了神奇作用，既显示了圣贤非同常人的意志力，也为这些作品敷上了一层神秘色彩和灵动气象，更符合人们对圣贤的合理想象。这是孟华圣贤题材戏能够获得认同的一个重要原因。而梦境、幻觉、时空跳跃、蒙太奇、自由联想、神鬼叙事等手段的娴熟运用，依然显示了孟华对现代派戏剧手段的喜爱和痴迷。这同样是成就其圣贤题材现代品格的一个原因。

以上几点，构成了孟华圣贤题材创作的基本特点或者说是基本经验。可以看出，较之于中期探索作品手法的新奇、探索的超前、批判的凌厉、异质的色彩，这一时期的创作明显稳妥、温和许多，显示出孟华后期创作风格的明显转变。同时，由于这些题材所传递的正能量符合社会主义核心价值观，实现了传统和当下的沟通，因而又能为主流所接纳、所认同，这让多年来一直在边缘地带作战的孟华进入了主流视野，其边缘身份有所弱化。不过，独特的选材，灵动的气象，斐然的哲思，浓郁的诗意，淋漓的表达，现代的品格，还是孟氏剧作的显性标识！另外，孟华的后期创作中还有一些历史文化名人戏，如《女皇投简》《陆羽问茶》《缇萦救父》《佘太君》等，某种意义上是圣贤题材的一种延伸，限于篇幅，不再展开。

通过前几部分对孟华创作历程的系统梳理分析，可以清晰看到其创作道路的变化轨迹，并从其方向明确的三次转向中，管窥出不同时期作者所秉持的创作观念和所依托的文化资源。如果说，人生经历、文化构成、时代背景、观念意识、外部环境，是每位创作者进行创作的必备材料，那么，最终塑造出作品风格、样貌的，还是作者个性的浇注。作品的形制、成色、风格、品相乃至它的命运，皆因作者个性不同而显示出千差万别。孟华的剧作中多有“宿命”情节，他 20 岁时写的一首《咏桂》，冥冥之中也是他一生创作的“宿命”：

掩映华窗若何载，
一身青翠终未改。
不喜繁花争春茂，
但将素蕊向秋开。
爽爽落落送暑去，
孤孤傲傲迎寒来。
非经风刀霜剑苦，
哪得芳波溢九垓。

第六章 DILIUZHANG

风格·色彩·气质——孟氏剧作的显性标识

孟华剧作的“鬼魂情结”

意识到孟华剧作中萦绕着“鬼魂情结”，是在断断续续阅读他剧本的过程中渐渐产生的。开始只是朦朦胧胧的感觉。近日，有幸为他的剧作《半个集》做责编，才有机会把他的大部分剧本放在一起集中阅读。因为先期有了这种印象，在阅读中便格外注意寻找佐证和依据。随着阅读思考的深入，我越发相信自己感觉的确切与那种鬼律动的着实存在。直到有一天，向孟华提出这个问题并得到他的证实后，我才真正对这个问题感兴趣起来，留意起来，思考起来。我感觉这是解读孟氏剧作不可不在意的一个重要问题。他的作品涉及鬼魂的内容、的细节、的影子、的话语之处实在不少，如《情断状元楼》、《春秋出个姜小白》、新版《白蛇传》、《榆树古宅》中都有。另外，《半个娘娘》《神医华佗》等戏中也有不少关于鬼魂的描写和大量的诵咒跳神等情节。这些剧本有的是新创，有的是对传统题材的改编，有的是对经典的大胆颠覆，有的是移植外国的名剧……但是,不管何种题材,我相信,孟华的选择绝不是偶然的,在他的潜意识中,埋藏着深深的“鬼魂情结”。正是由于鬼魂意识的无意识潜在附着,让他不经意之中选择了它们,从而形成了孟氏剧作一道独特的景观。这里,试图对他的“鬼魂情结”做一番探寻和试说。

一、鬼魂情结之由来

1.文化的基因

孟华出生在钟灵毓秀的南阳。南阳地处豫西南,和湖北毗邻,张衡在《二京赋》《南都赋》中称南阳是“割周楚之丰穰,跨荆豫而为疆”,处在中原文化和荆楚文化的交界地带,受到双重文化的影响,且受楚文化影响尤甚。楚文化幽邃神秘,奇宕恣意,巫文化传统历史悠久,其巫风盛行的文化机体内,缀满了神秘主义的风物。从广为人知的《楚辞》里,我们不难体验到楚文化诡谲、浪漫、神秘的美。南阳汉画那怪诞、夸张的手法,腾跃的力量,天马行空、大巧若拙的形态,都是楚文化浪漫、神奇、瑰丽、飘逸品格的生动呈现。孔尚任说,“盖山川风土者,诗人性情之根柢也。得其云霞则灵,得其泉脉则秀,得其冈陵则厚,得其林莽烟火则健。凡不为诗则已,若为之,必有一得焉”(孔尚任《古铁斋诗序》)。长期生长在南阳的孟老夫子,身上带着与生俱来的楚文化基因。首先,楚文化“信巫鬼,重淫祀”的特征在他的诸多戏中都有体现。《春秋出个姜小白》《神医华佗》《半个娘娘》,甚至中原化了的美国戏剧《榆树古宅》中,都不乏巫师诵咒跳神的情节、场

面。在《神医华佗》中,这种场面写得最是活灵活现,如巫师在跳神时口中念着这样的词:

天门,地门,开开门,叫鬼神!跳一跳,叫一叫,小鬼判官都知道。跳二跳,到狱东,饶他跳过烂魂坑:金子许一升。跳三跳,到狱南,饶他跳过无底潭:玛瑙许一篮……

如果没有巫文化的浸染,何以能写出这么“专业”的巫术语?原来,孟华在孩提时代的一大兴趣,就是追逐乡间神婆巫师,看他们下神念咒、抡刀舞棒、喷水洒血为人治病,就连孟华自己也亲历过神婆塌鼻姑为他祛除高烧而下神时所哼唱的那大段大段的咒语。高烧虽未退去,咒语却大半留在了心里。这种原汤原汁的巫文化的浸泡,早早为孟华输入了另类的文学成分。在《半个娘娘》中,黄国公和众大臣对李桑桑“是人是鬼”的大辩论中关于鬼的种种“高见”,也是孟华这种鬼意识潜伏物的流露和表现。

其次,楚文化诡谲神秘浪漫的特征,在孟氏的剧作中也有明显的体现。《春秋出个姜小白》人鬼共处、阴阳变幻的场景,既诡秘又浪漫。《半个娘娘》那散发着山地野性的美,那神秘的色彩,那种雾里看花似的灵动和朦胧,那浪漫奇谲的基调,更是弥漫和氤氲着浓郁的楚文化气息。

以屈原为代表的楚文化的另一个重要特征是“其词激宕淋漓”(汉王逸语)。王夫之在解释《九辩》时也说:“辩犹遍也。一阕谓之一遍。……其词激宕淋漓,异于风雅,盖楚声也。”孟氏唱词最显著、最为人称道的特征就是情感的抒发酣畅淋漓,理性的剖析透彻犀利。他尤其善于运用排比、反复等手法，使所要表达的感情和思想层层递进，步步加强，给读者、观众痛快淋漓之感。如敫桂英在海神面前绝望的倾诉：

既如此，早该刺瞎我双眼，
免得我认识王状元。
早该剁掉我双手，
免得救活无义男。
早该震聋我双耳，
免得听王魁的假誓言。
早该把我的喉咙断，
免得我对贼倾心对鬼交谈，
滔滔恩爱说两年。

如《春秋出个姜小白》中司命主簿对春秋霸主齐桓公的颂扬：

列国都在窝里乱，
齐国却在擢英贤。
列国都在仇相斩，
齐国却在仇相蠲。
列国寿命按时断，
唯齐国：
内不讧，外不乱；妒不生，恨不见；
明不诬，暗不陷；君不杀，臣不篡——

寿命超限一年又一年!

类似这样淋漓酣畅的唱词在孟氏剧作中比比皆是。这一特征,再次印证了孟氏与生俱来的楚文化基因。因此,说他的“鬼魂情结”来自楚文化的基因,不无道理和根据。

2.人生的经历

童年的经历,往往让人刻骨铭心,对日后的人生往往产生巨大的甚至决定性的影响。思想意识的影响似乎更为持久和顽固。小时候听鬼故事,是许多人共有的经历。那是孩子不听话时家长惯用的恐吓手段。鲁迅先生小时候,就听过许多鬼故事。因此,在他成年以后,就对鬼怪问题特别感兴趣。他的《女吊》《无常》《从百草园到三味书屋》等名篇,都涉及到鬼。他自己也说,“我以为绍兴有两种很有特色的鬼,一种是‘无常’,一种是比别的一切鬼更美、更强的鬼魂‘女吊’”(鲁迅《女吊》)。可见鲁迅的“鬼魂情结”是非常浓重的。日本学者丸尾常喜在《人与鬼的纠葛——鲁迅小说论析》中,甚至说鲁迅的小说中有一个“鬼”的形象系列。

孟华出身于书香门第,从小就听母亲讲述全部《聊斋》,阅读《封神榜》《山海经》,还有大量的民间鬼故事,它们把孟华的童年生活装裹得惊悚而多彩。幼年的孟华曾有一段“鬼盼”,那是他听说了一段大头鬼的故事后产生的幻望。那故事是说,有一个书生夜里提着灯笼上厕所,突然从地上冒出一个大头鬼来,目光如炬,巨口如血,意欲作祸。书生却见鬼不惊,哂然相对,信口吟诗一首:“此鬼好大头,搁灯不洒油。愿君常相伴,读书不发愁。”此鬼闻诗之后,竟然顶着灯笼不敢移动,直到书生方便完事提走灯笼之后才乖乖地消失。这故事大长读书人的志气,也寓“诗书辟邪”之意。于是孟华每每上厕所都要提一灯笼,心惊肉跳地盼望地上冒出大头鬼来,想亲眼看看大头鬼的真面貌。这段“鬼盼”幻望无疑是孟华鬼情结形成的一片早期叶芽。幼年孟华还有更可笑的与鬼打交道的故事:有一次孟华得了疟疾,久治不愈。疟疾在过去的豫西南农村叫放老癞,又叫放牛。家乡流传一个治疗方法,叫“卖牛”。其步骤是疟疾病人乘正午遍野无人的时辰,手执一棍,跑进荒野,选择一座孤坟,扑跪叩头说“大哥,我有牛,你有地,卖给你,好福气”;然后将棍插在坟头,扭头就跑,不得回头,便可治愈。孟华如法炮制,吓了一身冷汗,果然治愈了顽疾。如今的孟华忆起当年“卖牛”之事,不禁朗朗大笑,为自己少不更事的恶作剧大肆嘲弄。然而,自嘲之后的孟老夫子又说,好像科学发达的无神论时代也并不排斥艺术中神鬼形象的出现,“戏不够,神鬼凑”的传统编戏伎俩依然管用。尤其是具有奢鬼之癖的作家,常把鬼神之戏拿来作为味之素、香之精,烹调出风味独具、色香俱佳的宴席来。

3.奥氏的影响

孟华对美国剧作家尤金·奥尼尔有一种膜拜式的尊崇,他在《榆树古宅》的“章前碎语”中,写过这样一段话:“奥尼尔曾经让我着过魔。那是二十多年前国门刚刚打开一条缝的时候,奥尼尔剧作出现在戏剧学院的教材中,一读,愣了!济济一堂剧作家研修班的半老学子们都瞪着呆愣愣的眼睛互致惊问：乖乖！剧本还有这种写法？家丑还有这种扬法？”从中可以读出他对奥尼尔发自肺腑的景仰。孟华在谈话中，多次说自己深深受惠于奥尼尔。细读孟氏剧作，更能感觉到奥氏剧作对他的深刻影响。

首先是他对奥氏剧作批判精神的继承。在河南的剧作家中，孟氏剧作以强烈的批判性、深刻的思辨性而独树一帜。他的《劳资科长》《春秋出个姜小白》《半个娘娘》等，或针砭现实，或剖析人性，或揭露邪恶，或抨击丑陋，充盈着强烈的批判意识，犀利尖刻，发人深省。其次是对奥氏创作方法的借鉴。奥氏剧作的最大特点是善于运用各种手段，揭示自己对生活的强烈印象和体验。尤其是1920年后，在对表现主义戏剧的尝试和探索中，更是大胆运用多种艺术手法来实现其艺术理想。“交混”就是他惯用的戏剧手法，将梦境、现实、神话、人间、地狱、天堂、想象、幻觉等熔于一炉，造成一种似真似幻、既荒诞又神秘的场景。奥氏剧作中常常有似隐似现、飘移不定的鬼影。如《榆树下的欲望》中那座尘封的女主人房中的窸窣声、呻吟声和飘逸的影子；连演九个小时的《悲悼》中，那座像“死亡的神殿”的曼侬的家，那投射在墙上的“一条条黑色的影子”，那“邪恶的幽灵常在房子里出没”，那被塞斯清晰感觉到的“她的魂就像在墙里悄悄腐烂着的什么东西”……奥氏的另一部重要代表作《琼斯皇》，场景鬼气森森，神秘而恐怖。琼斯在森林中狂奔，幻觉中不断有鬼怪的踪影，甚至感觉“鼓声里也开始有鬼了”。孟华毫不遮掩地赞赏奥氏剧作中那种鬼影的律动,说它是人物它就是人物,说它是氛围它就是氛围,说它是思想它就是思想,更妙的作用它是悬疑,是惊悚,是观众兴奋剂,它引诱观众充满兴趣地往下看,它紧紧缠绕于观众的心头,让他们摆不脱,甩不掉,走出剧场也丢不下这份思索。《榆树下的欲望》已被孟华改编成为纯粹中原化的《榆树古宅》;而对《琼斯皇》的改编,孟华也是心仪已久;尤其是对《悲悼》的改编,几乎是孟华的夙愿。《悲悼》是奥尼尔能够获得诺贝尔奖的主要作品,是孟华的最爱。孟华以为改编奥作有两种形式,一种是直接改编,一种是间接化解,把奥作的精髓充分吸收,足量消化,广泛播撒。如对奥氏古希腊式鬼魂意识的中国化借鉴及改造后的运用,便是一例。从上述内容我们可以看出奥尼尔对孟华创作的极大影响。奥氏的鬼魂意识在他这里的确得到了认可和共鸣,不然,他特别中意的几部戏,怎么都会有鬼魂的情节呢?我想这绝不是巧合。

4.自身浪漫的个性

如果说文化基因、个人经历、他人影响是酿酒必备的原材料的话,那么,这些原材料要发酵,必得经由剧作家个人的禀赋、气质、个性的共同作用才能实现。中国古代文学史上,擅写鬼魂的纪晓岚和袁枚都属于浪漫的气质。别看孟华表面木讷寡言,但他骨子里透露出的是浪漫的诗意。这种浪漫,使得他不拘于惯常的思维和结构方式,对鬼魂手法产生审美认同;而且当种种现实的方法手段不足以表达他的观念和思想的时候,他便大胆将这种认同付诸实践，通过鬼魂，让善与恶、美与丑、真与伪在这里曝光，成为自己言说的重要手段。

在《春秋出个姜小白》的前言中，孟华就说“司命主簿是浪漫出来的一个人物”，要让它在剧中起“一点陪衬和托底作用，让作品的立意显得更清晰”。可以说，浪漫的个性，是孟华“鬼魂情结”得以呈现的重要决定因素。

二、孟华笔下的鬼魂世界

孟华虽没有明确表达过他的鬼魂观念，但在他的作品中，很多地方都有意无意地流露出他的鬼魂观。如《情断状元楼》中的“人间鬼神不可信，台上鬼神帮好人”；如新版《白蛇传》中的“人中不少奸谗佞，鬼中亦有忠义诚”“天神无情地狱善，鬼多仗义神多奸”。《半个娘娘》中，众人对李桑桑的身份争论不休，侍从甲说：“哪有如此美貌的鬼怪，我看是人。”黄兆年反驳：“你懂什么！自古但凡美貌者，多为鬼怪哉！”侍从乙说：“我看这姑娘挺聪明的，肯定是人。”黄兆年又反驳：“浅薄之至！自古但凡鬼怪者，大多比人聪明！”

从以上看似零散、实则内核一致的表述中，我们能感受捕捉到孟华潜意识中的鬼魂观，能想象出他心目中的鬼魂形象。在这种鬼魂观念的支配下，在很多人看来面目可怖的鬼魂，在孟氏作品中却是美丽的、善良的、仗义的、睿智的、多情的。

1.鬼之多情。《情断状元楼》是孟华根据宋元南戏改编的。王魁状元及第，休了敫桂英。桂英气极而亡，化作鬼魂来到王魁面前。见到负心的王魁,敫桂英不是立马索命报复,而是以极大的宽容和耐心说服王魁,企图以温情唤回王魁的良知。即使在王魁说了“情丝已断,你给我滚”的绝情话之后,敫桂英仍给王魁最后的改过机会:“千条路你都堵绝，给我一条羊肠道。收下我做偏房,为你铺床叠被把茶烧。”当得到王魁“做偏房也瞒不住内中蹊跷,金字塔状元盔恐戴不牢”的回答后,敫桂英又退一步:“不做偏房做奴婢我烧锅燎灶！”王魁仍是不许:“做奴婢?蛛丝马迹也会把祸招。”敫桂英再退一步:“再不然做牛马我推磨拉套?”王魁此时终于撕下了最后的面纱，露出了狰狞面目:“状元府容不得你烟花招摇！”孟华用敫桂英的步步退让,来表现王魁彻头彻尾的负心;用敫的善良反衬王的丑恶,以鬼的宽容反衬人的绝情。因此,这段鬼魂戏,绝非画蛇添足,而是对“痴心女子负心汉”这一爱情模式更深刻、更生动的诠释。

2.鬼之仗义。新版《白蛇传》“地狱”一场,作者借众小鬼之口,对许仙的背信弃义进行了无情的讽刺和鞭挞。白娘子“宁肯首级滚下地,甘换灵芝救夫婿”的真情挚爱连小鬼们都感动得掉泪,却感动不了作为人的许仙和所谓“神”的法海。当白娘子和四仙童打得难解难分、体力渐渐不支时,众小鬼竟然齐声为白娘子求情……作者用地狱的温情反衬出人间的冰冷，以鬼魂的多情反衬许仙、法海的无情。这场戏的设置,对主题同样是有力的加强。

3.鬼之睿智、公正、可爱、可亲。《春秋出个姜小白》中的司命主簿是孟华鬼魂观念的集大成者，也是孟华津津乐道的一个鬼形象。这是一个睿智、可爱、公正、不乏幽默、极具亲和力的鬼。他有正确的是非观、正义感。按照生死簿的规定，齐国的大公子该登基了，他奉命到齐宫画公子纠的人头像。当遭遇了公子纠的鲁莽、蛮横、无理，领略了姜小白的聪慧、英爽、仁厚后，他也会“拿权力泄私愤”，私自做主，叫他“江山换换坐，君主换换当”，把大公子的名下贴上了二公子的画像。阎王爷发现齐国的生死簿问题多多，严惩司命主簿，打他四十棍，蹬他六十脚，并责令他“立即纠正马上行动千方百计找着管仲把魂捉”。司命主簿虽然挨了打，受了气，但看到“列国都在窝里乱，齐国却在擢英贤。列国都在仇相斩，齐国却在仇相蠲”的景象，怎么也不忍心照章办事。当阎王爷要革他的职充军发配时，他也会搞些恶作剧，施法向管仲输入魔念，让管仲扑向齐桓公最宠爱的妃子菁菁。当这一手也未能奏效时，他表现出的也不是掌握生杀大权者的不可一世，而是无可奈何、束手无策……在阴司这个人人平等，不讲公正、原则的地方，我们看到了公正；在司命主簿这个最有资格不可一世的人物身上，我们看到了正直、无私、睿智，非但没有一般主宰命运者的跋扈、可怖，反而给人一种亲和感，这可能就是孟华鬼魂观念的具体体现吧！

三、鬼魂之于孟华剧作之意义

1.思想之意义。文学艺术作品中的鬼魂，多寄托着作者的情思、情感、情绪，当作者某些观点、思想、愿望用正常的手段难以表达或者表达得不够痛快、过瘾的时候，便采用鬼魂这种非人间的形式隐晦地表现出来，托鬼言志。孟华的剧作也是这样。如《春秋出个姜小白》中司命主簿这一角色的设置，就是对主题的有力加强。他出场就告诉人们，人生和历史都是老天爷和阎王爷安排好的，齐国的大公子要登基了，似乎是在宣扬宿命论的观点。但历史并没有按照阎王爷的安排发展，司命主簿作为历史发展的见证人，最后也为齐桓公不计前嫌、以德报怨、重用人才、终成霸业的博大胸襟所感动。作者用“以己之矛，攻己之盾”的方法，完成了对宿命论的批判，张扬和歌颂了齐桓公宽容、大度、坦荡、忘我的胸怀和精神。在剧中，作者鞭挞人性之恶，抨击皇权对正常人性的戕害、扭曲和异化，不是赤裸裸单刀直入，而是借司命主簿这一非人间的人物之口说出来：“当初阎君造黄人，先造一颗嫉妒心。造双眼睛仇同类，造对耳朵信谗音。造副五脏酿怨恨，造颗头颅算计人。造身力气窝里斗，造张大口亲吃亲。人之性，性残忍，不防不备，不争不斗，不杀不抢，不篡不弑，不算正常人！”

《半个娘娘》的故事发生在草深林密、人迹罕至、颇具原始洪荒之貌的荒野，那是魔鬼之域。山南王身边的大臣亲人，谁也不相信此种蛮荒之地会有李桑桑那么温柔、美貌、智能惊人的村姑。即使真的有人救了圣上，那也必定是魑魅魍魉所为，必然另有所图。于是关于李桑桑是神、是鬼、是怪、是奸甚至是否贞洁之女的大争论由此展开。众说纷纭，宏论惊天。然而，却始终统一不到“接娘娘”这个大目标上。作者把人放到鬼域之地进行拷问，使那些别有用心者个个原形毕露。作者的指向就是:“目标在前,目标就是娘娘,娘娘是美好的,是令人羡慕的,诱人的,然而实现目标的路径却是横七竖八的,南辕北辙的。沿着这种路径走下去,目标永远是咫尺天涯。”(孟华语)因此,《半个娘娘》鬼域背景的设置,是这一剧作深刻思想内涵的基础,变换了这一环境,剧作的意义将另当别论。

新版《白蛇传》“地狱”众小鬼对许仙背信弃义的嘲讽,《情断状元楼》中敫桂英鬼魂对王魁的试探等等,都是对人情冷暖的讽刺,对世态炎凉的嘲笑,在一定程度上加强了作品的思想深度。

2.结构之意义。鬼魂在孟华的剧本中已不是简单的思想的传声筒,同时具有结构之意义。新版《白蛇传》增加了“修炼”和“地狱”两场戏,在天上、人间、地狱三界空间展开情节,以神和鬼的理解、关爱,反衬人间的冷漠和不宽容,在主题意义上是一种加强,在结构上是一种丰富和完善。《春秋出个姜小白》以阎王殿前的司命主簿作为戏的串场人物,跳入跳出,既是剧情发展的推动者,又是客观、清醒的旁观者和评说者,是引导情节发展、贯穿全剧的一条主线。而且作者营构的阴阳交错、人鬼共处的世界,也别具一格,对剧本样式是一次丰富和尝试。

《榆树古宅》中柯龙母亲的鬼魂虽然没有出场,但她的设置具有结构上的重大意义。柯龙、艾碧深深相爱但又欲爱不能,且由爱生恨,产生对峙。这时,艾碧引领柯龙来到其母生前的住室,这里有这样几句伴唱:“闻道鬼魂是口气,气凝不散成灵异。人心想处随形现，知天察地达幽秘；小心冥冥不可欺。”这段幕后伴唱是艾碧、柯龙在鬼魂面前的真实心态：鬼魂是不可欺的，在这里是要说真话的。于是，在柯龙母亲的灵魂面前，他们彼此敞开了心扉，倾吐了真爱，二人的心结由此打开，故事由此向下进一步发展。因此，这场戏是柯龙、艾碧关系发生质变的一场戏，是全剧情节开展的枢纽，具有结构上的重大意义。

3. 风格之意义。河南戏从文本到舞台呈现一向以质朴、厚实而著称，富有浪漫诗性品格的作品相对“稀缺”。鬼魂形象的出现，使得孟华的剧作较之其他的河南戏，多了几分神秘，几分浪漫，几分诗意，几分灵动。他将带有浪漫、神秘、奇谲色彩的异质文化融入河南的戏剧文化，提高了河南戏剧的诗性品格。加上他长于抒情、善于浪漫的艺术特色，使他的剧本呈现出与众不同的风格，在百花争艳的豫苑中，显得另类而抢眼！

2006 年 5 月

孟华剧作的喜剧精神

1991 年，应郑州市豫剧团之约，孟华根据姚剧《传孙楼》改编了豫剧现代戏《生儿子大奖赛》。这是个计划生育题材的戏，典型的政策宣教戏，然而它的影响却远远超越了对“定向戏”“宣教戏”的预期想象，突破了这类题材难以超越的“短命”定律。从 1991 年搬上舞台一直到 21 世纪后计划生育政策的调整，盛演了十余年，不仅成为郑州市豫剧团的保留演出剧目，而且被全国多家豫剧团移植搬演。根据该剧改编的同名戏曲电视剧，荣获中央电视台首届 CCTV 杯全国戏曲片一等奖。这些“出乎意料”的艺术回响，来自该剧引人入胜、让人捧腹的艺术效果。那出奇制胜的情节，鲜活生动的人物，诙谐风趣的语言，使得全剧情趣盎然，笑料丛生。一个原本枯燥、无趣的题材，被作者写得风生水起，有声有色。观众此前预设的“对立”“反感”一扫而光，无意之中放下了心理的“警惕”，在开心解颐中水到渠成般接受了作品的题旨用意。

这正是所谓的“寓教于乐”！

透过这个戏，人们陡然发现了孟华的喜剧天分，发现了他对喜剧体裁游刃有余的驾驭能力。

孟华的作品，多历史剧、神话剧、圣贤题材剧，题材宏大，主题严肃，给人的印象多为正剧或悲剧，因而人们往往忽略了他作品的喜剧性。然而，细心留意，会发现早在话剧《劳资科长》时期，孟华的喜剧才能就初露端倪，只是到了《生儿子大奖赛》，这种喜剧天分才得到了淋漓尽致的释放和迸发。1991年，已是孟华告别现实题材创作的数年之后，他正在艺术探索、创新的道路上“披荆斩棘”，正处在纵情恣意的自我“放逐”期。在这个时候，突然问津这样一出带有极强现实针对性的政策宣教戏，采用的又是纯粹的喜剧手法，似乎与他这一时期的“边缘”身份、异质色彩、探索追求有些相悖。然而，从本质上看，《生儿子大奖赛》高度夸张、戏谑、调侃、游戏的精神，何尝不是孟华恣意任性、无拘无束的创作姿态在现实题材上的纵情绽放呢？它和同年创作的、带有荒诞成分、同样灌注着“游戏”精神的《春秋出个姜小白》，何尝不是作者一个精神向度的花开两朵呢？不过出乎预料的是，偶尔“染指”的这个计生题材，天然适合喜剧，也天然适合孟华的“游戏”精神，它让一个沉重的话题变得轻松，让一次紧贴地面的飞行变得灵动，并由此生机盎然。

以《生儿子大奖赛》为节点，无论是此前的《劳资科长》《老包打滚》《情断状元楼》《半个娘娘》，还是此后的《春秋出个姜小白》、新版《白蛇传》、《榆树古宅》、《老子》(初版)，无不或多或少带有喜剧元素。特别是当我们对孟华的创作进行整体盘点时，就会越发清晰地发现，喜剧精神之于孟华的创作，是一以贯之的，只不过在不同的阶段、针对不同的剧目，有手法、形式、层次、效果上的差别，或多或少，或隐或显，或强或弱，它已然成为孟华戏剧创作的一个显性标识。下面就对孟华戏剧创作中的喜剧精神来一番巡礼。

孟华剧作的喜剧方式多种多样，大致看来，有以下类别：

一、喜剧架构

喜剧架构，也就是在创作之初就有明确的喜剧定位，从体裁确定、情节设置、风格样式、表现手法到审美效果都是喜剧的。这种定位自然与内容本身和开掘指向有关。代表剧目就是上述这部让人捧腹大笑的《生儿子大奖赛》。

《生儿子大奖赛》讲述的是：杨家庄能人杨富康，百事顺心，一事别扭，媳妇们光生孙女不生孙儿。这让一家之主杨富康情何以堪！还有什么事能比延续香火更让人闹心呢！于是，杨富康拿一座三层港式小楼“设奖定标”，鼓励媳妇们积极“参赛”投标。围绕着生儿子大奖赛，两个儿媳，甚至是还没成家的杨小三，各显其能，踊跃参赛。儿女们一场“假戏真做”的尽情表演，让杨富康大为感慨，深受教育，最终放下“重男轻女”的老观念、旧包袱，快乐地享受富裕现代、儿女承欢的美满生活。

显然,这是一部带有揶揄、嘲讽意味的现代戏。亚里士多德说:“喜剧是对于一个可笑的、有缺点的、有相当长度的行动的模仿。”意大利批评家戴德罗说:“喜剧作家所处理的题材,即使不是卑贱平凡的事,也都是极其普通而且日常发生的事。”这个戏是极其普通的世俗生活戏,又是对一个可笑的、有缺点人物的行为的善意嘲笑,因而,它天然合适喜剧。

然而,要拿“多子多福”“儿孙满堂”“传家继业”“延续香火”“养儿防老”等根深蒂固的传统观念“说事”,观众不反感、不“对抗”才怪。“要让他们忘掉‘对立’,放下‘武器’,心甘情愿而且有滋有味地走到我们面前,来欣赏对立面的美丽,只有艺术这条道路。”[1]为了“制造”出化解情感壁垒的化合剂,孟华充分释放了他的喜剧天性,在喜剧架构内,纵情“游戏”,尽情幽默,从情节、人物、语言等各方面进行了全方位的艺术化、喜剧化,让捆绑题材的绳索在笑声中自然抖落。

首先,情节铺排极尽夸张,却又不失分寸,并不滑向荒诞。孟华认为,“戏的本名是‘嘻’。嬉戏、游戏、儿戏、调戏……凡‘不正经’的都是‘戏’。只要是戏,人们就愿意看”[2]。《生儿子大奖赛》中,杨富康“设奖定标”,举办“生儿子大奖赛”的行为本身就具有游戏性、夸张性,围绕这个核心事件组织的戏剧情节,也都带有

[1]孟华:《让绳索在笑声中抖落》,《半个集》,中国戏剧出版社,第496—499页。
[2]同上。

一定的夸张和“游戏”意味。如大儿媳巧巧为早一点拿到楼房钥匙,捷足先登,率先想出“皮枕裹肚”之计;张瞎子耳听八方,摇着卦筒上门,利用杨家婆媳的心理,上演了一出各自盘算、彼此成全的“瞎子算卦”;二儿媳多多本是乡长的女儿,思想开明,却不得不在管计生的小姑子翠翠的筹谋周旋下,一夜之间“绣花枕头鼓肚膛”;十六七岁的杨小三更是开动脑筋,“缩减程序”,找来个“刚过月子,才生儿子,鼓着奶子,死了男子,单人独子的寡妇妻”,成功跃级,获得参赛资格……这些情节,在生活的基础上,都做了一定程度的夸张、变形,但又紧紧立足于生活和逻辑的可能,夸张而不失真,滑稽而不荒诞,它们是支撑起这台生活喜剧的主脉骨架。

其次,人物性格喜剧化。因为剧中的所有人物,都是这场生儿子大奖赛“游戏”的参与者,因此,剧中的每个人物几乎都具喜剧性。这是一部满台喜剧人物的喜剧。作者着力挖掘每个人物性格中潜藏的喜剧因素,把它们放到同一个舞台上展现,使得这台戏的喜剧性格多姿多彩,一人一面,绝不雷同。如杨富康经济上的财大气粗与观念上的保守落后,杨母在老头子面前保家有功的“气盛”与在孩子们面前舐犊情深的慈祥,形成强烈反差,以“反差”构成两位老人的喜剧色彩。张瞎子“侧耳一听,知西辨东;脑袋一摇,明察秋毫。端上一张嘴,喝遍三江水;摇响算卦筒,干鱼能说肿”,以眼不观六路、耳能听八方的能说会道、油嘴滑舌构成滑稽色彩。大儿媳张巧巧,精明刁钻,见风使舵,处处打算,又常常失算,以"聪明反被聪明误"构成反讽。二儿媳多多,知书达礼,温顺贤惠,可当蒙在鼓里的丈夫醋意大发,她也会"偶尔露峥嵘",即兴演一场"枕肚戏夫"的生活小戏。杨小三调皮顽劣,善于捉弄爹妈,以出乎意料的怪诞行为制造出笑料……孟华在改编之初,曾说过,改编的一个核心任务,就是"塑造活人"。"一部戏的成败,关键取决于戏中人物刻画成功与否。观众要看的是活生生的'人',讨厌的是死板板的说教。"[1]应该说,他的这个追求完全实现了。全剧每个人物身上放射出的喜剧色彩都是自然的流露,真实鲜活,引人发笑,然而引起笑的缘由却各不相同。

再次,表现手法和语言的喜剧化。《生儿子大奖赛》用了夸张、变形、反讽、对比、错位等多种喜剧手法,强化喜剧效果。尤其是在语言唱词上,大量运用比兴、民谣、顺口溜、对仗、反复等手法,"百子宴"甚至围绕着"子"字玩起了文字游戏。全剧追求人物语言的性格化、风情化、幽默化、韵律化、心理化。读剧本,性格的喜剧色彩就跃然纸上。来看其中"瞎子算卦"的一个小片段:

[巧巧要去抽签,杨母拦住巧巧,自己先抽出一根签,递给张瞎子。

张瞎子 (接签在手,上下一摸,念道)你这个签,是闲签,你与算卦无有关;讲得少了闲打缠,讲得多了伤金钱。——老嫂子,从签上看,今天算卦的不是你,

---

[1]孟华:《让绳索在笑声中抖落》,《半个集》,中国戏剧出版社,第498页。

神灵不可戏耍,你就别抽了。

杨　母　(信服得只咂嘴)啧啧,你看多灵!(推巧巧去抽)

[巧巧抽了一支递过。

张瞎子　(接签一摸念道)你这个签,抽得急,事关身孕和肚皮。说明白了露了底,不说明白全家急。

巧　巧　(心虚地)那就别说了!

杨　母　不行,说明白!

巧　巧　不说了,不说了!

杨　母　算卦就得说明白,算到底。

张瞎子　抽签算命不到底,一生艰难贫如洗;本来有福变成祸,该生男来变生女。

杨　母　(又惊又信服得五体投地)看看,我说得算到底吧!

巧　巧　(半信半疑)那就算吧……(正欲再抽签)

张瞎子　(呼啦收起签筒)抽签要心诚,先得敬神明;烧上三炷香,才能问真情。

张瞎子的语言,多用俗语、顺口溜,对答如流,朗朗上口,诙谐幽默,显示了他走街串巷、头脑灵活、能说会道的江湖身份,带着极强的职业特点和个性特色。语言,成为这台喜剧实现喜剧效果的有效手段。

总之,喜剧架构,不光指体裁和风格的定位,而且这个喜剧外壳所包裹着的,一定是喜剧的内核,填充起这个架构的筋骨血肉,如情节、人物、行为、语言也都是喜剧的。也就是说,它从外到内,从形到神,重彩浓抹,全方位提汲喜剧因素,通体散发着喜剧的气息。传孙楼下这台戏,演得热闹,逗得有趣,闹得欢畅,笑得开心。

二、喜剧线索

喜剧线索,是指一部作品从结构上讲有两条线索,其中有一条线索具有喜剧性。因为贯穿全剧的这条线索具有结构之意义,因而也可以称这类作品为“半喜剧架构”。代表作品有《老包打滚》、《春秋出个姜小白》、《老子》(初版)。

《老包打滚》是根据豫剧传统戏《下陈州》改编的,改编中一个重要的着力点就是形式的变化。剧中设置了一个串场人。所谓“串场”,就是穿起故事的一条引线,起连缀、引导、解说、点评等作用。他是一个旁观者,代表作者在发声;也是一个情绪调剂师,在每场的开头或结尾,跳出来插科打诨一番,让观众从对灾民的怜悯、对曹国舅的愤怒等情绪中跳出来“舒缓”一下,或预告一下剧情,起穿针引线作用。但从整体结构来看,串场人这条线索还没有更深地融入剧情,他是附着在整个戏中的一条“浮”线,有他无他,并不影响剧情的行进,也不会引起结构上的松动。其作用主要是给全剧涂抹一些喜剧色彩,增强它的可看性。

相对于《老包打滚》中串场人的浅层敷贴,《春秋出个姜小白》中的司命主簿和《老子》(初版)中的蛊、惑二仙这两条线索就显得更加迤逦多姿,体现出别具匠心的深意来。从结构上看,它们是支撑起全剧架构的梁柱,是情节推进的重要力量,某种程度上也是故事发生的动力引擎。如《春》剧就是从司命主簿来人间行使他的职责拉开序幕的。他要为即将登基的齐国大公子补一幅人头画像,可就是画他不成,于是,只好将错就错,让他“江山换换坐,君主换换当”,由此卷入了这场争权夺位的宫廷大战。《老子》中的蛊、惑二仙,也是带着天庭之命来到人间,对散布“道可道,非常道”之人实施蛊惑之术。他们不但是故事发生的始作俑者,同时也是情节走向的掌控者。超自然的神性,使得他们能够随时跳入跳出,介入到情节的发展中来,按照他们的意志实施魔法,点化人物,干预行为,改变矛盾,使情节朝着他们预设的方向发展。所以,这两条线索之于全剧,就不是可有可无的存在,而是整个架构的一部分,和主线紧紧地绞在一起,相互推动,彼此印证,推动情节一步步朝前发展。如果抽离这条线索,整个架构就要散掉,全剧就要重新结构。《老子》从神话版变为现实版的颠覆重来即是证明。

从风格上讲,司命主簿和蛊、惑二仙这两条超现实力量的线索,都带有一定的游戏、寓言性。同时,因他们分属冥界和神界,能够以超越的心态跳出人间看人间,或俯瞰,或调侃,都是“一种跳出三界外,不在五行中”的超然心态,加上他们分别属于冥界和神界有缺点的、在人们心目中不太神圣的角色,故而他们的行为都带有一定的调侃意味、荒诞色彩。这些,都赋予这条线索以喜剧特质。也就是说,这条线索带有与生俱来的喜剧性。它和庄严恢宏的另一条正剧的线索相辅相成、亦庄亦谐,为沉重严肃的历史剧涂抹了一丝靓丽的色彩，增添了一抹难得的情趣，使这种严肃的题材变得更活泼，更轻松，更好看，更容易被普通观众接受。

从题旨意蕴上看，两者都是以外来者的视角，审视评判，对主题进行反向强化。《春》剧中，司命主簿声称人的生死是早就安排好的，天命不可违。但齐国君臣却以超越常人的作为打破这种宿命论，使得阎君打破规矩，为他们集体增寿。《老子》中蛊、惑二仙对老子实施蛊惑之术，要将其变为一个常人。可“金探”“宦探”“情探”轮番考验后，老子非但没有变为常人，还被天帝擢升到天庭司理太上老君之职，由凡界抵达神界……两剧的最终走向，都与初衷相悖，都是违背常理，打破宿命，颠覆预设，以“反转”实现超越。

概而言之，这两条喜剧线索的营构，不仅是铸就全剧风格的需要，更是一种结构的手法，还是一种强化主题的他者视角。它们的存在，连接着虚幻和现实，沟通着过去和现在，调剂着庄严和诙谐，暗藏着玄机和深意，可谓一石多鸟，大有乾坤。这类戏虽不是严格意义上的喜剧，但因有喜剧线索贯穿其中，也算是半喜剧架构了。

三、喜剧情节

李渔在《闲情偶寄·重机趣》中说：“‘机趣’二字，填词家必不可少。机者，传奇之精神；趣者，传奇之风致。少此二物，则如泥人土马，有生形而无生气。”可见，“机趣”对一部作品而言有多么重要！李渔同时还说，“即谈忠孝节义与说悲苦哀怨之情，亦当抑圣为狂，寓哭为笑”。意思就是即使谈论忠孝节义之事和诉说悲苦哀怨之情，也要狂放不羁，寓哭于笑。这里面包含着一种艺术辩证法，就是正经的话题也可以用调侃的方式，悲伤的情绪可以用喜剧的表达。在孟华的正剧或悲剧作品中，经常会看到一些喜剧情节，它们正是作品的“机趣”所在，体现出作者对“机趣”认识的高度认同和自觉践行。这些情节，犹如镶嵌在全剧中的情绪调控器，剂冷热，调明暗，协悲喜，烘主题。

根据宋元南戏《王魁负桂英》改编的《情断状元楼》是一出悲剧。妓女敫桂英雪地之中救下了饥寒交迫的王魁，倾其所有，供他读书，两人恩爱无比，在海神爷前盟下誓愿。王魁得中之后，休了桂英，另觅新欢。桂英悲愤交加，到海神爷前哭诉求告，海神爷主持正义，终将王魁投入火海。这无疑是一出悲剧。但在孟华改编的《情》剧中，安插有两段精心构织的喜剧情节。一个是第二场。桂英为供养王魁，变卖家产，几尽所有。丫鬟玉凤便问：“你对他这样好，他对你又如何呢？”桂英回答：“彼此无二。”玉凤却说，“我才不信哩！他们读书人，受难的时候，说的比唱的都好听，一旦及了第，拐过头就骂咱们烟花女子下九流”。桂英却十分笃定地回答，你姐夫不是那样的人。玉凤又说，是不是那样的人，我倒要试他一试。于是，她藏起桂英，惊慌失措喊来王魁，说姐姐叫金璧老贼抢走了。王魁一听，顿时哭天抢地，捶胸顿足，誓死要找金璧老贼拼命。这时桂英突然出现，王魁破涕为笑，继而又像孩子一般放声大哭，再三表白："如果你被抢走，我王魁还怎么活在人世！"真情实意，唯天可表！这段玉凤"戏弄"王魁的情节，目的在于渲染、强化王魁对桂英的感情，并通过其他在场者见证、鉴定王魁的表决心，与他后来负心时的冷酷无情形成了鲜明的对比。喜剧手法，悲剧铺垫，用的是以喜写悲的反衬之笔。

另一个富有喜剧性的情节是在王魁赴京赶考两人离别之际。这是随从王忠和丫鬟秋菊的一段戏。王忠挑着行李担子上，丫鬟秋菊气喘吁吁追上，说炖人参的砂锅忘带了，姐姐说外面的砂锅用着不放心，一定叫带上。王忠将砂锅装好，挑起担子没走几步，秋菊又拿着棉兜肚追上来，说姐夫有个寒气病，一犯病肚子上就起疙瘩，姐姐说戴上这个棉兜肚一暖就好。王忠大笑着再次把它装进行囊。转眼，秋菊第三次追上来，拿着的居然是一只皮老虎。这下王忠眼泪都要笑出来了。这少爷多大年纪了，还玩皮老虎？秋菊说，你哪里知道，姐夫读书的时候爱打瞌睡，姐姐一捏皮老虎，姐夫马上头脑清醒，聪明到顶……三样物件，三次反复，通过两个贴身仆人富有喜剧性的三追三停、三问三答，从一个侧面强化了桂英对王魁无微不至的体贴，细化了一对夫妻的恩爱之情。和前面玉凤对王魁的"试探"形成呼应，从多个侧面、通过多人视角见证他们的恩爱，为后面一朝得中、瞬间反悔的"背誓"做了反衬。很显然，这里的两处喜剧场面，用的都是烘云托月之法，以前面的笃定反衬后面的动摇，以前面的恩爱反衬后面的决绝。故而，当王忠得知少爷让自己送回来的是休书而非喜报时，义愤填膺，咬牙切齿般喊出："苍天爷若有眼快快显圣，拿王魁下油锅才算公平！"而玉凤此前所说的"一旦及了第，拐过头就骂咱们烟花女子下九流"，也一语成谶，不幸言中。作者以喜写悲，愈显其悲；反向用力，正向加强。情节设置巧妙，意蕴深刻。

圣贤题材戏《王阳明》中，同样设置了一个喜剧情节。王阳明因弹劾刘瑾，被刘瑾以"忤逆朝政诽谤圣聪"之罪廷杖四十，发配贵州龙场。流放路上，江水滔滔，荒草连天，王阳明孤独无助，艰难行走。突然，背后传来喊他的声音，原来是刘瑾派来追杀王明阳的二位锦衣卫。二位说，我们是来送你回家的。王阳明开始很当真，送我回家？可惜我王阳明"乃羁罪之身，贬谪贵州龙场，不敢擅自回家"。锦衣卫接着就告诉他，这里就是你的家，明年的今年就是你的忌日。这下王阳明才恍然大悟，原来是要我性命来了。王阳明是什么人物，岂能束手送死！就和两位锦衣卫周旋起来，好慢慢让他们放松警惕。果然，锦衣卫甲说："我们也知道你王阳明没有罪，你那奏章上忠天子，下善朝臣，都是金玉良言。问题是你叫错号了，你那奏章皇上根本看不到你就变成屈死鬼了。"另一位则说："想哭就哭两声，想骂就骂几句吧！我们赶着交差呢！"于是王阳明就假戏真做般哭出声来：

王阳明　（真的哭出声来——吟唱）啊，啊，我哭一声忠言获罪，叹一声良策遭诋，怨一声权奸当道，嗟一声报国无门。此情，此境，此时，此刻，命之囧囧，运之迫迫，死之厄厄，何恨何悔，何言何语呀！

锦衣乙　哥,你知道他说些啥?

锦衣甲　哥也听不懂。

王阳明　请帮我写下来。

锦衣乙　俺听都听不懂,咋着帮你写?

王阳明　我自己写。

锦衣甲　那,你写吧。

王阳明　纸笔伺候!

锦衣乙　吔!还伺候哪?你以为你还在九司十三部啊!这荒坡野地哪里弄纸笔呀?

王阳明　左厢村店就有,帮我买一些来。

锦衣甲　你拉倒吧,俺可没这项开支。

王阳明　我这里有十两银子,烦请代买纸笔。余下银两就买些酒肉菜肴权作答谢二位。

二位一听有肉吃有酒喝,还有小费可挣,和王阳明更近乎起来,自然也放松了警惕。王阳明则以抑作狂,长歌当哭,高唱绝命诗。二位有吃有喝,似乎也变得有了恻隐之心:

锦衣乙　我说王阳明啊,你先陪着俺弟兄们吃点喝点争取做个饱饱鬼。没听说吗?饱鬼早超生,饿鬼填阴坑。

王阳明　吃不下哟!我只配做个填阴坑的饿鬼。(取过纸笔)二位慢用。我要赶紧写遗书了!

岂不知王阳明是在用自嘲请君入瓮!在他们酒酣耳热之际,王阳明趁机脱身,并伪造了投河自尽的现场,成功躲过一劫。钱锺书先生在《说笑》中谈道："一个真有幽默的人别有会心，欣然独笑，冷然微笑，替沉闷的人生透一口气。"孟华在王阳明最无望、最低谷的人生困境中，设置了这样一个喜剧情节，让王阳明认真陪他们演了一出戏，就是替主人公沉闷的人生透一口气。而且，这样一个喜剧情节并非人为强加，而是王阳明性格之树上开出的艳丽小花。《闲情偶寄》中载，王阳明登坛讲学，反复辩说"良知"二字。一个愚蠢的人听了问，请问良知这件东西，还是白的，还是黑的？王阳明曰："也不白，也不黑，只是一点带赤的，便是良知了。"李渔评价："照此法填词，则离合悲欢、嬉笑怒骂，无一语一字不带机趣而止矣。"[1]所以，孟华在戏里为王阳明设计这样一段喜剧情节，既符合王阳明的真实性格，也从一个侧面塑造了一代圣贤在人生走入绝境时内心的强大和淡定。同时，通过他和两个锦衣卫的调侃，对当时宦官专权、朝政黑暗的现实也给予了嘲弄。

新版《白蛇传》中的"地狱"一场，同样是作者增设的一个喜剧情节。惊吓而死的许仙下到地狱，判官、众鬼神对他盘问，得知他乃是被蛇妻惊吓而死：

判官　我问你，你怎知你妻是蛇？

许仙　端阳节我让她喝了雄黄酒……

判官　你大胆！雄黄乃是剧毒之物，尔竟敢化酒灌妻？尔犯

[1]李渔：《闲情偶寄》（上），时代文艺出版社，2001，第36页。

了一级谋杀之罪！

许仙　那都是法海指使的呀！

判官　你听信教唆，罪加一等！来呀！将这个无情无义、忘恩负义、背信弃义的小知识分子下进油锅！

许仙哭天喊地，大喊冤枉，众鬼毫不同情，嘲笑挖苦。地狱的最高长官——判官甚至对许仙的人品做出了权威鉴定："听信教唆你缺道义，知恩不报你品行低。歧视异类你亏天理，背叛爱情你啥东西！"作者借众鬼之口，对许仙的左右摇摆、三心二意进行了嘲弄；对白素贞"任凭首级滚下地，甘换灵芝救夫婿"的真情挚爱给予了礼赞。对比之下，高低自现。

从上述分析可以看出，孟华剧作中的喜剧情节，可概括为：借他者视角，判定是非；以反衬手法，突出强化；以幽默调侃，书写严肃。

四、喜剧性格

这里所说的喜剧性格特指正面人物的喜剧性格，他可能不以喜剧面孔示人，但其行为举止所引起的效果极具喜剧性，这是其性格赋予的内在气质，和以幽默、风趣、调侃、插科打诨、滑稽等外部手段引人发笑的喜剧人物有所不同。"在喜剧中，情节和语言虽然非常重要，但是如果脱离喜剧性格，单靠喜剧性的情节和语言制造笑料，那就格调不高，不可能成为优秀喜剧。"[1]而喜

[1]陈瘦竹、沈蔚德：《论悲剧与喜剧》，上海文艺出版社，1983，第 77—78 页。

剧性格的人物,也并不一定是在喜剧体裁的作品中。正剧体裁、正面人物、喜剧性格"三位一体",正是本话题之所指。这类人物主要生活在孟华的早期作品中,话剧《劳资科长》中的男主南宫九,《半个娘娘》中的救驾大臣黄兆年是其代表。

《劳资科长》中的南宫九从表面看,并不招人待见,"他那副宽大的脸,常常显得过分严肃,难得露出一个笑容,厌烦肌发达,喜悦肌萎缩。他说话的时除候了嘴唇不得不勉强做些闭合动作之外,整个面部很像一幅柿子木的雕刻品"。可以说这是一个外表刻板、冷漠,很难看出内心波澜的人。但实际上他的内心却极为复杂,波澜壮阔。因为劳资科长这个特殊的位置,使他成为炙手可热的人物,无数双眼睛盯着他,无数人和他拉关系、套近乎,都是为了能从他手中弄到一个"指标"。他既要在这层层叠叠的关系网中左右逢源,又要守住职业操守和良知底线,不得不伪装自己,戴上一副自我保护的"面具"。那张"柿子木的雕刻品"似的脸,某种意义上就是他自我保护的"面具",这张面具下面喜怒哀乐的丰富变化,才是基于真实性格之上的真实"表情"。

我们来看一下第一幕南宫九接电话的片段:

(南宫九抓起电话,听了一下,不答话便挂上。他疲乏地甩掉外衣,揉着坐骨神经。电话铃又响,他不得不再次抓起来,听了听,又想挂上,但显然这一次电话里是位熟人,于是不得不搭腔)……噢!牛经理,还是你呀!上班你缠我,下班还来缠我,你到底叫不叫我活了?……(生硬地)不行!要谈,明天上午到办公室,你不能把人领到这里!……我可告诉你,这个地点你可不能给我暴露了,要不然我跟你算不完的账……(说完,啪地挂上电话,拧出一条毛巾搭在额头上,点上一支烟抽。电话又响。他又不得不烦躁地抓起来——)我说你有完没完?我就是不接见!有意见你去上边告我!我要休息!……(渐转笑颜)噢!董局长啊!你从省里回来啦?……总结?我正在赶写哪!不疲劳,不疲劳!……好好,我抓紧,我抓紧!……(赔笑)嘿嘿嘿!……(疲惫地放下电话,关掉室灯,倒进沙发,拉起条毛巾被蒙头欲睡)

三个电话,三种态度,或不理不睬,或任性发火,或曲意逢迎,我们从这些文字描写中,能读到南宫九面对不同来电者时面部的阴阳变化,腔调的冷热转换,形体的松弛僵硬……没有喜剧手段的刻意使用,但主人公对待三个电话的态度对比,极具喜剧性,它是人物真实性格、真实内心的本能反应、自然流露。这颗"开心"之果,根植在人物性格之树上,因而它引起的笑,更自然,也更会心。

戏剧创作理论中,常常强调通过情节塑造人物性格。美国著名戏剧理论家贝克的说法正相反,他提出了"性格就是情节","它引导我们从性格出发去结构情节,而避免让设计好的情节去支配人物"[1]。在《劳》剧创作过程中,孟华力图用自己的创作去

[1] 孟华:《戏外几句淡闲话》,《河南戏剧》1984年第3期。

实践贝克的理论,“把眼睛牢牢盯在人物性格上,一个动作,一个细节,一句台词,都力求出自人物的方寸,符合人物的性格”[1]。《劳资科长》第三幕中,有这样一个情节,南宫九的表弟、妻子、母亲为了得到那个唯一的进人指标,对他的住所进行“围剿”,破窗而入,准备等他进门逮个正着。这时,搞科研的文玉博也来找南宫九,她看到屋里有人,门却锁着,觉得奇怪,便问,南宫科长在吗?南宫的母亲摇摇头说:“不在。”文玉博说:“那就麻烦老人家转告他,一个姓文的女同志来过了,如果需要,另约再来。我走了!”就在她转身欲下之际,身后突然传来南宫九的声音:“文医生,请不要走!”众人吃惊地四下寻找,从靠墙的床式沙发的背后缓缓站起了南宫九。这个情节可以说是异峰突起,出人意料。然而仔细琢磨,又觉得它合情合理,顺理成章。处在亲人层层包围、节节进逼之中的南宫九,不胜其烦,无处躲藏,“他性格中的隐忍、恕让、委曲求全、苦中作乐的成分,决定他只能这样做”[2]。孟华说,这个情节的产生,连自己也感到意外,它是依据性格逻辑的发展顺理成章而出现的。李渔在《闲情偶寄·重关系》中讲,填词“所难者,要有关系。关系维何?曰:于嘻笑诙谐之处,包含绝大文章;使忠孝节义之心,得此愈显”。填词真正难的,是要写出关系。什么是关系,就是在幽默诙谐当中,包含有深意,使所要表达的主题更加突出。这个富有喜剧性的情节就写出了一种关系,当

---

[1] 孟华:《戏外几句淡闲话》,《河南戏剧》1984 年第 3 期。

[2] 同上。

人物处于矛盾交织的胶着状态时,这样一个情节,将全剧陡然激活。南宫九的躲藏,是他在各种关系的博弈中痛苦不堪、虚与委蛇、无助无奈的选择;而文玉博到来他的“站出”,则预示着他在和四面八方的外部力量及自我内心斗争后的最终抉择。他的这个“站出”,是对不正之风的关系网的冲破,也是自我精神的超越。从他的态度中,我们看到了他性格的发展,人格的光芒,精神的攀升。观众在发笑的同时,发现这张“柿子木雕刻般”的脸,渐渐露出喜怒哀乐的人性本真来,一个党的基层干部的形象由此鲜活起来。

尽管《劳资科长》也用了误会、夸张等手法,但更多的喜剧效果来自人物的性格内部,正因为此,它才会成为一出“在笑声中给人震动的好戏”(曹禺语)。

《半个娘娘》中的黄兆年,同样是一个具有喜剧性格的人物。他忠心保君,拼死救驾,对主子可谓忠心不二。他所有的行为都是认真严肃的、真心诚意的、尽心尽力的,但其结果总是好心办坏事,与主子的愿望背道而驰,越来越远。他是全心全意办坏事,认认真真犯错误。黑格尔说:“任何一个本质与现象的对比,任何一个目的因为与手段对比,如果显出矛盾或不相称,因而导致这种现象的自否定,或是使对立在实现之中落了空,这样的情况就可以成为可笑的。”[1]黄兆年越认真,他的行为所引起的效果就

[1]《美学》第三卷下册,商务印书馆,第291页。

越荒谬,其目的与结果之间的严重错位,产生了喜剧效果。但观众在发笑的同时,也会深思产生这种错位的原因,它深植在人物的性格里、意识中。

从以上两个角色来看,塑造正剧中的喜剧性格,无疑难度更大,它不能过多依靠外在的喜剧手段,更考验作者塑造性格的能力。孟华在这方面表现出了他的功力。特别是《劳资科长》中的南宫九,成为80年代中国话剧舞台上鲜活独特的“这一个”,一个有血有肉、令人难忘的正面喜剧人物形象。

喜剧架构、喜剧线索、喜剧情节、喜剧性格,还有作品中处处闪耀、本文未及展开的喜剧语言,无论哪种方式、哪个层级,都张扬着孟华自觉的喜剧精神,体现着他明确的喜剧意识。孟华的喜剧意识来源于他与生俱来的自嘲精神。真正的幽默是能反躬自笑的。生活中的孟华,颇有几分幽默,不过他的幽默是那种不动声色的幽默,是会心的幽默,多体现为一种自嘲。我们看他写的创作体会或随笔,就会发现字里行间自嘲频现。他在《劳资科长》的后记中写道:“这种小投入与大收获之间的反差曾使我羞颜半遮,常有一种信手捡个大便宜甚至是无功受禄的感觉。这种感觉让我持续了好久好久而相当不自在。”他给自己写的小传中,自我评价是:“回望自己作品,一概嗤之以鼻;检点全部家当,合格未及半部。”而将第一个作品集取名《半个集》,表达的也是“一生浇灌无囫囵,半个尚且是天成”之意。自我戏谑,自我调侃,自我解嘲，这是一种勇气，也是一种幽默，更是一种人生的智慧，它让孟华在功名利禄面前保持了智者的清醒，始终对自己抱有客观的认识，能够坦然面对人们对他的一切评价，批评也罢，赞扬也好，均能做到“也无风雨也无晴”。

喜剧同时也是一种立场和态度。孟华作品中的喜剧人物，多是一种局外人、旁观者的身份，如《春秋出个姜小白》中的司命主簿，神话版《老子》中的蛊、惑二仙，《老包打滚》中的说书人，新版《白蛇传》中的判官、小鬼，《王阳明》中的锦衣卫，等等。他们虽然也是故事的参与者，但同时也是旁观者，更多时候是在替作者发声，代表作者的态度和看法。因他们多在矛盾的外围，故而能够以客观的心态看待或评价剧中发生的故事。当一个人能够以跳出事件的心态看事件的时候，便有一种凌然跃出的超脱感，所以这些人物多是喜剧人物，他们代表一种看问题的立场和态度。

当然，喜剧也是一种审美的效果，是剧作家的一种审美追求。孟华从小泡过戏班，看过或演过很多传统戏，对传统戏中的“科诨”大为欣赏，且对可看性、娱乐性孜孜以求。正像李渔所讲：“插科打诨，填词之末技也，然欲雅俗同欢，智愚共赏，则当全在此处留神。”在创作《劳资科长》时，他思考的是如何使英雄人物更“长寿”；在《半个娘娘》时，他努力的是如何为题旨的表达寻找新奇的形式；《生儿子大奖赛》时，他所做的是如何寻找和观众之间的“情感化合剂”；在《春秋出个姜小白》时，他想实现的是如何为深沉凝重的历史剧融入几分灵动和轻松……所有这些，都成为他寻求喜剧表达的一种动力;喜剧,也成为他一以贯之的精神追求,并最终熔炼成为他艺术创作的鲜明个性和风格。

完稿于 2020 年 8 月 5 日

修订于 2020 年 8 月 8 日

摇曳多姿的语言艺术

先说一则小故事:某知名艺术家打造代表作,向朋友征询作者人选。朋友郑重推荐孟华。艺术家沉思片刻答:孟老师的剧本有个毛病!朋友大感意外,忙问什么毛病。艺术家答:演他的戏观众净看字幕,不看表演了。虽是个笑话,却道出了一个事实:孟华的唱词太精彩,太引人注目,以至于演员担心它会“抢戏”而对演他的戏心有忌惮。因此,研究孟华的创作,语言是一个无法绕开的话题。

但这实在又是一个极不好说的话题。

它看似是一个显性的特征、鲜明的标志,但真想去分析,却不知从哪里入手。结构、技巧、形式、性格、节奏、风格、特点……所要展开的面向太多,但彼此之间又交叉缠绕,密不可分。思索再三,还是决定采取由外入内的方法,也就是先从戏曲语言的外部特点入手,从直观感觉谈起,再尝试由浅入深,慢慢渗透,触及话题内核。

一、诗性特征

戏曲理论家张庚提出了戏曲的“剧诗说”。所谓“剧诗”，就是要以“诗”的精神来统照从剧本到表演的整个舞台。具体到戏剧文学，是指戏剧结构、情节行进、戏曲语言的诗性特征。再具体到戏曲语言，是指与中国古典诗词一脉相承的诗性传统。

（一）从形式上看，孟华的唱词，语言精练，对仗工整，用韵讲究，具有中国古典诗的形式美和声韵美。如新版《白蛇传》中许仙上场的定场诗：“清明扫墓南岭下，一路烟雨桃杏花。归来好景无心耍，贫寒总以忙为家。”《马可与公主》中公主出场前的伴唱：“莺飞草长四月天，春风遍度玉门关。胡笳唤醒塞外柳，长城趴绿万里山。”《美兮洛神》中的开幕伴唱：“天下美神驻伊洛，香裾玉趾凌碧波。何以唤得仙影现？子建骨笛相思歌。”《魂断蓝桥》中的开幕合唱：“日寇掠土把人杀，壮士饮恨不回家。英魂驻守蓝桥下，没齿不忘九一八。”《王阳明》中王阳明的上场诗：“韦编三绝孔孟仿，探隐索幽觅老庄。程朱阅尽尚迷惘，启迪五溺是娄谅。”……不管定场诗、上场诗、合唱、伴唱，都如七言古诗，明白晓畅，朗朗上口，在交代叙述之外，亦不乏意蕴。有些用词如“唤醒”塞外柳、“趴绿”万里山、“凌”碧波等，确有古典诗歌的尖巧新奇；而“草长莺飞”“遍度玉门关”“韦编三绝”等，或用典，或对中国传统诗歌巧妙化用，都显示了作者深厚的古典诗词功力。

那些长达十几句、几十句的大段唱词，更体现作者的诗词功力。众所周知,板腔体唱腔是以一个上下句为基本结构单位,除了第一个单元的上下句要押韵,其他单元只要下句押韵就可以了。但孟华的大段唱词,几乎都是一韵到底,俗称“楼上楼”。比如《生儿子大奖赛》中张瞎子的唱段:“杨富康金钱万贯缠在腰,美得他从头到脚都发烧。港台式三层楼房已盖好,养鸡场换下他的豆腐挑。”整段唱24句,全部押“遥条”韵;《老子》中紫茸的唱段:“河之图洛之书千年神鉴,隐纵横藏造化玄机万千。只可惜千年来世无慧眼,储深宫束高阁蛛封尘淹。多亏了师傅他有缘亲展,解隐幽破真谛尽开密栓……”14句唱词押的都是“言前”韵。这种“楼上楼”式的段子,既要避免重字,也要回避倒韵,对曲家来说是极高的填词技巧。李渔说,杭州才人沈孚中,“长于用才而短于择术,致使佳调不传,殊可痛惜”[1]。就是说沈擅长文采却短于用韵,从而使得佳作不传,实在可惜。孟华的唱词,文采飞扬,善于用韵,且“爱用窄韵、险韵,又爱一韵到底”(刘景亮语),能于窄处求奇,险处取胜,文采声韵兼得,读之朗朗上口,品之口有余香,故而能吸引观众的注意,甚至是过目难忘。

(二)孟华唱词的诗性特征还体现在它的节奏和律动性,也就是它的音乐性。王国维在《人间词话·补笺》中说:“词者父诗而子曲。”就是说宋词上承唐诗,下启元曲。由此不但可以知道戏曲唱词和诗的血脉关系,也知道唱词和音乐天然的关系。诗歌从来

[1]李渔:《闲情偶寄》(上),时代文艺出版社,第57页。

都是用来咏叹的、吟唱的,宋词、元曲也俱是披之管弦的。因此,唱词的音乐特性应该是剧作家创作时自觉的音乐意识,“曲谱者,填词之粉本,犹妇人刺绣之花样也”[1]。谱曲就是填词的粉底,就像妇人刺绣时用的花样一样。显然,唱词的音乐性并非指音乐家后天赋予它的旋律,而是唱词自身蕴藏的内在节奏。音乐和唱词两位一体,都是情感的律动,是流淌在唱词内部的诗性特征。真正好的唱词,都是自带节奏和旋律的。剧作家杨兰春写唱词,写着哼着,待一段唱词写完,这段唱的基本旋律和唱腔也就出来了。这种唱词,因唱词和旋律和谐共振,水乳相融,演出之后,很容易被观众接受,也更容易传唱。《朝阳沟》中妇孺皆知的“亲家母,你坐下”就是典型的例证,看似拉家常,碎碎念,却流淌着诗的律动,词曲结合得竟是那样天衣无缝。

孟华的戏曲语言,某种意义上就带有这种天然的节奏感和韵律感,这与他的诗人气质相关,也与他作曲兼指挥的职业出身有关。和他数度合作的作曲家耿玉卿说,“孟华的唱词带着腔,念着词,旋律就来;品着味,就得哼哼;一进戏,就想动笔”[2]。下面我们就来探寻一下孟华唱词是如何自带腔调的。

河南曲剧是曲牌体结构,它的唱词应该是依腔填词,也就是像李渔所说的曲是词的“粉底”。但是,真正在填词时带有曲牌意

[1]李渔:《闲情偶寄》(上),时代文艺出版社,第58页。

[2]耿玉卿:《孟华的唱词带着腔》,《东方艺术》2005年第8期。

识的剧作家并不多,或者说很少。因此,大家看到的曲剧剧本,基本都是按照板腔体的结构写成的。唱腔谱曲的任务完全就落在了作曲者身上,在需要的时候,作曲家要对板腔体句式结构进行分割、打散、重组,使其适应曲牌体词格的需要。唱词的旋律节奏,基本是作曲家赋予的。但孟华的曲剧唱词,基本是按照曲牌体的格式来写的。他的故乡南阳是大调曲子的故乡,从小耳濡目染,曲剧的曲牌旋律早已烂熟于胸。当他创作曲剧《山鹰》《榆树古宅》时,沉淀于记忆深处的曲牌旋律一下子被激活,创作时信手拈来,化为带着曲剧旋律的唱词。《山鹰》中高山恩唱的"石头路,似狼牙,啃得我脚破两腿麻。一年的汗水一天洒,损失大;十年的楼梯一天爬,累坏啦!"就是典型的曲剧曲牌【太平年】的词格。而闪大妈和高山恩那段心灵独白式的轮唱"东方彩霞红菲菲",则是【银纽丝】与【阳调】的糅合嫁接:

闪大妈　(唱)看山恩此时低头闷不语,

[幕后合唱:

他为何闷不语?

闪大妈　(唱)想必是思想斗争浪花激……

高山恩　(唱)思想浪花如潮汐,

左浪撞来右浪击。

术后我尚有愧意,

回头来还需诊诊我自己。

望来路几步正来几步歪?

［幕后合唱：

需要你平心静气想一想，

高山恩　(唱)几件是来几件非？

［幕后合唱：

且将这头绪理一理！

高山恩　(唱)昨日？前日？和过去？

问号越来越稠密。

［幕后合唱：

问一问比一比你会开窍，

天窗一打就亮晰晰。

幕后合唱和闪大妈的内心疑问以及主人公的扪心自问，从唱词结构上是浑然一体的，是曲牌的有机组成部分。如果写作时心中没曲，断然写不出类似结构的唱词。《山鹰》当年红遍全国，全国各地两百多个剧团前来移植搬演。一些剧种移植时，发现换个旋律就失去了原有的味道和机趣，于是便出现了豫剧团为了搬演《山鹰》临时改唱曲剧的现象。词和曲密切到不可分割、不可替代，不能不说是"胎里带"的缘分。

河南曲剧《榆树古宅》和《山鹰》一样，同样有着曲牌剧种的匠心之美和韵律之妙。如戏中艾碧被抬进柯宅的伴唱："榆芽青，榆絮白，新娘子，进庄来；一道虹霓亮古宅。娇俏粉黛，莲步登台，脚下是海，欲涛成排。舟船无舵随风摆，凌波踩浪好戏来！"则是【打枣竿】和【落江】的连缀，它们在曲剧中一般都是以连缀方式一起出现的。这个戏经同样是曲剧故乡出身的、和孟华有着同窗之谊的作曲家潘永长的同声相应，同气相求，妙笔生华，同样成为曲剧音乐的华彩篇章。

孟华唱词中的节奏感、韵律感更多地表现为唱段结构的起承转合，唱词的起承转合承载着情绪的起承转合，情绪的起承转合蕴含着唱腔和音乐的抑扬顿挫，强弱徐疾，起伏跌宕。以新版《白蛇传》最后一场白素贞和许仙诀别之际的一段核心唱为例。

许仙“我以我命换白娘”的决绝让白素贞热泪盈眶，感动万分。“几句话说得我热泪涌起，白素贞嫁许仙此生足矣！”头两句以无限感慨开启全段。“此生足矣”蕴含着情绪的咏叹和延伸。接下来“雷峰塔千吨石专为我砌，金刚枷千年锁专供我披。乱天规触天法无人可替，救儿命换人生只有蛇妻”四句，情感渐渐平复，充满了接受悲剧命运的坦然。然后转入对美好以往的深情怀念，四个“好留恋”的排比，感情层层叠加，到“好留恋那把伞：遮住了我，遮不住你；遮住了你，又淋为妻；淋得高兴，淋得欢喜，淋出了情爱，淋出了甜蜜——却原来雨水不打情人衣”时，原来的十字句结构被打散，语句变短，语速加快，语气变得愈加兴奋。很显然，这里的垛句结构唱词促使音乐节奏和语汇的变化，经过几个“遮”和“淋”的反复回旋，到“却原来雨水不打情人衣”再一次掀起情感的高潮，渲染的是一种无限的甜蜜，无法复制的幸福！然而景是人非，还是断桥，甜蜜的只是回忆，伤心的却是别离！低头看见怀抱中的娇儿，不禁悲从中来。“低头来两行热泪，泪水把儿洗——洗儿的可怜,洗儿的孤独,洗儿的委屈!”由此进入长达20句的对孩子的无限怜念和深情嘱托。当唱到“喇叭响,报我儿:善名远扬千百里,正气撼得天神泣”后,再次打破前面的句式结构和情感节奏,转入垛句“等得个:天理、真理、人理、情理、万类之理归一体”。垛句蓄势之后,情绪上扬,进入本唱段及全剧的情感制高点:“自有那万钧雷霆把塔劈!”白素贞带着对人生的留恋和对未来的希冀,走入新的人生轮回。这段42句的唱,层次分明,语势的疾徐合着它应有的节奏,裹挟着情感的潜流迤逦而来,起伏跌宕,酣畅淋漓,激动人心。

像《情断状元楼》中的“打神告庙”,《玄奘》中的“十七年”,《伤逝》中的“一纸遗书飞来剑”,《春秋出个姜小白》中的“风不吹树不动处处不静”,《老子》中的“毕生放喉第一喊”等核心唱段,都具有上述特点和魅力,因唱词的情感节奏和唱腔节奏韵律的内在契合,都成为脍炙人口、广为传唱的流行唱段。

戏曲语言的构成,除了唱词,还有很重要的一部分是念白。唱词是付之管弦的,其节奏韵律比较容易感知,话白的节奏韵律感往往容易被人忽视。话白同样是推动故事情节,描写人物性格,展示人物内心的重要手段,它既有自己的节奏韵律,也和唱段的节奏韵律内在呼应,相辅相成。它们,共同构成全剧的“剧诗”品格。孟华剧作中的念白,同样具有鲜明的诗的节奏和韵律感。如新版《白蛇传》中“游湖”一折:

[白蛇与许仙碰面,二人眼睛相遇便戛然锁定,直

直相视，出神地读着对方——

白蛇　先生，这是什么地方？

许仙　（举着雨伞，怔怔地答话——以下几句话白也是这种神态和语气）……这是断桥。

白蛇　断桥为何不断呢？

许仙　桥若真的断了，我们不就掉下湖了？

［雨声如叙——

白蛇　先生，天上下的是什么？

许仙　下的么——雨！

白蛇　雨，会不会淋湿衣裳？

许仙　不会……不湿……

白蛇　你的不湿，我的衣服可是湿了呀！

许仙　噢，那……那是因为你不打伞的缘故！你……为何不打伞呢？

白蛇　小女子无有伞哪！先生能不能——借个方便？

许仙　岂能言借！（把伞放于地上，慷慨借出）快快打上，小心着凉！

白蛇　（自言自语）好一个“小心着凉”！

一对初一见面就碰撞出情感火花的男女，彼此想搭讪，却又不知从何谈起，于是就这样怔怔地、悠悠地、漫不经心又无比热切地对着话……这是一首诗，一首涌动着情感激流的诗，又是以一种十分克制的节奏表达出来的诗。它的韵律，就在那欲说还羞的矜持里,就在那似断还连的语调里。

如果说这样的对白与浪漫的爱情相关，与全剧诗意的追求有关,那么,我们再举一段话剧《劳资科长》的例子,来说明现实主义话剧的念白同样也是有节奏、讲韵律的。

南宫九　(拣起褡裢,拦住山老爹)三叔!你不能走啊!(把三叔拖回)罗云!你也别闹了!这是下班时间,应该亲人团聚,叙叙天伦之乐,和和气气的(突然大吼一声)好吗?!(罗云被镇住,南宫又低下嗓音)和和气气的,就像我没有当劳资科长以前那样,你们和和气气地说说话,亲亲热热,好不好?三叔,说点……家乡风景,庄稼收成,芝麻叶打了多少……罗云,说点东河边上的月亮,头发梢上的露水珠,或者说说砂锅炖豆腐也行啊!说吧!说吧!(咆哮般地)说吧!

南宫科长的亲人们为了一个指标,反目成仇,几乎是大打出手。他强压怒火,拉住要离开的三叔,转头又劝妻子罗云,乞求般地恳请亲人们能和和气气，可眼前这一地鸡毛还是让他忍无可忍,终于大吼一声,让压抑的情绪舒缓一下;然而面对亲人,不得不再压怒火,强颜欢笑,低声下气,说到最后,还是控制不住愤懑的情绪,咆哮起来。这一段话白层次清晰地展示了主人公的情感状态,抑—扬—抑—扬,伴随情绪的抑扬,是情势的张弛。这张弛抑扬之道,便是节奏和韵律。

孟华剧作中念白的节奏韵律以多种方式呈现，如《生儿子大奖赛》中张瞎子以顺口溜、歇后语等构成他的念白韵律；《美兮洛神》中介于唱词和话白之间的“干牌子”同样构成韵律，曹丕、曹植、甄妃三人各自三组的〔扑灯蛾〕构成整段戏的节奏递进和情势推进；《半个娘娘》中，以太后、黄兆年、四大臣等人用同一方式对同一事件表态的回环往复构成节奏韵律；《榆树古宅》中以艾碧、柯龙情感的冷热变化构成节奏；《王阳明》中，以王阳明和儒释道三圣的对答构成“悟道”一场的节奏……闻一多先生说，“声律是诗之花朵”。孟华戏曲语言的声律之美，使他的作品跳荡着诗的韵律，彰显出诗性特征。

(三)孟华戏曲语言的诗性特征还表现在雅俗之中蕴含的哲理意蕴。中国古典诗词讲究语言凝练，意蕴丰富，多追求“韵外之致，味外之旨”。作为“剧诗”的戏曲文学，虽属于通俗艺术，但仍属“诗”之行列，能于俗处见雅、浅处寓深、有限处蕴含无限，传递出哲理意味、人生况味，氤氲出“韵外之致”，方显真功。孟华的戏剧语言就具有这样的审美品格。

大雅还俗，浅处寓深，乍听，明白如话；细品，其味无穷。如《生儿子大奖赛》中杨富康被孩子们气得生病卧床，守在身边的老伴如是开导他：“人生在世只一回，养儿养女为了谁？百年之后眼一闭，人家只收咱一捧灰……”“你生气，我受罪；你发火，我挨捶。你不吃饭我封嘴，你睡不着我干陪。你住医院我跑腿，你一伸腿我靠谁？哭你的，想你的，只有你的老秀梅……”最质朴、最生活的言语，表达了最体贴、最真挚的感情。看似清淡如水，品之味醇如酒，从中能品咂出无限丰富的人生况味来。作曲家耿玉卿说，“这段白描般的大实话，说出了千真万确的人生哲理，一下子击中了我的神经点。一种人生的悲凉感难以抑制，创作冲动油然而生”[1]。再如新版《白蛇传》中白素贞喝下雄黄酒的一段心语：“依君愿饮雄黄勉强站定，醉眼里看许郎格外多情。只要是两颗心爱得纯净，天大灾地大祸都像清风……”这些语言“直如说话”（汤显祖语），却意味深长，回味无穷。

唱词的哲理意味，还体现在既能表达戏中的情绪和题旨，又有弦外之音。如《半个娘娘》中的幕后伴唱“闻说黄河本向北，碧波千顷养蕤葳。只为弯弯多无数，掉头东海再不归”；新版《白蛇传》中的“长空一声婴儿啼，十万甲兵休干戚，不是法海良心现，生命破土便无敌”；《榆树古宅》中的“人间万象好辉煌，可惜有道无形墙。墙虽无形啥都挡，挡得万物不正常。直直花草弯弯长，明明魏紫却姚黄”；《玄奘》中的伴唱“身是伴侣影是朋，千里荒漠孤独行。生生死死心不动，胸中有座舍卫城”……这些伴唱既是剧中情绪的一种抒发，也具有超越剧情的普遍意义。不仅仅是伴唱，剧中人物的语言，同样如此。如新版《白蛇传》中白素贞的“却原来雨水不打情人衣”；《情断状元楼》中王魁为自己开脱的“尘世上难免不欠负心账，倒应该少生些痴情的姑娘”；《春秋出个姜

[1] 耿玉卿：《孟华的唱词带着腔》，《东方艺术》2005 年第 8 期。

小白》中司命主簿批判人类互相倾轧的“当初阎君造黄人，先造一颗嫉妒心，造双眼睛仇同类，造对耳朵信谗音”……都是极富诗意、哲理意味的语言。在《老子》《玄奘》《王阳明》这类圣贤题材作品中，这类出自主人公之口、富有哲理意味的唱词更多，这与他们特殊的身份有关，是他们深邃哲学思想的一种外化。如《老子》中的“上善若水水性柔”“人心有鼠鼠为贪”，《玄奘》中的“信仰如同生命灯”，《王阳明》的“静悟天机如窅冥”……这些唱段，是人物核心思想的表达，无不闪耀着哲理的光芒。这种充满哲思意味和诗化表达的语言，使孟华在圣贤题材的创作上显示出独特的优势，这也是他敢于屡屡问津这些超难度题材的重要原因。

二、个性特色

上述从形式之美、节奏声律之美、哲理之美三方面谈了孟华剧作语言的诗性特征。相对而言，这些都是比较容易感知的特点，就是无论读者是否深入到作品的内部，对作品了解得深还是浅，通过阅读，这些特点都能感受得到、体悟得到，就像看了李白的诗，大概知道它是浪漫主义的风格，杜甫的诗是现实主义风格一样。那么，作为一门通过塑造人物来表达思想内容的艺术，什么样的戏剧语言才是最好的呢?一定是个性化的语言。怎样评价它是不是个性化的语言呢？这就要进入到语言所处的语境中来看，也就是具体到作品中来看，具体到情境之中来看，具体到人物身上来看。大而言之，对于一部作品，个性语言就是它的语言方式和语言风格。因题材不同，一部戏有一部戏的气质，一部戏有一部戏的风格，一部戏有一部戏的语言方式。孟华的作品所涉题材广泛、风格多样，每个戏都有它语言的基本风格定位，如《生儿子大奖赛》的通俗质朴、谐谑幽默，新版《白蛇传》的含蓄空灵、抒情唯美，《春秋出个姜小白》的冷峻深邃、精辟犀利，《情断状元楼》的委婉凄美、大俗大雅，《半个娘娘》的清新俏丽、尖巧新奇，《榆树古宅》的蕴藉含蓄、长于咏叹，《老子》的古典深邃、思辨哲意，《玄奘》的简洁通明、佛思禅意……可谓是一戏一格，语言个性特征鲜明。

具体到各个剧目中的人物个体，个性化就是性格化，是“说一人，肖一人”，“欲代此一人立言，先宜代此一人立心”[1]。不同性格的人物，即使有着大致相同的境遇、相似的心绪，其语言方式也各不相同。同是邂逅之爱，新版《白蛇传》中许仙、白蛇一个浅唱“羞叹桥边多情汉”，一个低吟“堪怜雨中美婵娟”，这是才子佳人之爱。《半个娘娘》中的李桑桑则是“自古道天高皇帝远，谁料想皇帝挎住我的胳膊弯”！这是村姑皇上之爱。同样是拒绝高官厚禄，分属于道家、佛家、儒家的老子、玄奘、王阳明同样有着各自的方式。老子拒绝周王：“老聃命中四两线，牵不动相国府这只大航船。走进朝班出虚汗，徜徉山野心闲宽。”玄奘拒绝高昌王：“承蒙谬爱奘幸甚，难得异国遇明君。只是我身后缉捕追得紧，连累贵邦不忍心。揖别大王登禅道，玄奘我永记借路过境

[1]李渔：《闲情偶寄》（上），时代文艺出版社，第83页。

恩。”王阳明拒绝宁王:“国出二主国厄运,天生二日天灾深。宫室杀伐民涂炭,劝王爷莫做叛国毁邦人。”著名评论家刘景亮如是评论这三种拒绝:“这三位,都是圣人,有相同相似处。他们的处境,亦有相同相似处,但语言差异很大:老子,道家,语调语气和语义中充满闲适和处下;玄奘,佛家,语义语气中饱含着慈悲与感恩;王阳明,儒释道三家都有些,以儒为主,语言中满满的有为意识、家国情怀。他们说出的话语清晰地体现了他们的‘同中之异’,表现了他们的思想和性格。”[1]

比性格化更进一步的是形象化,著名剧作家范钧宏说:“性格化是形象化的基础,形象不能离开性格,但性格并不能代替形象。——形象化是在性格化基础上的锦上添花。”也即,“形象化语言是性格化语言的升华”[2]。它不是抽象的,而是具体的;不是呆板的,而是生动的;不是教条的,而是充满生活气息的;不是干巴巴的,而是富有感情的、活生生的。《山鹰》中高山恩向妹妹高黎描述他上鹰嘴崖的艰难:“四下一看白茫茫,分不出哪是沟来哪是梁。一不小心脚蹬空,出溜溜溜溜……一下子滑下去八九丈,雪堆埋到我十二指肠。”短短几句,情境、心情、动作、结果全都有了,形象地再现了高山恩上山的场景。最难得的是这些唱词符合高山恩的身份,也只有医生出身的人会用“雪堆埋到我十二

[1] 刘景亮:《孟华剧作的阅读感受(代序)》,《孟华戏剧文集》(五卷本),中国戏剧出版社,2019。

[2] 范钧宏:《戏曲编剧论集》,上海文艺出版社,1982,第46页。

指肠”来表达雪的深度和厚度。《生儿子大奖赛》中张瞎子到杨富康家算卦,把准了他们想要孙子的心理,如此解卦:“是女的——怀着的、揣着的、养着的、带小鸡儿的胖男娃!合‘黄道’,逢‘天马’,天时吉,地时佳;到将来生得平安长得壮,承家还能把财发。三十头上有官运,人头像还能上电视台的发射塔——光荣罩杨家。”典型的善于揣摩人心、左右逢源、能说会道的算命先生的语言,形象生动,又是人物的性格语言。估计任何一位读者和观众,看到“人头像还能上电视台的发射塔”这样的语言,都会忍俊不禁。

再美的文字,如果不承载内容和情感是没有意义的。形象化的语言不但是性格化的,而且一定承载着浓厚的情感并富有动感,可触可感,读之如在目前。《半个娘娘》中,和山南王拜过天地、磕罢头、作罢揖的李桑桑盼他回来,有这样一段盼归的词:

> 手把着桑树枝山下望去,太阳出直望到月儿偏西。日日望夜夜望路都望细,时时望刻刻望树也望稀。望得云彩落一地,望得石头褪层皮!望来望去空叹气,山底下始终不见君王旗。

桑桑生长在人迹罕至的深山老林,与日月为伍,和天地为伴,她抒发感情所能借助的,只能是这些常年置身其中的自然景观。作者使用了拟人、夸张等艺术手法,赋予日月、白云、树木、石头、山路等自然景物以情感,使得主人公的相思之苦、期盼之切变得具体可感。这种表达方式,是此情此境此时此刻此人物李桑

桑的独有方式,而且是形象化的表达方式。同样是“盼归”,《情断状元楼》中敫桂英则是托情于梦:

昨夜晚桂英我做了个梦,
梦见了王郎夫金榜题名。
寒毡帽换乌纱:金翅子——闪动闪动,
破蓝衫换蟒袍:那颜色——鲜红鲜红。
朽麻绳换玉带:玛瑙珠——明净明净,
稻草鞋换朝靴:走起来——威风威风!
他辞别了金銮殿,回家来接桂英。
远远望见我,深深打一躬。
开口喊贤妻,伸手拉袖笼……

果然是日有所思,夜有所梦!作者以乌纱的闪动,蟒袍的鲜红,玉带的明净,着朝靴的威风,外化敫桂英对王魁金榜高中的臆想,并以“辞”“回”“接”“望”“打躬”等一系列富有动作性的词语,描写了王魁本该有的温情。这些语言描述的情景、场景,诉诸人们的视觉、听觉、感觉,生动形象地写出了桂英对王魁的期盼之切和对未来的美好憧憬,为梦醒之后收到休书的残酷现实做好了铺垫,形成了强烈对比。

相对于古代女子的“盼归”,《伤逝》中子君盼望涓生归来的“对花倾诉”则更具有现代性。涓生喜欢花草,子君却疏于管理,两人分手之后,子君面对枯死的两盆花,抒发她盼归的痴情:“你叫君子兰哪,你叫微冬青。你是春天来呀,你来已隆冬。记不记得谁把你们请?那可是我的先生史涓生,先生史涓生……我把您慢待呀,得罪了我先生!求二位多多原谅,发发慈悲,打打精神,挺挺腰杆,返呀么返返青——我向您三鞠躬。"借物抒情,以花表意,大有"泪眼问花花不语"之慨。"泪眼问花",实则含泪自问;对花自责,亦即无助自怜;盼花返青,既是盼之渴望,也意盼之绝望。这种自问自答、寄情于物的表达方式,符合子君现代知识女性的身份。

综上所述,孟华作品语言的个性特色集中表现为一戏有一戏之风格,具体到作品中,则是"生旦有生旦之体,净丑有净丑之腔"(李渔语),人物语言集性格化、形象化、动作性于一体,可感可视,生动形象,浸润人心,令人难忘。

三、手法特征

孟华笔下底蕴深厚、诗意沛然、生动形象的语言,建立在他深厚的传统文化底蕴及对中国传统文学多种艺术手法的娴熟驾驭和运用上。比兴、铺陈、排比、夸张、拟人、巧炼字句等手法,在孟华的作品中随处可见,既体现出作者语言运用的匠心,也赋予文字以灵动、鲜活、诗意、韵味。

1.善用比兴,形象生动。"比兴"是中国传统诗歌的常用方法。所谓比兴,朱熹在《诗集传》中的解释得到广泛认同,"比者,以彼物比此物也","兴者,先言他物以引起所咏之词也"。运用比兴手法,是为了使表达的内容更形象、更生动。剧作家范钧宏说:"形象化的语言主要来自生活,又大多富于浪漫主义色彩;形象化语言的表现手法是多式多样的，……从诗词中掌握赋比兴的表现手法，也是戏曲作者运用语言方面的一项课题。”[1] 孟华的唱词，多用比兴，善用比兴，巧用比兴。如《山鹰》中，高黎批评哥哥追名逐利，丧失理想，“树被虫蛀叶子黄，人若丧志两眼盲。堤决常先决穴洞，人变总先变思想。”欲说人丧志，先说树被蛀；欲说人变基于思想变，先说千里之堤毁蚁穴，典型的比兴手法。再如《情断状元楼》中敫桂英上场交代身世的唱词：“雪花肥梅花瘦雪多枝细，恰一似红颜薄命被世欺。敫桂英诗书女沦伎卖艺，琴声中柔肠断暗把泪滴。我好比空中月乌云遮蔽，我好比一叶舟风打浪击。我好比红梅花饱经风雨，我好比白莲藕身埋污泥……”以雪中瘦梅喻红颜薄命，类比自身，托物寄情，自悲自叹，符合敫桂英这个既饱读诗书，又命运多舛的女子形象。

“兴”除了比兴，还有“起兴”的作用，也就是作为诗歌的发端，以此引起作者所要表达的思想、情感，类似于象征。如《伤逝》中子君向涓生表达感情的唱词：“春上枝头花才红，凤绕三匝凰才鸣。宁信命中有注定，天教子君属涓生。”以春来花开、凤凰和鸣起兴，引出她和涓生的缘分。而涓生同样以“寒鸦有巢鹊有窝，春燕双飞又双落”的比兴来应和，表达他们的两心之爱。《春秋出个姜小白》中，齐桓公在朝臣“杀不杀”管仲的激烈争执声陷入茫然孤独，这时有一大段表达齐桓公内心困惑的唱段，作者是这样

[1] 范钧宏：《戏曲编剧论集》，上海文艺出版社，1982，第 45 页。

开头的："风不吹树不动处处不静，天未阴云未聚阵阵雷声。白白昼昊昊日似在做梦，森森殿巍巍宫幻如魔城。"每一句都以自然环境的"真"与内心世界的"幻"形成强烈比照，烘托他内心的恍惚和迷茫，引出下面的自审自问："分明是贺登基满朝喜庆，却为何转瞬间聚霜凝冰？同舟人患难友结心连命，却怎会顷刻间敌语仇睛？"然后进入叙事抒情。这种托物比兴，由自然环境进入心理环境的叙述，自然顺畅，并以对仗的工整和句式的反复实现强化。《我要驸马》中太平公主向武则天讲述她上元灯节出游的兴奋，同样用了比兴："年轻的季节年轻的风，年轻的心灵翱碧空。女儿我深藏宫中十六载，唯觉尊前笑不成。今夜初次游市井，方感大唐荡雄风……" 两句现代感十足的语句，洋溢着青春的气息，一下子奠定了整段唱的情绪基调、欢快色彩。

2. 铺陈排比，强化烘托。铺陈排比，也即古典诗词中的"赋"，赋比兴三者可以单独使用，但更多的时候是交织运用。前面我们所举的以比兴开启的唱段，后面也多用"赋"的手法进入叙述。唱词中大段唱的构成，基本都是调动各种手法，以形成唱段的起承转合和跌宕起伏。在孟华的剧作中，铺陈、排比可以说是用得最多的手法之一。如新版《白蛇传》中，白素贞愿意将终身托付给许仙，"尊官人且莫要忧前虑后，奴跟你权当是跟个丫头。不图金不图银图你个人就够，穷日子粗茶饭不讲稀稠。无家产无楼房，咱找个草庐；无彩礼无花轿，就骑个牲口。你独男我孤女，咱牵挂无有；挣钱多挣钱少，我都能将就……"这一段即是铺陈。

女主人公列举了诸多居家过日子的所需条件，但又被自己一一否定，最终想表达的就是“图你个人就够”，于铺陈之中凸显重点。

排比，是铺陈中一种比较独特的形式，通过一个句式的反复，起到强化叙述效果的作用。孟华戏曲作品中大部分核心唱段都使用过排比。如《情断状元楼》中王魁进京应试和桂英分别时的八个“离不了”：

离不了知冷知热桂英女，离不了端吃喂药结发妻。
离不了清晨一碗荷包蛋，离不了临睡一盆暖脚液。
离不了天天书案掸尘絮，离不了夜夜风寒披夹衣。
离不了为我遣愁莺莺语，离不了为我寻乐琴瑟棋……

八句排比，展示两人日常生活之多个细节，强化桂英对王魁起居之悉心和王魁踏上征程时对桂英之不舍。《老子》(初稿)中紫茸为抢救《道德经》书稿葬身火海，老子的“情叹”中有这样一组排比：

儿好像夕阳下一只锦燕，儿好像草庐里一张玉盘。
儿好像冰雪中一盆红炭，儿好像沙漠中一股甘泉。
儿好像黑夜中一腔箫管，儿好像长梦中一声杜鹃。

这组排比之比喻，是为接下来的两句“儿教我空无心足足填满，儿教我耄耋人常常忘年”做铺垫，意在强化紫茸之于老子精神生命的重要，从而渲染失去紫茸对老子精神之打击。

复沓，也是孟华作品中常用的手法。复沓就是反复，和排比一样,起渲染强化作用。如《老子》中"上善若水水性柔,避高就低行渠沟。随方就圆不择路,千曲百折不回头",四句一个段落,每句都以"上善若水水性柔"开头,如此反复四次,构成十六句的唱段,其核心思想即是开头这句。

赋比兴手法的娴熟运用,使得孟华的戏曲语言透射出巨大的艺术张力,叙事言简意丰,写情淋漓尽致,说理鞭辟入里,产生出强烈的艺术感染力。

3. 逆向逻辑,反向书写,是孟华唱词艺术的又一特点。以爱写恨,以我写他,如《情断状元楼》中桂英恨王魁负心,不骂王魁,只恨自己:"早该刺瞎我双眼,免得认识王状元。早该剁掉我双手,免得救活无义男。早该震聋我双耳,免得听王魁假誓言。早该把我的喉咙断,免得我对贼倾心对鬼交谈——滔滔恩爱说两年!"以不变写变,如《伤逝》中子君想让她和涓生的爱成为永恒:"钟摆不要摆,表针不要行。时光不要动,时间喊声停。让你我的圆满成固定,让你我的瞬间成永恒,让爱凝晶莹吧!"渴望爱的永恒,意寓爱的易逝。以俗写雅,如新版《白蛇传》中的"穷日子粗茶饭不讲稀稠",《情断状元楼》中的"没有当年的烟花女,哪来今日的王状元?"……这种语言表达的反向逻辑、反向用力,往往能起到比正向书写更加强烈的艺术效果。

4.妙用修辞,巧炼字句。孟华的剧作中多用拟人、夸张、象征、借代等修辞手法,使所要表达的事物具体可感,且用词大有妙然天成之巧。如《半个娘娘》中表达时间过得快,"桑树叶青变黄黄叶落地，箔上蚕结成茧茧丝缫毕。嫩春去老秋来雁声又起，过一天像一年真叫着急”。借树叶的颜色变化、蚕的形态变化、季节的更替变化来表达山南王、李桑桑分别的时间之久。且用“嫩”形容春天之蓬勃，用“老”形容秋天之迟暮，渲染了李桑桑的相思之苦、期盼之切。《山鹰》中“石头路，似狼牙，啃得我脚破两腿麻”比喻拟人连用，以“狼牙”形容山路之不平，以“啃”形容行路之艰难，形象地描绘出山路的崎岖，环境的艰苦。《情断状元楼》中“雪花肥梅花瘦雪多枝细”，同样运用了拟人手法，以雪肥梅瘦形容雪大。《半个娘娘》中“捧把露水洗洗脸，掐朵牵花把鬓簪。挽起春风作舞伴，扯片云霞当裙衫”，“捧”“掐”“挽”“扯”等情态感十足的动词，赋予露水、牵花、春风、云霞等自然之物以人情，活化出一个山野姑娘与大自然的相亲相融……

孟华剧作的语言艺术，是一个大有说头的话题，限于篇幅原因，只能做上述取样式的分析。尽管如此，我们亦能从中窥斑知豹般体悟到孟华语言艺术的巨大魅力。概而言之，多样手法，鲜明个性，诗化风格，哲理意蕴，淋漓表达，绵长韵味，共同构成孟华具有立体感的、瑰丽绚烂、摇曳多姿的语言艺术。

完稿于 2020 年 8 月 18 日

修改于 2020 年 8 月 27 日

后　记

这本小书，纯粹是一个意外收获。应该说它是我主持的国家社科基金艺术学项目“新时期河南剧作家群研究”的一个副产品。

2014年，我申请的国家社科基金项目“新时期河南剧作家群研究”获得立项。在前期准备阶段，我所做的主要工作是阅读作家作品，特别是几位重要剧作家的作品，孟华便是其中一位。阅读采取的是细读之法，我想通过细读，去深入了解作者的创作思想，去发现他们的创作轨迹，去总结提炼他们的创作特点、艺术个性，并且通过对多个剧作家个体创作思想的梳理，从中发现、总结新时期河南剧作家群体的某些共性、特点。因为是细读，所以和剧本创作相关的延伸阅读就比较多，比如作者的创作谈，比如对各个剧目的评论、评价，比如相关的背景资料等。如在阅读孟华移植改编的《榆树古宅》时，为了更多地了解尤金·奥尼尔的创作，就买来《奥尼尔剧作选》阅读；读完觉得并不能完全解读他，于是又买来奥尼尔的研究专著来读，如刘海平、朱栋霖的《中美文化在戏剧中交流——奥尼尔与中国》，汪逸群的《奥尼尔研究》，谭霈生的《世界名剧欣赏》等。这样从一个剧目开始，最后逐渐发展成为一个专题性的研究……阅读作家作品的过程，既是不断丰富认识的过程，也是不断深入思考的过程。就这样阅读着，思考着，书写着，快乐着，越陷越深，大有“沉醉不知归路”的陶醉。不知不觉一年过去，回头一看，写了7万余字，孟华一个人的作品居然还没有读完。我这才有些慌了！显然，要在规定时间内完成这个课题项目，这种几乎相当于剧作家个体研究的方法是不可行的，它可能会成为我的另外一个课题。于是，我只好将写好的7万字暂时搁浅，迅速调整思路，按照课题的整体框架结构，以另一种思维全身心进入我的剧作家群研究。

2018年，我的课题即将接近尾声。这时，省委宣传部下发了全省宣传思想文化战线“四个一批”人才项目资助申报工作的通知，我自然想起了蛰伏了两年多的那7万字，并在此基础上，写出了《他者身份与异质色彩——孟华剧作研究》的申报书。因前期有了几万字的成果，课题论证写得比较充分，不仅搭出了全书的框架结构，而且详细到了每章每节的内容，申报之后顺利获得立项。2019年，国家社科基金项目结项之后，我便全身心投入到了这本书的写作中，休眠了两年多的思绪被再度激活，一鼓作气写完了其余的6万多字，并对全书进行了两次大的修订，这就是目前呈现在大家面前的这本小书。

本书对孟华剧作的研究不是面面俱到、全覆盖式的，而是以他创作观念的变化为主线，将其40余年的创作历程分为四个阶段：现实主义创作的早期阶段，观念变革的探索和“试水”阶段，全面探索、多向实践的中期阶段，以及晚年转向回归的圣贤题材阶段。所涉话题，基本是围绕着这四个阶段的创作来设定，撷取不同阶段最能彰显剧作家创作观念和艺术追求的代表性剧目展开论述，有话则长、无话则短，既有细剖麻雀的条分缕析，亦有突出特点的局部聚焦，还有总结某一阶段特色个性的概括提炼，这也是这部书各章节体量不等的主要原因。最后一章，则是从三个方面，综合论述孟华剧作的三个显性特征：鬼魂情结、喜剧特色、语言艺术。

算起来，这本小书前后创作的时间跨度长达十五年之久。最早的一篇《孟华剧作的“鬼魂情结”》写于2005年，最晚的一篇《摇曳多姿的语言艺术》写于2020年9月。如果从1991年我看孟华先生的第一出戏《生儿子大奖赛》并由此开始关注他的创作算起，有意无意中，我已经做了将近20年的准备。即使这样，我也不敢说我完全读懂了他和他的作品。只能说我在尝试努力接近他的创作思想。令我高兴的是，老先生看了初稿后，说对他“很有启发”，有些东西他在创作过程中是无意识的，但经我的分析和提炼，他顿有恍然之慨，深以为然。尤其是对他“他者”身份和“异质”色彩的定位，他认为非常恰切，“这不是虚浮的夸耀，也不是矫情的粉饰,这是个性的我,实际的我,存在的我”。老先生的认同和鼓励,让我备受鼓舞,也让我些许体味到了一名戏曲理论工作者的存在感、幸福感。

这本小书,也给自己的学术研究积累了一些经验。我深深体会到,搞研究,必得有对研究对象长期的、跟踪式的关注,不但要了解他的人生经历,更要了解他的思想变化,还要去关注甚至走进他所关注的领域,这样,才有可能接近他的创作思想,研究也许才能产生它应有的价值和意义。

感谢李利宏先生百忙之中审看书稿并赐序,感谢对此书出版给予关心和付出艰辛劳动的所有人!

2020 年 9 月 15 日于郑州